rororo

thriller-Magazin 7

Schwarze Beute

Herausgegeben von
Ruth Rendell

Rowohlt

rororo thriller
Herausgegeben von Bernd Jost

Originalausgabe
Veröffentlicht im Rowohlt Taschenbuch Verlag GmbH,
Reinbek bei Hamburg, Juni 1992

Umschlagillustration Marcus Langer
Umschlagtypographie Walter Hellmann
Quellenhinweis Seite 249
Satz Sabon (Linotronic 500)
Gesamtherstellung Clausen & Bosse, Leck
Printed in Germany
1290-ISBN 3 499 43054 1

Inhalt

RUTH RENDELL

Vorwort

Wenn ich einen Vortrag gehalten oder aus meinen Büchern gelesen habe und anschließend die Zuhörer Fragen stellen, dann will immer jemand wissen, warum die Leute so gerne über Verbrechen lesen. Ich gebe jedesmal die gleiche Antwort: Das tun sie gar nicht. Denn sonst würden Polizeiberichte oder Anklageschriften, die für die Gerichtsverhandlung aufgesetzt werden, zu der Lieblingslektüre der Massen gehören.
Hier ist ein Zitat von Wilkie Collins, der so um 1860 zum ersten Autoren gehörte, die so etwas wie Kriminalliteratur verfaßten: «Die einzige Erzählform, die darauf hoffen kann, die Aufmerksamkeit der Leser zu fesseln, ist die Erzählform, die Interesse an Männern und Frauen erweckt – aus dem offensichtlichen Grund, daß sie selber Männer und Frauen sind.»
Die Leute lesen nicht gern über Verbrechen, sie lesen gern über Menschen. Und wenn diese Menschen interessant und vielschichtig sind, wenn sie von starken Leidenschaften und nachfühlbaren Emotionen angetrieben werden, dann wollen wir erst recht gern mehr über sie erfahren und an ihrem Schicksal teilhaben.
In Gewaltakten offenbaren sich zwei der stärksten menschlichen Motivationen: Verzweiflung und das Gefühl der Ausweglosigkeit. Personen sind am interessantesten, wenn sich ihre Handlungen gegen die Gesellschaft und deren Gesetze richten. Obsessionen machen Charaktere faszinierend und lassen Angst verständlich werden. Leser haben das tiefe Bedürfnis, sich mit Romanfiguren zu identifizieren, und diese Identifikation geschieht am ehesten, wenn diese Figuren von so allgemein mensch-

lichen Gefühlen wie Angst, Verzweiflung, Unschlüssigkeit, Verlangen, Skrupellosigkeit und Ehrgeiz gebeutelt werden.
All das ist ein wesentlicher Bestandteil der Kriminalliteratur und ist in diesem Ausmaß, so würde ich meinen, in keiner anderen Literaturgattung mit einer derartigen Sicherheit anzutreffen. Fügen Sie den äußerst interessanten Charakteren noch ein ungewöhnliches Thema, steigende Spannung, einen gutkonstruierten Plot – denn ein Kriminalroman ohne Plot ist undenkbar – und womöglich noch die Befriedigung der überraschenden Lösung eines Rätsels hinzu, dann haben Sie die Antwort auf die Frage, warum die Leute so gern Kriminalgeschichten lesen.
Alle Autoren in dieser Ausgabe der «Schwarzen Beute», ob sie nun selber in einer Story vorgestellt werden oder Gegenstand eines Essays sind, weisen diese Qualitäten auf. Spannung und rätselhafte Ereignisse bieten besonders Maj Sjöwall und Colin Dexter, einen faszinierenden Charakter und einen ungewöhnlichen Plot liefert Julian Symons. In dieses Jahr fällt der hundertste Geburtstag von James M. Cain. Niemand hat besser über menschliche Leidenschaften und ihre häufig tragischen Konsequenzen geschrieben als er, deswegen wird dieser bedeutende Autor in einem Essay kritisch gewürdigt. Ulrich Genzler, der Herausgeber der Goldmann Kriminalroman-Reihe, untersucht in seinem Beitrag dieses anscheinend für unsere Zeit typische Phänomen – den Serienmörder.
Besonders freue ich mich darüber, daß ich hier dem deutschen Publikum meine Lieblingsgeschichte von Celia Dale vorstellen kann. Ihr liegt eine brillante Idee zugrunde, so einfach, daß sich sicher alle anderen Krimi-Autoren gewünscht haben, ihnen wäre sie zuerst eingefallen, bloß ist niemand darauf gekommen.
Außerdem finden Sie noch Geschichten von jungen Autoren: Uta-Maria Heim läßt auf dem Friedhof sich zwei Helden der Kriminalliteratur begegnen, und Michael Koglin beweist, daß auch im Altersheim noch tödliche Konkurrenz herrschen kann. Ich habe meine neuste Wexford-Story beigesteuert. Marie & Joseph haben uns die Illusion genommen, nur in Paris geschähen die Verbrechen und die französische Provinz wäre ein Hort des

Ruth Rendell

Friedens. Stefan Linster analysiert die Romane dieses ungewöhnlichen französischen Autorenpaars. Und natürlich fehlen nicht die bewährten Autorenporträts von Rudi Kost.
Wenn Sie diese breite Palette von Beiträgen aus dem Bereich der Spannungsliteratur lesen, dann wird Ihnen die Antwort leichtfallen, warum wir die Kriminalliteratur lieben und sie uns immer wieder große Befriedigung verschafft.

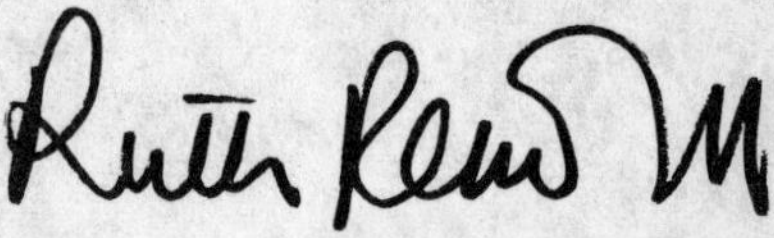

RUTH RENDELL

Die Maus in der Klemme

Ich denke, Sie wissen, wer Ihren Stiefvater ermordet hat», sagte Wexford.

Es war eine beiläufige Bemerkung, im Gehen und über die Schulter gesagt, als er die Tür erreichte. Ein schneller Abgang war allerdings unmöglich. Kaum war er aufgestanden, mußte er nicht nur den Kopf einziehen, sondern sich auch tief vorbeugen. Das Mädchen, zu dem er sprach, war klein und zierlich, der Freund, mit dem sie zusammenlebte, kaum größer als einssiebenundsechzig. Andernfalls, dachte er, wäre das Leben im Wohnwagen unterträglich gewesen.

Als sie nichts erwiderte, sagte er, gebeugt im Eingang stehend: «Sie haben doch nichts dagegen, wenn ich in ein oder zwei Tagen wiederkomme und wir uns noch einmal unterhalten.»

«Würde doch sowieso nichts ändern, oder?»

«Sie müssen nicht mit mir sprechen, Miss Heddon. Es steht Ihnen völlig frei, nein zu sagen.» Alles wäre erheblich würdevoller gewesen, hätte er sich aufrichten und ihr ganz normal gegenübertreten können, aber Wexford interessierte sich nicht sonderlich für Würde. Sein Tonfall war ernst, doch auch freundlich. «Sollten Sie jedoch nichts dagegen haben, werden wir diese Unterhaltung am Montag fortsetzen. Ich habe das Gefühl, Sie wissen erheblich mehr, als Sie mir gesagt haben.»

Sie sagte es, eine dieser Redewendungen, die ausnahmslos das genaue Gegenteil bedeuten. «Ich weiß nicht, wovon Sie reden.»

«Das ist unter der Würde von jemand mit Ihrer Intelligenz», sagte er und meinte es auch genau so.

Er öffnete die Tür und kletterte hinaus. Klettern, halb in der

Hocke, war die einzige Möglichkeit. Erleichtert setzte er seine Füße auf den Boden, bekam den Kopf frei und richtete sich zu seiner vollen Größe auf. Sie war ihm gefolgt und stand jetzt dort, hielt die Tür. Eine junge hübsche Frau von zwanzig Jahren, die durch ihr taillenlanges blondes Haar und die weiße, schulmädchenhafte Bluse sogar noch jünger wirkte.

«Also dann, bis Montag», sagte Wexford. «Sagen wir, so gegen drei?»

«Wie Sie wollen.» Mit ihrem immer wieder aufblitzenden Humor fügte sie hinzu: «Hier drin müssen Sie sich wie ein Rottweiler in einem Kaninchenstall vorkommen.»

Er lächelte. «Da könnten Sie recht haben. Es stimmt schon, mein Biß ist schlimmer als mein Bellen.»

Ohne ein weiteres Wort schloß sie die Tür, während sie diese Bemerkung möglicherweise verdaute. Er kehrte zum Wagen zurück, in dem Donaldson hinter dem Steuer auf ihn wartete. Ein mit Schlacke ausgestreuter Pfad bot einen einigermaßen benutzbaren Weg über die Ecke eines matschigen Feldes. Vor dem Hintergrund einer tristen grauen Einöde waren im kalten Dunst so gerade eben die Umrisse eines zu einem Häuschen umgebauten Eisenbahnwagens auszumachen. In der einen Woche seit Tom Peterlees Tod waren fünf Zentimeter Regen gefallen, und der Himmel voller dunkelgrauer Haufenwolken versprach mehr.

«Wir leben in einer Wohnwagenkultur, Steve», meinte er zu Donaldson. «Als Zuhause, meine ich, nicht als mobile Zelte. Dort drüben stehen noch zwei – Wanderarbeiter, vermute ich. Der hier vorn auf dem Eckgrundstück steht mindestens schon seit zwei Jahren dort und ist meines Wissens das Zuhause von vier Menschen, einem Hund und einem Hamster.»

«Wäre nichts für mich, Sir. Obwohl ich für einen Wohnwagen vor Dankbarkeit einen Kniefall gemacht hätte, als ich und meine Frau gerade frisch verheiratet bei ihrer Mutter gelebt haben.»

Wexford nickte, für Donaldson unsichtbar, auf dem Rücksitz. «Fahren Sie über Feverel's Farm, ja? Ich will nicht aussteigen, nur einen kurzen Blick werfen.»

Die Kenhurst Road führte von Süden nach Edenwick und

Kingsmarkham. Als sie die Randgebiete von Edenwick und damit die eine halbe Meile lange Dorfstraße erreichten, fielen die ersten Regentropfen auf die Windschutzscheibe. Nachdem die Häuser aufhörten, tauchten die Gebäude von Feverel's auf, als der Wagen um eine scharfe Kurve fuhr.

Der Laden des Bauernhofes war geschlossen, auch wenn neben dem Tor immer noch ein Holzschild stand, auf dem zum Einkochen Äpfel, Birnen, Pflaumen und Walnüsse zum Verkauf angeboten wurden. Wexford bat Donaldson, einen Moment anzuhalten. Sollte Heather Peterlee ihn doch sehen. So etwas konnte nie schaden. Zum dutzendsten Male schaute er hinüber zu dem Schuppen, der einmal ein Geschäft gewesen war, zu den dicht zusammengedrängten Holzgebäuden, dem Bauernhaus selbst und zu dem unvermeidlichen Wohnwagen.

«Sie wird es nur schwer verkaufen können, Sir», sagte Donaldson, als würde er seine Gedanken lesen. «Die Vorstellung wird den Leuten nicht besonders gefallen.»

«Der Mord ist in der Küche passiert», erwiderte Wexford recht scharf, «nicht in diesem Ding.»

«Das macht für manche keinen Unterschied», meinte Donaldson hintergründig.

Es war ein viktorianisches Haus, verputzt in einem blassen steinernen Farbton, der durch den Regen erdbraun geworden war. Ein unerbittlicher düsterer Kasten mit je einem Fenster links und rechts der Haustür, die sich genau in der Mitte befand, und drei Fenstern darüber. Keine Veranda, kein Balkon, nicht einmal ein Spalier durchbrach die Monotonie dieser Fassade. Das flache Dach war mit mattgrauem Schiefer gedeckt. Ein etwa zehn Meter breiter trostloser Platz, teils Schotter, teils stoppeliges Gras, trennte das Haus vom Laden. Ein Stück weiter zurück stand auf einer Betonplatte der Wohnwagen, und dahinter erstreckten sich die Gemüseäcker, von hier aus betrachtet nichts als hektarweise Kohl. Die einzigen Bäume waren Walnuß, zwar immer noch in vollem Laub, doch die Blätter waren schlaff und braun.

Der Laden wirkte wie eine baufällige Hütte. Die zweiflügelige

Tür war geschlossen und mit einem Vorhängeschloß gesichert, die Fenster mit Brettern vernagelt, verschwunden die Auslageständer, die normalerweise draußen standen. Eine der Wellblechplatten, mit der die Hütte gedeckt war, hatte sich gelöst und klapperte im stärker werdenden Wind rhythmisch auf und ab. Es war ein trostloser Ort. Keinem Besucher würde es schwerfallen zu glauben, daß hier ein Mann erschlagen worden war. Wexford erinnerte sich mit Widerwillen an die kleinen Gruppen Schaulustiger, die sich während der vorangegangenen Woche vor diesem Tor eingefunden hatten, herumstanden und beobachteten oder in ihren Autos saßen. Einige von ihnen warteten Stunden, starrten zum Haus hinüber, hofften, daß irgend etwas passierte. Manche von ihnen erinnerten sich zweifellos, wie sie erst wenige Tage zuvor für einen Zentner Maris Bards, ein paar Pfund Cox und einen von Heather Peterlees Apfelkuchen aus der Gefriertruhe vorbeigekommen waren.

Als Donaldson den Motor wieder anließ, kam ein Hund um die Hausecke gerast und kläffte hinter dem Tor. Es war ein schwarzer Spaniel, allerdings bei weitem nicht so sanftmütig, wie es normalerweise bei dieser Rasse der Fall ist. Wexford hatte seine Zähne durch den Ärmel seiner Jacke zu spüren bekommen, ohne allerdings ernstlich verletzt worden zu sein.

«Das ist der Hund, Sir, stimmt's?»

Sie kannten die Geschichte alle, sogar diejenigen, die nur entfernt damit zu tun hatten. Wexford bestätigte, daß es tatsächlich der Hund war; es war Scamp. Das arme Tier hatte inzwischen seine Stimme wiedergefunden, nachdem es pausenlos die Voyeure angebellt hatte, bis die Stimmbänder nichts mehr hergaben.

Wexford warf einen flüchtigen Blick zu den Nachbarn hinüber, sofern man ein Haus benachbart nennen konnte, das hundert Meter Feld und Wäldchen entfernt lag. Joseph Peterlee hatte eine Baumaschinenvermietung, und ein Kunde war gerade dabei, einen Bagger zurückzubringen, an dessen riesigen Reifen anscheinend noch mindestens eine halbe Tonne der hiesigen kalkhaltigen Lehmerde klebte. Mrs. Monica Peterlee in ihrer immer gleichen Uniform aus Gummistiefeln und einer geblümten

Schürze war in eine Unterhaltung mit ihrem Mann und dem Baggerfahrer vertieft, während sie einen grünen Schirm über ihren Kopf hielt. Sie standen in der Einfahrt, einer rissigen, mit Schlaglöchern und Pfützen übersäten, betonierten Fläche. Und das sind die Figuren in diesem Drama, dachte er, mit Ausnahme einer, die (um Kipling zu paraphrasieren) zum Mann ihres Herzens gegangen war, wie sie es auch tun sollte, und einer, die weiß der Himmel allein wohin gegangen war.

Warum war er so sicher, daß Arlene Heddon die Antwort kannte? Mike Burden, sein Stellvertreter im Kingsmarkham CID, sagte voller Verachtung, daß sie auf jeden Fall erheblich attraktiver war als die Ehefrau und die Witwe. Mit seinem üblichen Widerwillen gegen alle, deren Leben auch nicht annähernd seinem eigenen glichen, sprach er mit beißendem Hohn von dem «Peterlee-Mädchen», als würde allein die Tatsache, keinen Job und kein anständiges Dach über dem Kopf zu haben, zwangsläufig zu Mord führen.

«Ihr Name», sagte Wexford ziemlich mürrisch, «ist Heddon. Der Name ihres Vaters. Heather Peterlee war, wenn du dich erinnerst, eine Mrs. Heddon, bevor sie wieder heiratete.» Er fügte hinzu, wobei er sich fragte, wieso er sich überhaupt die Mühe machte, nachsichtig auf Burdens absurde Vorurteile zu reagieren: «Nebenbei gesagt, eine Witwe.»

Blitzschnell konterte Burden: «Woran ist denn ihr erster Mann gestorben?»

«Oh, mein Gott, Mike, an irgendeiner Knochenkrankheit. Das haben wir doch schon ausgiebig abgehandelt. Aber zurück zu Arlene Heddon. Sie ist eine sehr intelligente junge Frau, weißt du.»

«Nein, weiß ich nicht. Das kann ja wohl nicht dein Ernst sein. Intelligente Mädchen leben nicht von der Sozialhilfe mit arbeitslosen Schweißern in Wohnwagen.»

«Was bist du doch für ein Snob.»

«Mit *verheirateten* Schweißern. Ich bin nicht einfach nur ein Snob, ich bin Moralist. Intelligente Mädchen sind gut in der Schule, absolvieren eine anständige Ausbildung, finden ordentlich bezahlte Jobs und nehmen Hypotheken für richtige Häuser auf.»

«Irgendwie und irgendwann muß Arlene Heddon das verpaßt haben. Wie auch immer, ich habe nicht gesagt, daß sie akademische Neigungen besäße. Sie ist schlau, sie ist clever, sie hat einen wachen Verstand.»

«Und ihre Mutter, die zweimalige Witwe, ist sie das Genie, von dem Arlene ihren IQ geerbt hat?»

Dies war weder die rechte Zeit noch der rechte Ort, über den Mord zu sprechen, an einem Samstagnachmittag in Wexfords Haus, aber Burden war auf einen Drink vorbeigekommen, und ganz gleich, worüber sie sprachen, irgendwie kamen sie doch immer wieder auf die Peterlees zurück. Sie fingen so oft damit an, daß Wexford schließlich den Vorschlag machte, noch einmal die Abfolge der Ereignisse durchzugehen. Dora, seine Frau, war ebenfalls anwesend, saß aber auf der Bank vor dem Fenster und las. Ausnahmsweise schlug er nicht vor, daß er und Burden ihre Unterhaltung unter vier Augen fortsetzen sollten.

«Korrigier mich, was die Details betrifft», begann Wexford, «aber ich denke, du wirst mir zustimmen, daß es sich in etwa wie folgt zugetragen hat. Am zehnten Oktober, einem Donnerstag, öffnete Heather Peterlee wie gewöhnlich um neun Uhr den Laden von Feverel's. Sie verkauften ihre eigenen Erzeugnisse und außerdem exotische Gemüse und Früchte. Ebenfalls wie immer half Mrs. Monica Peterlee, Heathers Schwägerin, im Laden. Tom, Heathers Mann, arbeitete draußen, und zur Mittagszeit brachte er mit dem Trecker das Gemüse zum Laden, das er am Morgen geerntet und gepflückt hatte.

Gemeinsam aßen sie im Laden zu Mittag, hielten ihn geöffnet, und gegen drei Uhr kam Joseph Peterlee mit seinem Wagen, um seine Frau abzuholen und mit ihr zum Einkaufen nach Kingsmarkham zu fahren. Tom und Heather schlossen den Laden um fünf, dann gingen sie ins Haus, und Heather begann mit den Vorbereitungen für das Abendbrot. Tom hatte die Tageseinnahmen mitgenommen, die er in den Safe legen wollte, doch zunächst ließ er die Scheine auf der Anrichte gegenüber der Tür auf den Hof liegen. Alles in allem ungefähr dreihundertsechzig Pfund. Er legte das Geld auf das Bord der Anrichte und beschwerte es mit seinem Fotoapparat, vermutlich um zu verhindern, daß das Geld durch die Gegend flog, wenn die Tür geöffnet wurde. Dann ging er zum Wohnwagen hinüber, um eine geschäftliche Angelegenheit mit Carol Fox zu besprechen, die dort seit dem Sommer lebte. Tatsächlich ging es bei dieser geschäftlichen Angelegenheit um eine Erhöhung ihrer Miete.»

«Tom Peterlee ist nicht wegen dreihundertsechzig Pfund ermordet worden», sagte Burden.

«Nein, aber verschiedene Leute hätten gern, daß wir das glauben. Es ist schwierig, auch nur Vermutungen darüber anzustellen, warum er ermordet wurde. Jeder schien ihn gemocht zu haben. Alle möglichen Leute...», Wexford zögerte, «haben ‹nur in den höchsten Tönen von ihm geredet. Er war so was wie ein Mustergatte, nach allem, was man hört, ein idealer Ehemann, gut, liebenswürdig, unbestreitbar gutaussehend. Er hat sogar noch in der Leichenhalle gut ausgesehen – entschuldige bitte, Dora.

Aber ich will fortfahren. Um halb sechs aßen sie zu Abend. Laut ihrer Aussage erzählte Tom seiner Frau beim Essen, daß die Frage der Miete in aller Freundschaft geklärt worden sei. Carol wollte bleiben und sah ein, daß die Miete, die sie zahlte, nicht angemessen war...»

Dora unterbrach ihn. «Ist das die Frau, die ihren Mann verlassen und zu der Heather Peterlee gesagt hatte, sie könnte ihren Wohnwagen haben, weil sie sonst nirgendwo unterkommen konnte?»

«Allem Anschein nach eine alte Freundin von Heather. Laut Heather hat sie zu Tom gesagt, sie würde in etwa einer Stunde vorbeikommen, um sie auf dem Spaziergang zu begleiten. Heather ging nach dem Abendessen immer mit dem Hund spazieren, und Carol hatte es sich angewöhnt, sie zu begleiten. Heather machte den Abwasch, und Tom trocknete ab. Wie ich schon sagte, er war ein idealer Ehemann. Irgendwann ist er dann zum Holzschuppen hinausgegangen und hat einen Korb Scheite für die Öfen geholt, von denen einer in der Küche und ein zweiter im Wohnzimmer stand.

Um zwanzig nach sechs klopfte Carol an die Tür und kam in die Küche. Es regnete zwar nicht, aber es sah nach Regen aus, und Carol trug lediglich eine Strickjacke. Heather schlug vor, sie sollte eine der imprägnierten Jacken überziehen, von denen mehrere hinter der Tür hingen. Carol nahm eine beigefarbene vom Haken.»

«Schon merkwürdig, oder», warf Burden ein, «daß sie keinen eigenen Mantel aus dem Wohnwagen mitgenommen hat? Besonders eine Frau wie sie. Sehr auf ihr Aussehen bedacht, würde ich sagen. Aber vielleicht war es ihr gleichgültig, wenn sie allein mit einer anderen Frau zusammen war. Es war ein trister, grauer Abend, und höchstwahrscheinlich würden sie niemandem begegnen.»

Dora warf ihm einen rätselhaften Blick zu, mit einem angedeuteten Lächeln, sagte jedoch nichts. Ihr Mann fuhr fort.

«Als der Wohnwagen nach dem Haus durchsucht wurde, fiel die Tatsache auf, daß Carol Fox unter ihren Kleidern keinen Regenmantel hatte. Sie hat ausgesagt, und Heather hat dies bestätigt, daß sie immer einen von Heather benutzte. Sie nahmen den Hund und machten einen Spaziergang über das Land von Feverel's, auf dem Fußweg quer über die Weiden und dann runter zum Fluß. Irgendwann zwischen zwanzig nach sechs und halb sieben brachen sie auf. Zu diesem Zeitpunkt war es immer noch hell, und so würde es auch die nächste halbe Stunde bleiben. Wir wissen nicht, was Tom in ihrer Abwesenheit getan hat, und werden es wahrscheinlich auch nie erfahren, außer daß er das Geld ganz sicher nicht in den Safe gelegt hat.

Gegen zehn vor sieben wurde Arlene Heddon von ihrem Freund auf Feverel's abgesetzt.» Wexford sah Burden mit einer fragend gehobenen Augenbraue an. «Der arbeitslose, verheiratete Schweißer, Gary Wyatt. Arlene und Gary besitzen kein Telefon, und Arlene erhielt die Nachricht von Grandma, auf deren Land sie lebt. Sie ist natürlich nicht wirklich ihre Großmutter, aber sie nennt sie Grandma.»

«Die alte Hexe», sagte Dora. «So nennen die Leute sie. Sie ist allgemein bekannt.»

«Ich glaube nicht, daß sie so alt ist, wie sie aussieht, und ganz sicher ist sie keine Hexe, auch wenn sie die entsprechende äußere Erscheinung durchaus kultiviert. Um die Mutter von Joseph und Tom sein zu können, muß sie höchstens fünfundsechzig sein, und ich wage zu behaupten, so alt ist sie nicht. Die Nachricht, die Arlene von Mrs. Peterlee senior erhielt, lautete, daß Mom ihren Pullover fertig hatte, und wenn sie ihn für Freitag haben wollte, ob sie dann nicht kommen und ihn abholen könnte? Sie hatte etwa acht Uhr vorgeschlagen. Grandma sagte, sie hätte Arlene selbst gefahren, weil sie zu ihrem Treffen der *Conservative Association* nach Kingsmarkham wollte – stell dir das vor, Dora –, doch Arlene antwortete, nein, Gary und sie wären dann noch beim Abendbrot. Gary würde sie etwas später mit seinem Lieferwagen vorbeifahren.

Tatsächlich wollte Gary um halb sieben ausgehen. Er setzte sie vor Feverel's ab, womit sie mehr als eine Stunde vor dem Zeitpunkt dort eintraf, den ihre Mutter vorgeschlagen hatte. Er fuhr dann weiter, um sich mit seinen Kumpeln auf ein Bier im *Red Rose* in Edenwick zu treffen. Was bislang niemand bestätigt hat. Weder der Wirt noch das Mädchen hinter der Theke erinnern sich, daß er dort gewesen ist. Ganz anders verhält es sich mit den Aussagen der Zeugen für die alte Hexe. So merkwürdig ihre Anwesenheit dort auch immer erscheinen mag, jeder einzelne Tory in Kingsmarkham scheint sich an sie im ‹Seminar Room› des *Olive and Dove Hotel* an diesem Abend zu erinnern. Allerdings nicht vor halb acht, als die Zusammenkunft begann. Wo ist sie während dieser anderthalb Stunden gewesen?

Gary versprach, Arlene in einer Stunde wieder abzuholen. Arlene ging hinter das Haus und betrat es durch die Küchentür, die nicht verschlossen war. Als Tochter des Hauses klopfte sie nicht an oder rief, sondern marschierte direkt hinein.

Dort, in der Küche, auf dem Boden, fand sie die Leiche ihres Stiefvaters, Tom Peterlee, mit dem Gesicht nach unten und einer Wunde auf dem Hinterkopf. Sie kniete sich neben ihn und berührte sein Gesicht. Es war noch warm. Sie wußte, daß sich im Wohnzimmer ein Telefon befand, hatte aber Angst, daß der Täter möglicherweise noch im Haus war. Sie lief nach draußen, in der Hoffnung, daß Gary vielleicht noch nicht losgefahren war. Doch er war nicht mehr da, und sie lief die etwa hundert Meter zu Mr. und Mrs. Joe Peterlees Haus, wo sie von deren Telefon aus die 999 anrief.

Joe Peterlee war, laut Aussage seiner Frau, unterwegs. Arlene – dies alles ist Arlenes Aussage, die teilweise durch Monica Peterlee bestätigt wurde – bat sie mitzukommen und mit ihr auf die Polizei zu warten, doch Monica Peterlee erwiderte, sie hätte zuviel Angst, daher ging Arlene allein zurück. Kurz darauf – es war inzwischen fünf nach sieben – kehrten ihre Mutter und Carol Fox von ihrem Spaziergang mit dem Hund zurück. Arlene wartete vor der Hoftür auf sie.

Sie bereitete sie auf das vor, was sie in der Küche sehen würden, und Heather schrie auf, stieß die Tür auf und rannte in die Küche. Sie warf sich über die Leiche, und als Arlene und Carol sie zurückzogen, begann sie, ihren Kopf gegen die Küchenwand zu schlagen.»

Burden nickte. «Diese beiden Handlungen – wie sollen wir es nennen? Hysterie? Bekundungen von Trauer? – erklären das Blut auf ihrer Jacke und die beträchtlichen Verletzungen ihres Gesichtes. Oder sind doch wenigstens mögliche Erklärungen dafür.»

«Die Polizei kam, und jeder wurde noch an Ort und Stelle vernommen. Natürlich hatte niemand verdächtige Personen in der Nähe von Feverel's gesehen. Das hat nie jemand. Joe Peterlee konnte bislang nicht zufriedenstellend Rechenschaft über den Zeitraum zwischen zwanzig nach sechs und zehn vor sieben ablegen. Ebensowenig Gary Wyatt und Grandma Peterlee.

Das Geld war fort. Keine Tatwaffe. Im Haus wurden keine Fingerabdrücke außer denen von Tom, Heather, Carol Fox und Arlene gefunden. Der Gerichtsmediziner sagt, Tom wäre zwischen Viertel nach sechs und Viertel nach sieben gestorben, ein Zeitraum, der noch erheblich enger gefaßt werden kann, sofern

Arlenes Aussage zutreffend ist. Vergiß nicht, sie hat gesagt, er wäre noch warm gewesen, als sie sein Gesicht um zehn vor sieben berührte.

Ich glaube, sie lügt. Ich glaube, sie lügt durchgängig, sie schützt jemanden, und das ist der Grund, warum ich weiter mit ihr reden werde, bis ich herausgefunden habe, um wen es sich dabei handelt. Um Grandma oder ihren Freund oder ihren Onkel Joe... oder um ihre Mutter.»

Dora rümpfte die Nase. «Ist das nicht ein bißchen geschmacklos, Reg, ein Mädchen dazu zu bringen, ihre eigene Mutter zu verraten? Das ist ja wie beim KGB.»

«Und wir wissen ja, was mit denen passiert ist», sagte Burden.

Wexford lächelte. «Vielleicht bringe ich sie ja auch nur dazu, ihre angeheiratete Stieftante zu verraten, oder ist das nicht erlaubt?»

Burden verließ sie gegen zehn vor zehn. Er war zu Fuß, denn er und Wexford lebten weniger als eine Meile voneinander entfernt, und zu Fuß zu gehen war eine körperliche Betätigung, die alle Male denjenigen vorzuziehen war, die seine Frau vorschlug: sich auf einem Heimtrainer abzustrampeln oder auf einem Laufband zu stapfen. Sein Heimweg würde ihn an dem großen neuen Einkaufszentrum vorbeiführen, dem *York Crest Centre*. Er mißbilligte den Namen und den ganzen Komplex, alles weit entfernt von dem, was Kingsmarkham einmal gewesen war, als er hierherkam.

Damals hatte es abends noch Leben in der Stadt gegeben, Menschen, die Pubs und Restaurants besuchten, Kinobesucher, bummelnde Fußgänger, in jener Zeit vor der Ankunft des allgegenwärtigen Autos. Fernsehen, die Folgen der Rezession und die Angst vor Gewalt auf den Straßen bewirkten, daß die Bürger zu Hause blieben und der Ort leer und verlassen wirkte. Alles war still, leer, aber hell erleuchtet und daher ein wenig unheimlich.

Seine Schritte hinterließen ein schwaches, hohles Echo. Er sah seine einsame Gestalt in den schimmernden Schaufenstern der Geschäfte. Nicht eine Menschenseele begegnete ihm, als er die York Street betrat, nicht ein einziges Wesen wartete an einer Straßenecke oder an der Bushaltestelle. Er bog in die kleine Gasse ein, die an der Seite des *York Crest Centre* verlief, um seinen Weg ungefähr einen *Furlong* – eine Viertelmeile – abzukürzen. Weiß heute überhaupt noch jemand, was ein *Furlong* ist, dachte der altmodische, nostalgische Burden.

Und in sein stummes Grübeln platzten die Einbrecher.

Er brauchte etwa dreißig Sekunden, bis ihm klarwurde, was hier passierte. Er hatte es schon im Fernsehen gesehen, aber gedacht, so etwas gäbe es nur im Norden Englands. Ein *Rammbruch*. So hatte jemand diese spezielle Art des Raubüberfalles genannt. Zuerst der Land Rover, der auf dem gepflasterten Hof wendete, dann im Rückwärtsgang und mit Höchstgeschwindigkeit in die riesige Front von Glastüren zurücksetzte, durch die das Zentrum nachts verschlossen wurde. Der Lärm zersplitternden Glases war ohrenbetäubend, wie eine Bombe.

Der Land Rover verschwand im Inneren, gefolgt von zwei anderen Wagen, einer Volvo-Limousine und einem Volvo-Kombi, die über das zerbrochene Glas, die Trümmer der Türen, rasten. Er wartete nicht, um zu sehen, was weiter passierte. Er hatte sein Funktelefon in der Hand und schaltete es ein, noch bevor die Rücklichter des zweiten Wagens verschwunden waren. «Nicht bereit» tauchte auf dem Display auf, und immer noch «Nicht bereit», als er das kleine Gerät schüttelte und die Antenne herauszog. Es funktionierte nicht. Das war noch nie passiert, aber ausgerechnet heute abend mußte es passieren, als er zur richtigen Zeit am richtigen Ort war.

Burden rannte die Gasse zu den Telefonen am Postamt hinunter, vier Stück, jedes unter einer Plastikhaube. Das erste war von Randalierern mutwillig zerstört worden, das zweite funktionierte. Wenn es ihm gelang, daß sie in fünf Minuten hier waren, ja selbst in zehn Minuten... Mit schweren Schritten lief er zurück, erinnerte sich, daß es ratsam wäre, nicht gehört zu werden, und schlich dann den Rest des Weges. Sie fuhren schon wieder, der – natürlich gestohlene – Land Rover, dessen sämtliche Scheiben zersplittert waren, die beiden Volvos dicht dahinter, und waren, weiß der Teufel wohin, verschwunden, als die Streifenwagen der Mid-Sussex Constabulary eintrafen.

Zweck des Überfalles war es gewesen, soviel elektronische Geräte mitzunehmen, wie die Diebe innerhalb von fünf Minuten aus *Nixon's* im Einkaufszentrum ausräumen konnten. Es war eine gewaltige Beute, und wahrscheinlich waren dazu zwölf Männer daran beteiligt.

Das Telefon am Postamt wurde repariert und am folgenden Tag zusammen mit den übrigen wieder demoliert. Das war an einem Montag, dem Datum von Wexfords zweiter Unterhaltung mit Arlene Heddon. Am späten Nachmittag fuhr er hinaus zum Wohnwagen auf dem Grundstück der alten Mrs. Peterlee. Manchmal hatte Arlene eine Putzstelle, aber nachmittags war sie immer zu Hause. Er klopfte an die Tür, und sie rief, er solle hereinkommen.

Sie starrte auf den laufenden Fernseher, lag zurückgelehnt auf der Sitzbank, die über die gesamte Länge der gegenüberliegenden Wand verlief. Sie wirkte so entspannt, ja sogar schläfrig, daß Wexford dachte, sie würde das Gerät mit der Fernbedienung ausschalten, die auf dem Raumteiler lag, der den Wohn-Schlaf-Bereich von der Kochnische trennte, doch sie stand auf und drückte den Netzschalter. Sie standen sich gegenüber, und dieses Mal schien sie darauf zu brennen, mit ihm zu reden. Er stellte ihr eine Reihe neuer und sämtliche alten Fragen.

Dann fiel ihm auf, daß sich ihre Antworten, wenn auch nur in kleineren Details, leicht von dem unterschieden, was sie beim ersten Mal gesagt hatte. Ihre Mutter hatte sich nicht über die Leiche geworfen, sondern sich hingekniet und den Kopf des toten Mannes in die Arme genommen. Und ihren Kopf hatte sie gegen eine der Arbeitsplatten geschlagen, nicht gegen die Wand.

Der Hund hatte beim Anblick seines toten Herrn gejault. Beim ersten Mal sagte sie, sie glaubte von oben ein Geräusch gehört zu haben, als sie ins Haus kam. Diesmal sagte sie, alles wäre völlig still gewesen. Ihr war auch nicht aufgefallen, ob das Geld noch da war oder nicht, als sie hereingekommen war. Jetzt sagte sie, das Geld hätte dort gelegen, mit der Kamera auf den Scheinen. Als sie von ihrem Telefonat zurückgekommen war, war sie nicht wieder ins Haus gegangen, sondern hatte davor auf die Rückkehr ihrer Mutter gewartet. Das hatte sie beim ersten Gespräch gesagt. Jetzt sagte sie, sie wäre noch einmal kurz in die Küche gegangen. Die Kamera war noch da, das Geld aber verschwunden.

Wexford machte sie ganz beiläufig auf diese Diskrepanzen aufmerksam. Sie äußerte sich nicht dazu. Er fragte, mit scheinbarer Gleichgültigkeit: «Nur aus reiner Neugier, woher wußten Sie, daß Ihre Mutter mit dem Hund fort war?»

«Der Hund war nicht da, und sie war nicht da.»

«Sie hatten Angst, das Telefon im Haus zu benutzen, falls der Mörder Ihres Stiefvaters immer noch dort war. Haben Sie nie daran gedacht, daß Ihre Mutter womöglich tot in einem anderen Teil des Hauses lag? Daß Carol Fox allein mit dem Hund spazierengegangen sein könnte, wie sie es vielleicht gelegentlich tat?»

«Ich kannte Carol nicht besonders gut», sagte Arlene Heddon.

Das war keine richtige Antwort. «Aber sie war doch eine gute Freundin Ihrer Mutter, eine alte Freundin, nicht wahr? Man könnte sagen, Ihre Mutter hätte ihr Zuflucht geboten, als sie ihren Ehemann verließ. So etwas macht doch eine gute Freundin, nicht wahr?»

«Seit ich siebzehn bin, wohne ich schon nicht mehr zu Hause. Ich kenne nicht sämtliche Freundinnen meiner Mutter. Ich wußte nicht, ob Carol mit dem Hund spazieren war oder was. Manchmal ist Tom mit ihm spazierengegangen, und manchmal meine Mutter. Ich habe noch nie gehört, daß Carol mit meiner Mutter gegangen ist, aber woher auch. Carol hat mich nicht interessiert.»

«Und doch haben Sie gewartet, bis beide von ihrem gemeinsamen Spaziergang zurückkehrten, Miss Heddon.»

«Ich habe auf meine Mutter gewartet», sagte sie.

Wexford verließ sie, versprach, am Donnerstag zu einem weiteren Gespräch zurückzukommen. Grandma war nirgendwo zu sehen, doch auf dem Weg zu seinem Wagen bog sie in ihrem auf den Hof ein, holperte über den unebenen Boden, ruckelte durch ein oder zwei Furchen, schlitterte mit kreischenden Bremsen auf dem Eis und kam, nachdem sie einen Halbkreis um den Eisenbahnwagen gemacht hatte, ruckartig zum Stehen. Florrie Peterlee, die auf die Siebzig zuging und wie achtzig aussah, fuhr wie ein achtzehnjähriger Schwachkopf hinter dem Steuer seiner ersten Klapperkiste.

Sie vermittelte den Eindruck, als würde sie sich mühsam aus ihrem Wagen herauskämpfen. Ihr weißes Haar war so lang und glatt wie Arlenes, und immer war sie in Schwarz gekleidet, was manchmal sonderbar modern wirkte. Bei einem Teenager wäre es schick gewesen. Sie hatte eine Hakennase, ein vorspringendes Kinn und leuchtende schwarze Augen. Wexford fiel aus dem Stegreif niemand ein, der sein Leben so intensiv zu genießen schien wie Mrs. Peterlee senior. Einen Teil ihres Vergnügens zog sie aus ihrer Gleichgültigkeit dem gegenüber, was die Leute von ihr hielten – natürlich abgesehen von ihrem Wunsch, bei ihnen als Hexe zu gelten –, einen anderen Teil aus ihrer anhaltenden Gesundheit und ihrer Lebensfreude. Bislang hatte sie noch keinerlei Trauer wegen des Todes ihres Sohnes gezeigt.

«Sie sind zu alt für sie», sagte die alte Hexe.

«Zu alt für was?» fragte Wexford und wich ihrem stechenden Blick nicht aus.

«Ach, hör sich einer den an! Das ist mal eine nette Frage, die man einem älteren Mitbürger stellt. Passen Sie auf, daß ich Sie nicht verhexe. Wieso lassen Sie die arme Kleine nicht einfach in Ruhe.»

«Sie wird mir sagen, wer Ihren Sohn Tom ermordet hat.»

«Gehen Sie. Sie weiß es nicht. Vielleicht war ich es.» Sie starrte ihn herausfordernd an. «Beinahe hätte ich mal seinen Vater umgebracht. Ich habe zu ihm gesagt, du hast mich einmal zu oft verprügelt, Arthur Peterlee, und ich habe das Küchenmesser genommen und bin auf ihn losgegangen. Ich will nicht sagen, daß er mich danach nie wieder angerührt hat, die menschliche Natur war noch nie so, aber kurz darauf hat er einen Herzinfarkt bekommen und ist tot umgefallen, der arme alte Sack. Ich war so froh, ihn los zu sein, daß ich auf seinem Grab getanzt habe. Ich weiß, die Leute sagen, das wäre nur so eine Redewendung, aber ich habe es wirklich getan. Bin mit einer halben Flasche Gin zum Friedhof gegangen und habe auf dem Grab von diesem Scheißkerl getanzt.»

Wexford konnte sich gut vorstellen, wie sie mit wehenden Haaren, flatternden schwarzen Kleidern, die Flasche in einer Hand, Gin-Spritzer auf ihrem faltigen Gesicht, unter den rauhen Stechpalmen und im Schatten der Eibe tanzte. Er zog seine Augenbrauen hoch. Bevor sie eine weitere Gelegenheit bekam, ihn zu schockieren oder es zumindest zu versuchen, fragte er, ob sie noch einmal darüber nachgedacht hätte, wo sie in dieser fehlenden Stunde am Abend des Todes ihres Sohnes gewesen war.

«Sie würden staunen.»

Sie sagte es nicht als Redensart, sondern als echte Zusicherung, ihn überraschen zu können. Er zweifelte keine Sekunde daran, daß sie es konnte. Sie grinste, zeigte dabei gleichmäßige, weiße Zähne, keine Prothese. Unvermittelt kam ihm der Gedanke, daß sie noch eine echte Schönheit sein könnte, wenn sie nur ein ausgiebiges Bad nahm, ihr volles Haar hochfrisierte und sich etwas passender für eine ländliche Matriarchin kleidete. Um ihr Alibi oder das Fehlen eines solchen machte er sich keine größeren Gedanken, denn er bezweifelte, daß sie die Kraft hatte, jenen «stumpfen Gegenstand» zu schwingen, der Tom Peterlee getötet hatte.

Er war ziemlich sicher, was für ein Gegenstand es gewesen und was aus ihm geworden war. Als er auf Feverel's eingetroffen war, hatte er die Holzsplitter in Tom Peterlees Kopfverletzung noch vor Ankunft des Gerichtsmediziners gesehen. Mutlos hatte er die Bedeutung eines Korbes voller Holzscheite unmittelbar hinter der Tür auf den Hof und des großen, geschlossenen Ofens in einer Nische in der Wand gegenüber der Tür erfaßt. Die Tatwaffe würden sie niemals finden. Ohne es beweisen zu können, wußte er von Anfang an, daß es ein stahlhartes Eichenholzscheit gewesen war, vielleicht dreißig Zentimeter lang und acht bis zehn Zentimeter im Durchmesser, ein Scheit, mit dem wieder und wieder zugeschlagen und das anschließend in die lodernde Glut dieses Ofens geschoben worden war.

Er hatte sogar nachgesehen. Man hatte den Ofen ausgehen

lassen. Würde jemand in so einem Augenblick das Feuer wieder anschüren? An einer Stelle ziemlich genau in der Mitte glühte unter der feinen, hellgrauen Staubschicht immer noch ein Rest und erstarb, noch während er zuschaute. Später hatte er die Asche analysieren lassen. Die ganze Zeit, die er dort war, hatte der Hund gejault. Jemand sperrte ihn in einen Raum, doch sein langgezogenes Heulen folgte ihm noch die Straße hinauf, als er zu Joseph und Monica Peterlee ging.

Er erinnerte sich, wie er überlegt hatte – völlig irrelevant –, ob sie sich auch so anzog, wenn sie sich zu Tisch setzte, wenn sie fernsah. Um neun Uhr abends trug sie immer noch ihre Schürze, ihre schwarzen Gummistiefel. Ihr Mann war eine größere und schwerere Ausgabe seines Bruders, drei oder vier Jahre älter, sein Haar stahlgrau, während Toms braun gewesen war, sein Bauch fett und hängend, während Tom schlank gewesen war. Sie gaben sich gegenseitig ein Alibi, nutzlos, denn Joe besaß für die fragliche Zeit kein Alibi. Er war auf Kaninchenjagd gewesen, sagte er, zeigte seine Schrotflinte und seinen Waffenschein.

«Die haben Tom wegen dem Geld umgelegt», teilte er Wexford mit. Er sagte es, als wäre die Polizei ohne diese Information niemals selbst auf diese Lösung gekommen. «Ich hab's ihm gesagt. Ich hab' ihm gesagt, immer und immer wieder hab' ich's ihm gesagt, laß das Geld nicht einfach so rumliegen, nicht mal für eine Stunde, nicht mal am hellichten Tag. Wozu hast du denn einen Safe, wenn du ihn nicht benutzt? Das habe ich zu ihm gesagt, habe ich doch, Mädchen, oder?»

Seine Frau bestätigte, daß er es in der Tat gesagt hatte. Wieder und wieder. Wexford hatte den Eindruck, sie würde alles bestätigen, was er sagte. Des lieben Friedens willen, des ruhigen Lebens willen. Als er zwei Tage darauf wieder mit ihnen sprach, erkundigte er sich nach der Beziehung zwischen Tom und Heather Peterlee.

«Sie waren ein sehr glückliches Ehepaar», sagte Joe. «Nie ein böses Wort während der ganzen zehn Jahre, die sie verheiratet waren.»

Später fragte sich Wexford, was Dora wohl gesagt haben

würde, hätte er eine solche Bemerkung über Verwandte von sich gemacht. Oder Burdens Frau Jenny. Ganz sicher irgendeine trockene Bemerkung. Bestimmt wäre es zu irgendeinem schnellen Einwurf gekommen, zu einem «Ach, komm schon, woher willst du das denn so genau wissen?» oder «Hast du Mäuschen gespielt?» Aber Monica sagte nichts. Sie lächelte nervös. Ihr Mann sah sie an, und ihr Lächeln verschwand.

Man ging davon aus, daß es die *Rammbrecher* in der darauffolgenden Samstagnacht ein weiteres Mal versuchen würden. Statt dessen kamen sie jedoch am Freitag, am langen verkaufsoffenen Abend im *Stowerton Brook Buyer's Heaven*, weniger als eine Stunde, nachdem die Geschäfte geschlossen hatten. Ein weiterer gestohlener Land Rover sprengte die Eingangstüren, gefolgt von einem gestohlenen Range Rover und einem BMW. Diesmal wurde *Electronic World* ausgeplündert, die Beute ähnelte der vom letzten Mal.

Die Männer in den drei Fahrzeugen entkamen mit elektronischen Geräten in der erstaunlichen Höhe von fünfunddreißigtausend Pfund.

Dieses Mal war Burden nicht in der Nähe gewesen, auf dem Nachhauseweg. Überhaupt niemand, da das Gewerbegebiet von Stowerton Brook, wo der *Buyer's Heaven* lag, nachts völlig menschenleer war, bei weitem verlassener als die Innenstadt von Kingsmarkham. Die beiden Wachhunde auf dem Gelände des benachbarten Baumarktes waren einen Monat zuvor im Rahmen der Säuberungsaktion gegen gefährliche Hunderassen eingeschläfert worden.

Burden war fünf Meilen entfernt gewesen, hatte mit Carol Fox und ihrem Mann Raymond gesprochen. Für Burden, der außer bei seiner eigenen nie viel auf das Äußere einer Frau achtete, sah sie einfach nur etwas besser als durchschnittlich gut aus. Sie war Mitte dreißig, zehn Jahre jünger als Heather, hell gekleidet und temperamentvoll. Es war Wexford, der sie jener Gruppe oder Kategorie zuordnete, die mit ihren feuerroten Haaren, der leuchtend hellen Haut, Elfenbein und Pink, und den enzianblauen Augen mehr natürliche Farbe besaß als die meisten Frauen. Er verlor kein Wort über die unnatürliche Farbe, die Mrs. Fox' Lippen, Nägel und Lider übermäßig zierte. Burden stufte sie als «nur ein Cockney mit einer fürchterlichen Stimme» ein. Insgeheim fand er sie gewöhnlich. Sie war laut und ungehobelt, eine merkwürdige Freundin für die ruhige, reservierte und unscheinbare Heather.

Der Ehemann, zu dem sie nach sechsmonatiger Trennung zurückgekehrt war, war dünn, hatte ein Pferdegebiß und verhärmte Augen. Eine Art Vertreter. Er schien stolz auf sie zu sein und übertrieben glücklich, sie zurückzuhaben. An diesem Abend – der Fall war gerade eine Woche alt – war er darauf bedacht, Burden und jedem anderen, der es hören wollte, zu versichern, daß die Trennung zwischen ihm und seiner Frau lediglich ein «Versuch» gewesen war, ein experimentelles Getrenntleben, um ihre Beziehung aufzufrischen. Jetzt würden sie für immer zusammenbleiben. Ihre Trennung war kein Erfolg gewesen, sondern vielmehr für beide nur eine einzige Qual.

Carol sagte nichts. Nachdem sie von Burden gebeten wurde, mit ihm noch einmal die Ereignisse des zehnten Oktober durchzugehen, bestätigte sie erneut, daß sie und Heather um zwanzig nach sechs das Haus verlassen hatten. Ja, direkt hinter der Tür in der Küche hatte ein Korb mit Feuerholz gestanden. Weder auf der Arbeitsfläche noch auf der Anrichte hatte sie Geld gesehen. Tom hatte Geschirr abgetrocknet, als sie hereingekommen war. Er war gesund und munter, als sie gingen, und räumte gerade das Geschirr in den Schrank.

«Hätte ich mal soviel Glück», sagte Carol Fox mit einem nicht besonders liebevollen Seitenblick auf ihren Ehemann.

«Mochten Sie Tom Peterlee, Mrs. Fox?»

Bildete er es sich nur ein, oder hatte sich Raymond Fox' Miene geringfügig verändert? War er zusammengezuckt? Burden wiederholte seine Frage.

«Er war immer sehr freundlich», sagte sie. «Ich habe nie viel von ihm zu sehen bekommen.»

Das Ergebnis der Laboranalyse brachte zutage, daß sich in der Herdasche ein Stück Tierknochen befunden hatte. Burden hatte an jenem ersten Abend herausgefunden, was die Peterlees zum Abendbrot gehabt hatten: Lammkotelett mit Kartoffeln und Kohl aus eigenem Anbau. Die Reste kamen in den Eimer für den Komposthaufen, niemals in den Ofen. Knochen, gekocht oder auch roh, die Peterlees machten da keinen Unterschied, wurden für den Hund vor die Hoftür gelegt.

Was war aus dem verschwundenen Geld geworden? Die Summe war nicht groß genug, daß es aufgefallen wäre, wenn jemand sie ausgegeben hätte. Sie durchsuchten das Haus ein zweites Mal, registrierten dabei den leeren Safe, das Fehlen selbst des bescheidensten Schmuckes, das Fehlen von Büchern, überhaupt jeder Art von Lesestoff oder anderer, allgemein akzeptierter Annehmlichkeiten des modernen Lebens.

Heather Peterlee schloß sich im Haus ein und sagte nichts, wenn sie angesprochen wurde. Beim Verhör starrte sie ins Leere und blieb stumm. Jeder schrieb ihr Schweigen ihrer Trauer zu. Wexford, ohne große Hoffnung, daß etwas dabei herauskam, bat darum, den Film aus der Kamera nehmen zu dürfen, die auf den verschwundenen Geldscheinen gelegen hatte. Sie zuckte nur mit den Achseln, brummte, daß er ihn haben könnte, bitte sehr, und drehte ihr Gesicht zur Wand. Doch als er nachschaute, fand er keinen Film in der Kamera.

Burden hielt Wexfords fortgesetzte Besuche bei Arlene Heddon für eine Besessenheit, der Chief Constable sagte, es sei die reinste Zeitverschwendung. Seit seinem zweiten Besuch hatte sie exakt die gleichen Antworten auf alle von ihm gestellten Fragen gegeben – das heißt, die gleichen wie bei seinem zweiten Besuch. Er fragte sich, wie sie das machte. Entweder war es die schlichte Wahrheit, oder aber sie besaß ein absolutes Gedächtnis. In diesem Fall: Wieso unterschied es sich dann von dem, was sie beim ersten Verhör gesagt hatte? Jetzt stimmte einfach alles perfekt überein.

Falls sie einen persönlichen Kommentar abgab, könnte etwas Neues dabei herauskommen, doch das tat sie nur höchst selten.

Jedesmal, wenn er Tom Peterlee als ihren Stiefvater erwähnte, korrigierte sie ihn: «Ich habe ihn Tom genannt», und wenn er von Joseph und Monica als Onkel und Tante sprach, machte sie ihn darauf aufmerksam, daß sie nicht ihr Onkel und ihre Tante waren. Carol Fox war die beste Freundin ihrer Mutter, sie kannten sich schon seit Jahren, aber sie, Arlene, kannte Carol praktisch überhaupt nicht.

«Ich habe noch nie davon gehört, daß Carol zusammen mit meiner Mutter mit dem Hund spazierengegangen ist, aber woher auch. Carol hat mich nicht interessiert.»

Manchmal war Gary Wyatt da. Wenn Wexford kam, ging er immer. Er hatte immer die eine oder andere halb gebrummte Entschuldigung, daß er jemanden wegen irgendwas besuchen müsse und schon zu spät dran sei. An einem Montag – für gewöhnlich suchte Wexford den Wohnwagen montags und donnerstags auf – bat er Gary, noch einen Moment zu bleiben. Waren ihm inzwischen weitere Einzelheiten eingefallen, wo er an diesem Abend zwischen Viertel vor sieben und halb acht gewesen war? Nein, waren nicht. Er war im Pub gewesen, im *Red Rose* in Edenwick.

«Aber niemand erinnert sich, Sie dort gesehen zu haben.»

«Das ist deren Problem.»

«Es könnte aber leicht Ihr Problem werden, Gary. Sie mochten Tom Peterlee nicht, stimmt's? Ist es nicht wahr, daß Tom sich geweigert hat, Ihnen und Arlene den Wohnwagen zu überlassen, in dem Mrs. Fox dann lebte, da Sie Ihre Frau und Ihre Kinder verlassen haben?»

«Ein Esel schimpft den anderen Langohr», sagte Gary.

«Und was soll das heißen?»

Nichts, sagten sie. Es bedeutete gar nichts. Er hatte damit nicht auf Tom angespielt. Ein Lächeln huschte über Arlenes Gesicht und war sofort wieder verschwunden. Gary ging, um jemanden wegen irgendwas zu besuchen, eine Verabredung, zu der er sowieso schon zu spät kam, und Wexford begann mit seinen Fragen über Heathers Verhalten, als sie nach dem Spaziergang nach Hause kam.

«Sie hat sich nicht über ihn geworfen», sagte Arlene wegwerfend, anscheinend ohne auch nur die Spur von Gefühl. «Sie hat sich hingekniet und irgendwie seinen Kopf in die Arme genommen. So ist auch sein Blut auf ihre Kleider gekommen. Carol und ich, wir mußten sie dazu bringen aufzustehen, und dann hat sie angefangen, ihr Gesicht auf diese Arbeitsplatte zu schlagen.»

Es war das gleiche wie beim letzten Mal, immer das gleiche.

Appelle an die Öffentlichkeit, es sollten sich mögliche Zeugen melden, hatte es nicht gegeben. Zeugen von was? Heather Peterlee erhielt ihr Alibi von Carol Fox, und Wexford sah beim besten Willen nicht, wieso sie gelogen haben sollte oder daß die beiden unter einer Decke steckten. Sie mochte ja eine Freundin sein, aber auch wieder nicht so eine Freundin, daß sie einen Meineid leistete, um eine Frau zu retten, die ohne Motiv einen idealen Ehemann ermordet hatte.

Er machte sich Gedanken über das Knochenfragment. Aber die Peterlees hatten einen Hund. Es war ohne weiteres vorstellbar, daß ein Hundeknochen zwischen die Scheite für den Herd geraten sein könnte. Schon ein wenig merkwürdig, ja, aber merkwürdige und unerklärliche Dinge passieren eben. Es fiel ihm immer noch schwer zu akzeptieren, daß Arlene es einfach als selbstverständlich hingenommen hatte, daß ihre Mutter und Carol Fox zusammen mit dem Hund spazieren waren, wo sie doch kaum zu wissen schien, daß Carol überhaupt dort lebte. Und er hatte auch nie wirklich diese Geschichte schlucken können, daß Heather ihr Gesicht gegen die Arbeitsplatte geschlagen hatte. Carol hatte dazu nur gesagt: «Oh, ja, das hat sie gemacht», und Heather selbst hatte die Hände über den Mund gelegt und sich einfach weggedreht.

Und dann passierte etwas Merkwürdiges, wodurch sich allmählich alles veränderte.

Ein älterer Mann, ein Stammkunde des Ladens, bat darum, mit Wexford zu sprechen. Er war Witwer, der selbst einkaufte und für sich kochte, von der staatlichen Rente und einer Pension der *Mid-Sussex Water Authority* lebte.

Frank Waterton begann mit der Entschuldigung, er wäre überzeugt, daß es eigentlich nichts sei, er sollte Wexford wirklich nicht damit belästigen, aber es ging um eine Angelegenheit, die ihm einfach keine Ruhe mehr gelassen hätte. Er hatte deswegen schon immer etwas unternehmen wollen, obwohl er nie genau wußte, was. Deshalb hatte er auch, im Endeffekt, nichts getan.

«Um was geht es denn, Mr. Waterton? Warum erzählen Sie es nicht einfach, und dann werde ich entscheiden, ob es nichts ist.» Der alte Mann sah ihn nachdenklich an. «Niemand wird Ihnen einen Vorwurf machen, wenn es wirklich nichts ist. Sie haben immerhin Ihre Pflicht als Bürger getan.»

Zu diesem Zeitpunkt ahnte Wexford noch nicht, daß es unmittelbar mit dem Peterlee-Fall zu tun hatte. Da er gerade im Begriff stand, Arlene Heddon einen seiner beiden wöchentlichen Besuche abzustatten, war er geduldig und tat sein Bestes, sich diese Ungeduld nicht anmerken zu lassen.

«Es geht um etwas, das mir ein- oder zweimal aufgefallen ist, wenn ich zum Einkaufen zu Feverel's gegangen bin», sagte er, und von da an legte sich Wexfords Ungeduld und seine Sorge, nicht pünktlich zu Arlene zu kommen. «Das erste Mal muß so im Juni gewesen sein, ich weiß genau, daß es Juni war, weil Erdbeerzeit gewesen ist. Ich sehe jetzt noch vor mir, wie sie die Erdbeeren durchgesehen hat, um mir ein nettes Körbchen fertigzumachen, und als sie dann ihr Gesicht gehoben hat – tja, also, ich war schockiert. Ich war wirklich schockiert. Sie hatte blaue Flekken und Platzwunden, als wäre sie verprügelt worden. Sie hatte ein blaues Auge und eine Schramme auf der Wange. Ich habe gesagt, Sie sehen aber ziemlich mitgenommen aus, Mrs. Peterlee, und sie hat geantwortet, sie wäre gestürzt und hätte sich das Gesicht an der Spüle aufgeschlagen.»

«Das war das erste Mal, sagen Sie?»

«Ja, das stimmt. Ich habe ihr damals fast schon geglaubt, aber beim nächsten Mal nicht mehr. Nicht, als ich wieder dort war, als die ersten Cox geerntet wurden – muß so gegen Ende September gewesen sein –, und da war ihr Gesicht wieder ganz grün und blau. Und sie hatte auch ihr Handgelenk bandagiert – also, verbunden, meine ich. Diesmal habe ich aber nichts gesagt. Ich fand, das wäre nicht… na ja, taktvoll gewesen.

Ich habe nur gedacht, ich sollte es jemandem erzählen. Der Gedanke quält mich jetzt schon, seit ich gehört habe, daß Tom Peterlee erschlagen wurde. Ich habe gezögert und hin und her überlegt. Wenn *sie* erschlagen worden wäre, dann wäre ich wie der Blitz hier gewesen, das können Sie mir glauben.»

Er kam nur eine Viertelstunde zu spät bei Arlene an. Weil es ihn faszinierte, wie sie immer wieder die gleichen Antworten gab – wie ein Papagei, nur daß die Stimme, die dieser Papagei nachmachte, ihre eigene war –, stellte er wieder all die gleichen Fragen. Die Sache mit dem zerschundenen Gesicht ihrer Mutter hob er sich bis zum Schluß auf, damit es wie eine Bombe einschlagen konnte.

Zunächst erhielt er wieder das gleiche. «Sie hat sich neben ihn gekniet und seinen Kopf gehalten und ihn irgendwie in die Arme genommen. So ist auch sein Blut auf ihre Kleider gekommen. Ich und Carol haben sie dann von ihm fortgezogen, und dann hat sie angefangen, ihr Gesicht auf die Arbeitsplatte zu schlagen.»

«Hat sie ihr Gesicht im Juni auch auf die Arbeitsplatte geschlagen, Miss Heddon? Hat sie das gleiche dann noch mal im September getan? Und was ist mit ihrem verbundenen Handgelenk?»

Arlene Heddon wußte es nicht. Sie sah ihm direkt in die Augen und sagte, sie wüßte es nicht.

«Ich habe nie gesehen, daß sie das Handgelenk verbunden hatte.»

Er wich ihrem hypnotischen Blick bewußt aus und schaute sich im Wohnwagen um. Seit seinem letzten Besuch hatten sie sich eine Mikrowelle zugelegt. Ein elektrischer Wasserkessel hatte den alten aus Chrom ersetzt. Geschenke von Grandma? Es hieß, die alte Hexe wäre vermögend. Man erzählte sich, daß nichts von dem Geld, das sie durch den Verkauf von hektarweise Bauland erhalten hatte, in die Taschen ihrer Söhne gewandert sei. Vor dem Eisenbahnwagen-Cottage war ihm ein neuer Wagen aufgefallen, und es würde ihn nicht weiter überraschen zu hören, daß sie sich alle paar Jahre ein neues Auto kaufte.

«Nächste Woche sehen wir uns erst Dienstag wieder, nicht am Montag, Miss Heddon», sagte er, als er ging.

«Wie Sie wollen.»

«Hat Gary schon Arbeit gefunden?»

«Welche Arbeit? Sie machen Witze.»

«Ja, vielleicht. Vielleicht hat die Vorstellung, daß einer von Ihnen arbeitet, tatsächlich etwas sehr Komisches. Ich meine, haben Sie je darüber nachgedacht? Sich den Lebensunterhalt zu verdienen, meine ich.»

Sie knallte ihm die Tür vor der Nase zu.

Danach brachten Nachforschungen bei Leuten, die sie gekannt hatten, eine Menge Beschreibungen von Mrs. Peterlees sichtbaren Verletzungen zutage. Stammkunden des Ladens erinnerten sich an ihren bandagierten Arm. Einer sprach von einem so üblen Veilchen, daß das Auge ganz zugeschwollen war, und am nächsten Tag hatte Heather Peterlee es hinter einer Sonnenbrille versteckt. Den Schorf auf ihrer Oberlippe erklärte sie mit einem Bläschenausschlag, doch der Kunde, dem sie diese Geschichte erzählt hatte, glaubte ihr kein Wort.

Der Mythos des idealen Ehemanns begann zu bröckeln. Nur noch die Peterlees selbst hielten ihn auch weiterhin aufrecht, und als Burden sie dahingehend ansprach, schien Monica Peterlee plötzlich vor Angst stumm geworden zu sein. Es war, als hätte er seinen Finger auf die wundeste Stelle eines Traumas gelegt und alles zu neuem Leben erweckt, was diese Wunde verursacht hatte.

«Ich will nicht darüber reden. Sie können mich nicht dazu zwingen. Ich will es nicht wissen.»

Joseph betrachtete diese Andeutung als eine monströse und boshafte Verleumdung seines verstorbenen Bruders. Er tobte. «Ich rate Ihnen, sehr vorsichtig mit Ihren Anspielungen zu sein. Tom ist tot, und er kann sich nicht mehr verteidigen, deshalb bildet ihr euch ein, ihr könntet alles sagen. Polizisten sind heute keine Götter mehr, das sollten Sie nicht vergessen. Es vergeht kein Abend, an dem man's nicht im Fernsehen sieht, wie wieder mal eine Bande von Bullen vor Gericht steht, weil sie sich was aus den Fingern gesogen haben und Sachen behaupten, die nie passiert sind.»

Seine Frau sah ihn an, wie eine Maus in einer Ecke eine Katze anstarrt, die vorübergehend das Interesse an ihr verloren hat. Burden wollte Heather nicht vernehmen. Sie ließen sie völlig in Ruhe, während sie begannen, einen Fall gegen sie aufzubauen.

«Was würdest du tun, wenn dein Mann dich verprügelt?» fragte Wexford seine Frau.

«Reden wir von dir oder einfach nur über irgendeinen Ehemann im allgemeinen?»

Er grinste. «Nicht von mir. Einer von denen, die du nicht geheiratet hast, aber hättest heiraten können.»

«Nun, ich weiß, normalerweise sagt man, so etwas würde man sich auf gar keinen Fall bieten lassen. Du weißt schon: ‹Das macht er kein zweites Mal›, so in der Richtung. Aber das ist leicht gesagt. Wenn er zum Beispiel Reue zeigt oder es zumindest so aussieht. Wenn man andernfalls plötzlich mittellos dasteht und nicht weiß, wo man hin soll. Wenn es Kinder gibt. Und, nun, wenn das nicht zu albern klingt, wenn man ihn liebt.»

«Könntest du das? Ihn weiter lieben?»

«Weiß der Himmel, was nicht heißen soll, Frauen wären merkwürdig. *Menschen* sind merkwürdig.»

«Du hast gesagt: ‹Das macht er kein zweites Mal.› Ich frage mich, ob es irgendwann den letzten Tropfen gibt, der das Faß zum Überlaufen bringt... und er tut es kein zweiund*zwanzig*stes Mal mehr.»

Jenny Burden sagte nur, daß sie gar nicht erst in eine solche Situation kommen würde. So etwas würde sie wissen, bevor sie ihn heiratete.

«Eine Möglichkeit, woher sie es wissen könnte», sagte Wexford, als ihm diese Antwort weitergegeben wurde, «wäre das, was sie über ihren zukünftigen Schwiegervater erfahren hat. Es ist eine Menge dran, wenn die Psychologen sagen, daß Gewalt in

Familien immer auch eine Geschichte hat. Das Kind, das mißhandelt wird, mißhandelt später auch seine eigenen Kinder. Stimmt es ebenfalls, daß Söhne, die sehen, wie ihre Mutter von ihrem Vater verprügelt wird, ihre eigenen Frauen verprügeln? Akzeptieren sie dieses Verhalten als eheliche Norm?»

«Hast du mir nicht erzählt, die alte Mrs. Peterlee hätte gesagt, sie wäre von ihrem Mann verprügelt worden, bis sie mit dem Messer auf ihn losging?»

Wexford nickte. «Das war *ihr* letzter Tropfen, und sie hat sich gerächt. Sie hat auf seinem Grab getanzt, Mike. Ich frage mich, ob Heather wohl daran denkt, auf Toms Grab zu tanzen?»

Ein paar Tage vor dem dritten *Rammbruch* – diesmal auf das *Kingsbrook Centre* mitten in Kingsmarkham – war Wexford wieder in Arlene Heddons Wohnwagen, und Arlene sagte: «Ich habe nie gesehen, daß ihr Handgelenk verbunden war.»

«Miss Heddon, Sie wissen, daß Ihr Stiefvater wiederholt gegen Ihre Mutter tätlich geworden ist. Er hat sie verprügelt, hat sie grün und blau geschlagen. Sein Bruder Joseph macht das gleiche mit seiner Frau. Was versprechen Sie sich davon, so zu tun, als wüßten Sie nichts davon?»

«Sie hat auf dem Boden gekniet und hat seinen Kopf gehoben und ihn irgendwie in die Arme genommen. So ist das Blut auf ihre Kleider gekommen. Ich und Carol haben sie von ihm weggezogen, und dann hat sie angefangen, ihren...»

Wexford unterbrach sie. «Nein. Diese Verletzungen hat sie sich zugezogen, als Tom ihr ins Gesicht geschlagen hat. Ich kenne den Grund nicht. Kennen Sie ihn? Vielleicht ging es um Geld, um die Einnahmen aus dem Laden, die er auf der Anrichte liegengelassen hatte. Oder vielleicht hat sie auch protestiert, weil er mehr Miete von ihrer Freundin Carol Fox haben wollte. Falls sich Ihre Mutter mit ihm gestritten hat, dann hat er darauf reagiert, indem er sie verprügelte. Das war so seine Art.»

«Wenn Sie das sagen.»

«Nein, Miss Heddon, es geht nicht darum, was ich sage, es geht darum, was Sie sagen.»

Er wartete darauf, daß sie wieder sagte: «Ich habe nie gesehen, daß ihr Handgelenk verbunden war», doch sie hob nur ihren Blick, und er hätte schwören können, daß eine gewisse Belustigung in ihren Augen lag, ein kurzes Aufblitzen, das kam und wieder ging.

Sie überraschte ihn mit dem, was sie dann sagte. Es war so ziemlich das letzte, was er erwartet hatte. Sie spielte einen oder zwei Augenblicke mit der Fernsteuerung auf dem Raumteiler, hob dann ihren Blick und sagte langsam: «Carol Fox war Toms Freundin.»

Er verdaute diese Information, sah flüchtig eine Menge möglicher Implikationen, sagte: «Was, genau, meinen Sie damit?»

Sie reagierte beinahe verächtlich. «Was jeder darunter versteht. Seine Freundin. Seine Geliebte. Was ich und Gary auch sind.»

«Hat wohl nicht viel Sinn, es abzustreiten, oder?» meinte Carol Fox.

«Ich bin überrascht, daß Sie uns diese Information vorenthalten haben, Mr. Fox», sagte Wexford.

Als ihr Mann nichts erwiderte, schaltete sich Carol ungeduldig wieder ein. «Ach, der schämt sich nur, weil er glaubt, das würde ihn als Mann nicht gut dastehen lassen oder was weiß ich. Ich habe ihm gesagt, so was kannst du nicht geheimhalten, wozu also die Mühe?»

«Sie haben es ganz bewußt über einen Monat vor uns geheimgehalten.»

Ohne jede Reue zuckte sie mit den Achseln. «Um ganz offen zu sein, ich hatte ein schlechtes Gewissen wegen Heather. Tom hat gemeint, ich könnte in diesem Wohnwagen auf seinem Land leben. Er hat nie gesagt, daß er direkt nebenan stand. Trotzdem, vor vier oder fünf Jahren hatte er schon mal ein Mädchen, und die hat er tatsächlich zu sich ins Haus geholt. Er nannte sie das Au-pair-Mädchen... Als wenn die Peterlees letzten Endes was anderes wären als Zigeuner, die gerade mal seit einer Generation seßhaft geworden sind.»

«Dann ging es vermutlich bei seinem Besuch an diesem Abend nicht um die Erhöhung der Miete?»

Der Ehemann stand auf und verließ den Raum. Wexford versuchte nicht, ihn zurückzuhalten. Seine Anwesenheit hatte seine Frau nicht sonderlich gebremst, aber seine Abwesenheit ließ sie noch offener sprechen. Sie lächelte leicht. «Es ist nicht, was Sie denken. Wir haben nur ein Glas zusammen getrunken.»

«Ein bißchen merkwürdig, finden Sie nicht auch, daß Sie mit seiner Frau spazierengehen? Oder wußte sie nichts? Was allerdings nur schwer zu glauben ist, Mrs. Fox.»

«Natürlich wußte sie es. Sie hat mich gehaßt. Und ich kann auch nicht sagen, daß ich von ihr besonders angetan war. Es stimmt nicht, daß wir beide oft zusammen spazierengingen. Dieser Spaziergang, an diesem Abend, das habe ich so eingefädelt, weil ich mit ihr reden wollte. Ich wollte ihr sagen, daß ich gehe, daß es aus war zwischen mir und Tom, und daß ich zu Ray zurückkehren würde.» Sie holte tief Luft. «Ich will ehrlich zu Ihnen sein: Es war eine rein körperliche Sache. So wie er ausgesehen hat – nun, unter uns, ich konnte einfach nicht genug kriegen. Vielleicht ist es so am besten. Aber Tatsache ist, alles wäre ganz anders gekommen, wenn Tom gesagt hätte, daß er sie verlassen würde. Doch das wollte er nicht, und ich hatte genug.»

Als Wexford und Burden wieder in ihrem Wagen saßen, sagte er: «Ich habe schon Heathers Alibi den Bach hinuntergehen sehen. Ihre beste Freundin lügt für sie. Aber jetzt nicht mehr. Ich glaube einfach nicht, daß Toms Freundin der Ehefrau ein Alibi verschafft, die sie am liebsten aus dem Weg gehabt hätte.»

«Nun, nein. Und vor allem würde sie kaum der Frau ein Alibi liefern, die den Mann umgebracht hat, den sie liebte oder einmal geliebt hatte. Sieht ganz so aus, als müßten wir wieder von vorne anfangen.»

«Hat außer Heather noch jemand ein Motiv? Was sprang für Arlene oder Gary Wyatt dabei heraus? Die Mutter des Toten ist zu allem fähig, was ihre Kraft erlaubt, aber ich glaube eigentlich nicht, daß ihre Kraft dazu gereicht hätte. Joseph hatte durch Toms Tod nichts zu gewinnen – Heather erbt die Farm –, und es liegt auf der Hand, daß Monica nichts anderes will als ihre Ruhe. Also bleibt nur der Räuber, der unerkannt über das Land zieht und für dreihundertsechzig Pfund Kleinbauern ermordet.»

Am nächsten Morgen traf ein an Wexford adressierter Umschlag ein. Er enthielt nichts außer dem Zettel für das Entwickeln eines Filmes, auf dem gleichzeitig der Empfang eines Pfundes quittiert war. Die Quittung stammte von einer Drogerie im *York Crest Centre*. Wexford ahnte, um welchen Film es sich handelte, noch bevor er die entwickelten Aufnahmen von Sergeant Martin abholen ließ. Am Dienstag war Arlene wieder zu ihrem Papageien-Spiel zurückgekehrt.

«Seit ich siebzehn bin, wohne ich schon nicht mehr zu Hause. Ich kenne nicht alle Freunde meiner Mutter. Ich wußte nicht, ob Carol mit dem Hund spazieren war oder was. Manchmal ist Tom mit ihm spazierengegangen und manchmal Mutter. Ich habe noch nie gehört, daß Carol meine Mutter begleitet hat, aber woher auch. Carol hat mich nicht interessiert.»

«So langsam grenzt das an eine Psychose, Miss Heddon.»

Sie wußte genau, was er meinte. Er mußte es nicht erst erklären. Er konnte das Verständnis in ihren Augen und an ihrem zufriedenen Lächeln erkennen. Jeder andere würde gefragt haben, wann das alles endlich aufhören würde, wann er sie endlich in Ruhe lassen würde. Nicht sie. Sie würde bis in alle Ewigkeit immer die gleichen Antworten auf seine Fragen geben und alle paar Wochen eine Bombe hochgehen lassen, wie sie es getan hattc, als sie ihm von Carol Fox' Rolle im Leben der Peterlees erzählt hatte. Immer vorausgesetzt natürlich, daß sie noch weitere Bomben hatte, die sie hochgehen lassen konnte.

Er klopfte an die Tür der alten Hexe. Nach einer ziemlich langen Zeit kam sie endlich. Wexford wurde nicht hereingebeten, und er sah, daß sie bereits Gesellschaft hatte. Ein älterer Mann mit einem weißen Bart, der aber Jeans und Cowboystiefel trug, stand neben dem Kamin und füllte zwei Gläser aus einer bereits halb geleerten Flasche Wein.

Sie schenkte ihm das Lächeln, das tausend Falten auf ihr Gesicht zauberte, und zeigte ihre bemerkenswerten Zähne.

«Ich habe gerade eine halbe Stunde Zeit, Mrs. Peterlee, und da dachte ich, ich sollte sie dazu nutzen, um Sie zu fragen, wo Sie zwischen sechs und sieben Uhr dreißig an dem Abend waren, an dem Ihr Sohn ermordet wurde.»

Sie legte ihren Kopf auf eine Seite. «Ich dachte, ich sollte euch alle weiterraten lassen.»

«Und jetzt werden Sie es mir erzählen», sagte er geduldig.

«Warum nicht?» Sie drehte sich um und brüllte, angesichts der kurzen Entfernung viel zu laut, über ihre Schulter: «Wenn die leer ist, Eric, kannst du eine andere aufmachen. Steht auf dem Küchentisch.» Wexford wurde mit einem Zwinkern beehrt. «Ich war bei meinem Freund. Bei *ihm*. In seinem Haus. Ich gehe vor der Versammlung immer auf einen Quickie zu ihm rein.» Um ein Haar hätte er einen roten Kopf bekommen. «Auf einen schnellen *Drink*», sagte sie. «Sie können ihn ja fragen, wenn er zurückkommt. Eine unverschämte Bande von Dreckskerlen seid ihr Bullen. Es steht Ihnen doch ins Gesicht geschrieben, was Sie jetzt denken. Jedenfalls, er würde mich morgen heiraten, wenn ich nur ja sagen würde, aber ich habe Manschetten davor, ich bin ein gebranntes Kind. Kann sein, daß er jetzt nett ist wie nur was, das reinste Turteltäubchen, aber die Sache sieht gleich ganz anders aus, wenn sie einem erst mal den Ring auf den Finger gesteckt haben. Ich habe keine Lust, mich noch mal von einem fast ins Jenseits befördern zu lassen, wenn er sein Abendbrot mal fünf Minuten zu spät auf dem Tisch hat.»

«Ist das der Grund, warum Tom Heather verprügelt hat? Weil er sein Essen zu spät auf den Tisch bekam?»

Falls sie überrascht war, ließ sie sich zumindest nichts anmerken. «Kommen Sie, die brauchen keinen Grund, nicht wenn sie was getrunken haben. Man ist einfach da und nicht so stark wie sie und hat auch noch Angst... das reicht schon. Sie müssen mich nicht so anglotzen. Das gefällt Ihnen wohl nicht, aber es ist so. Okay, Eric, ich komme.»

Da er sie jetzt nicht mehr verdächtigte und nachdem er sie einen ganzen Monat in Ruhe gelassen hatte, fuhr er nach Feverel's und besuchte Heather Peterlee. Es war die Nacht des dritten

Rammbruches, und sie wußten, daß es passieren würde, als im Verlauf des Tages ein Volvo-Kombi und ein Land Rover als gestohlen gemeldet wurden. Aber bis dahin waren es immer noch drei oder vier Stunden.

Mißhandelte Frauen haben alle etwas gemeinsam. Wexford verfluchte sich, daß er es nicht sofort bemerkt hatte, als er das erste Mal in ihr Haus gekommen war. Es hatte nichts mit blauen Flecken zu tun und auch nicht viel mit einem verängstigten Verhalten. Dieses mitgenommene, müde, ausgezehrte Äußere sagte alles, wenn man wußte, wonach man suchen mußte. Sie war sehr dünn, besaß aber weder die jugendliche, dynamische Schlankheit ihrer Tochter, noch die Drahtigkeit ihrer Schwiegermutter. Ihre Magerkeit zeigte schlaffe Muskeln an den Armen und zähe Sehnen an den Handgelenken. Sie hatte hohle Wangen, und ihr Mund war bereits eingesunken. Die Wochen ohne Tom hatten noch keine positiven Spuren hinterlassen. Heather Peterlee hatte sich und ihr Heim vernachlässigt, hatte ihre Witwenschaft in diesem häßlichen dunklen Haus vielleicht mit stummem Grübeln verbracht, während der Spaniel ihre einzige Gesellschaft war.

Der Hund bellte und knurrte, als Wexford kam. Mit einem zu brutalen Schlag über die Schnauze brachte sie das Tier zum Schweigen. Gewalt erzeugt Gewalt, dachte er. Man empfängt sie und staut sie an, und dann gibt man sie weiter – wem oder was auch immer schwächer ist als man selbst.

Doch selbst jetzt noch leugnete sie es. Sie saß in einem tristen Baumwollkleid mit einer dicken Strickjacke, die sie sich wie ein Tuch über die Schultern gelegt hatte, ihm gegenüber und wies jede Andeutung zurück, daß Tom anders als immer nur gut und liebevoll gewesen war. Was Carol betraf, ja, es stimmte schon, daß Tom ihr den Wohnwagen angeboten hatte und nicht sie. Tom hatte von einem Freund gehört, daß sie einen Platz zum Wohnen brauchte. Welcher Freund? Sie kannte seinen Namen nicht. Und das «Au-pair»?

«Sie haben mit meiner Tochter gesprochen.»

Wexford gab zu, daß dies tatsächlich der Fall war, wenn auch nicht, in welchem ermüdenden Ausmaß.

«Arlene leidet an Einbildungen. Sie hat eine blühende Phantasie.» Ein Aufflackern von Lebendigkeit bewirkte eine kleine Veränderung, als sie von ihrer Tochter sprach. Ihre Stimme wurde einen Hauch lebhafter. «Sie ist gescheit, das ist sie, meine Arlene, sie ist ein aufgewecktes Mädchen. Wollte sich bei der Polizei bewerben, wissen Sie.»

«Entschuldigen Sie?»

«Wollte Polizistin werden oder wie man so etwas heute nennt.»

«Polizeibeamtin», sagte Wexford. «Wollte sie das wirklich? Was hat sie gehindert?»

«Na, sie hat sich mit diesem Gary angefreundet.»

Das war kaum eine Antwort, aber Wexford ließ es dabei bewenden. Er fragte auch nicht nach dem Verhältnis ihres Mannes zu Carol Fox. Dafür hatte er genug Beweise, nicht nur durch Carols eigenes Eingeständnis, sondern auch durch den Film aus Tom Peterlees Kamera. Sämtliche Aufnahmen waren von Carol, drei mit einem Blitzlicht im Wohnwagen geschossene Nacktfotos. Sie waren nicht pornographisch, nicht von der Sorte, bei denen ein Drogist Anstoß nehmen könnte, zu dem Tom sie gebracht hatte. Carol hatte kokett posiert, hatte es sogar verstanden, ihren Körper wegzudrehen und über ihre Schulter zu lächeln.

An diesem Abend studierte er die drei Fotos erneut. Die Umgebung, nicht ihr sinnliches Motiv, machten sie so erbärmlich. Ein schäbiger Hintergrund, ein Fenster mit einer schlaff herunterhängenden Tüllgardine, ein aufgehängter Mantel, ein verkrusteter Topf auf einer Kochplatte – das alles erinnerte an Pornographie, hergestellt in improvisierten Studios. Für Wexford waren Erotika mit Häßlichkeit völlig unvereinbar, aber Carol Fox war es gelungen, zugleich gewöhnlich und erregend zu sein.

Er schaute sich diese Aufnahmen nicht in der Hoffnung auf sexuelle Erregung an. Er betrachtete sie kühl und sogar ein wenig traurig. Die Identität der Person, die ihm den Entwicklungszettel geschickt hatte, war kein Problem. Er hatte es gewußt, wenn schon nicht von dem Augenblick an, an dem er den Zettel aus dem Umschlag nahm, so doch wenigstens lange, bevor das Labor die Fingerabdrücke auf dem Zettel mit einem vorhandenen Satz in Übereinstimmung brachte. Er wußte, wer den Film zum Entwickeln gegeben und das Pfund dafür bezahlt hatte. Es war nicht einmal das Motiv der Aufnahmen, das ihn jetzt hauptsächlich beschäftigte. Seine leichte Depression verschwand, und mit einem Mal war er wieder voller Schwung. Durch diese Fotos wußte er plötzlich, wer Tom Peterlee umgebracht hatte und warum.

Als die *Rammbrecher* kamen, wurden sie bereits von der Polizei erwartet, die das *Kingsbrook Centre* umstellt hatte. Dieses Mal waren sie nur zu viert, alle saßen in dem gestohlenen Land Rover. Falls noch andere durch die schmalen Straßen der Innenstadt folgten, machten sie aufgrund irgendeiner vorzeitigen Warnung kehrt. Die gleiche Warnung vielleicht, vielleicht nicht mehr als nur ein Gefühl oder Intuition, die den Land Rover auf dem großen gepflasterten Vorhof anhalten ließ, auf den die Eingangstüren des Zentrums führten.

Zuerst dachten sie nur, daß der Land Rover wenden wollte, bevor er rückwärts in die Türen raste. Es dauerte ein paar Sekunden, bevor es offensichtlich wurde, daß dies eine volle Kehrtwende war: Vorwärts vor die gut viereinhalb Meter hohe Ziegelmauer, rückwärts auf die Türen zu, dann, während sie sich bereithielten für das Krachen der zersplitternden Türen und das Zurücksetzen des Land Rovers in das Einkaufszentrum, schoß der Wagen wieder nach vorn und verschwand durch die Gasse Richtung High Street.

Doch die breitere Straße erreichte er nie. Seine Insassen ließen ihn stehen, um diese Ausfahrt zu blockieren, rissen alle vier Türen auf, sprangen heraus und trennten sich. Die Polizei, die dreißig Sekunden später dort war, fand nur noch ein leeres Fahrzeug, ohne eine Spur auf seine Insassen, und nicht ein einziger Fingerabdruck konnte sichergestellt werden.

Er sagte zu Burden, bevor sie die Festnahme durchführten:

«Weißt du, sie hatte gesagt, daß sie keinen Regenmantel besitzen würde, und wir haben auch keinen gefunden. Aber auf diesem Foto hängt ein Regenmantel im Wohnwagen.»

Burden nahm ihm das Vergrößerungsglas aus der Hand. «Leuchtend smaragdgrün, und die Knöpfe sind aus Horn. Von der Sorte, die teils weiß, teils braun sind.»

«Sie ist zu dem Zeitpunkt in die Küche gekommen, den sie genannt hat, oder vielleicht auch fünf Minuten früher. Ich glaube, es stimmt schon, daß sie mit Tom Schluß gemacht hatte, aber daß sie mit Heather einen langen Spaziergang machen wollte, um ihr alles zu erzählen, das war gelogen. Sie trug den Regenmantel, weil es bereits nieselte, und vielleicht auch, weil sie wußte, daß er ihr gut stand. Sie kam, um Heather zu sagen, daß sie gehen würde, und zweifellos auch, daß Heather ihren Mann herzlich gern zurückhaben konnte.

Wußte sie, daß Tom seine Frau verprügelte? Vielleicht, vielleicht auch nicht. Zweifellos dachte sie, daß, wenn Tom und sie je auf Dauer zusammengekommen wären, er *sie* ganz sicher nicht schlagen würde. Aber das nur nebenbei. Sie kam in die Küche und sah Heather vor der Arbeitsplatte kauern, und Tom auf sie einschlagen.

Man sagt, eine Frau könne sich nicht wirklich gegen einen brutalen Ehemann wehren, aber eine andere Frau kann sie sehr wohl verteidigen. Was ging in Carol Fox vor, Mike? War es Wut? War es völlige Desillusionierung, was Tom Peterlee betraf? War es die Solidarität der großen Schwesternschaft der Frauen? Vielleicht werden wir es noch herausfinden. Sie hat jedenfalls ein Scheit aus diesem Korb gerissen, ein kräftiges Eichenholzscheit, und hat ihm damit auf den Hinterkopf geschlagen. Und wieder und wieder. Nachdem sie einmal angefangen hatte, steigerte sie sich in eine Raserei und machte weiter – bis er tot war.»

«Eine von ihnen», sagte Burden, «– und ich würde sagen, es war Carol, meinst du nicht auch? – handelte mit großer Geistesgegenwart, tat, was getan werden mußte. Carol hat den Regenmantel ausgezogen, der mit Blut beschmiert war, und ihn mit der Tatwaffe in den Ofen gesteckt. Als wir etwa eine Stunde später dort eintrafen, war alles bis auf einen Teil eines der Knöpfe verbrannt.»

«Carol wusch sich die Hände, zog eine von Heathers Jacken über, sie nahmen den Hund und gingen zum Fluß hinunter. Es war nie Carol, wie wir dachten, die Heather ein Alibi lieferte. Es war Heather, die Carol ein Alibi gab. Sie würden eine Dreiviertelstunde fortbleiben, zurückkommen und die Leiche ‹finden› oder vielleicht sogar versuchen, die Leiche zu beseitigen, die Küche sauberzumachen, so zu tun, als wäre Tom fortgegangen. Was sie nicht vorhersehen konnten, war Arlenes Eintreffen.»

«Arlene kam eine Stunde zu früh», sagte Burden.

«Arlene ging natürlich davon aus, daß ihre Mutter es getan hatte, und sie glaubte auch, den Grund zu kennen. Die Maus in der Klemme griff an, als die Aufmerksamkeit der Katze abgelenkt war. Der Wurm setzte sich zur Wehr, genau wie Grandma sich zur Wehr gesetzt hatte, als ihr Mann sie einmal zu oft schlug.»

Etwa das gleiche sagte er auch am nächsten Tag zu Arlene, nachdem Carol Fox wegen Mordes festgenommen worden war. «Sie haben mir erst erzählt, daß sie Toms Freundin war, als Sie glaubten, es würde schlecht um Ihre Mutter stehen. Sie haben gefolgert, daß es einfach glaubwürdig wirken mußte, wenn die Geliebte eines Mannes der Ehefrau dieses Mannes ein Alibi gab. Für den Fall, daß ich Ihnen doch nicht glaubte oder Carol alles abstreiten würde, haben Sie mir den Einlieferungszettel zugeschickt. Sie hatten den Film aus Tom Peterlees Kamera genommen und zum Entwickeln ins *York Crest Centre* gebracht. Ihre Mutter wird Ihnen gesagt haben, was für eine Art Fotos er machte.»

Sie zuckte mit den Achseln, sagte ziemlich gehässig: «So clever waren Sie auch nicht. All das Gerede, daß ich wüßte, wer Tom umgebracht hat. Ich wußte es nicht, ich dachte, es wäre meine Mutter gewesen.»

Er schaute sich im Wohnwagen um, registrierte das Radio und

den Cassettenrecorder, den Mikrowellenherd, den Videorecorder. Und dann fiel sein Blick auf das kleine schwarze Rechteck, das er bislang für die Fernbedienung des Fernsehers gehalten hatte. Jetzt dachte er, wie faul muß man eigentlich sein oder sogar wie behindert, um die Programme auf diese Weise zu wechseln. Praktisch an jeder Stelle im Wohnwagen war man auf Armeslänge vom Fernseher entfernt. Er nahm das Kästchen in die Hand.

Es war ein Tonbandgerät, knapp dreizehn Zentimeter lang und fünf Zentimeter breit, flach und schwarz. Das Ende mit dem roten Bereitschaftslämpchen war jetzt, und war es immer gewesen, auf den Küchenbereich gerichtet.

So überzeugt war sie gewesen, alles fest im Griff zu haben und vielleicht auch von ihrer überlegenen Intelligenz, daß sie nicht mal das winzige Etikett von der Unterseite des Gerätes entfernt hatte. *Nixon's, York Crest, £54,99* – er war sicher, daß Arlene keine fünfundfünfzig Pfund dafür bezahlt hatte.

«Das können Sie nicht mitnehmen!» Sie war nicht mehr länger kühl und gelassen.

«Ich werde Ihnen eine Quittung dafür geben», sagte er, und dann: «Gary war, gar keine Frage, an diesem Abend mit seinen Kumpanen zusammen und hat den ersten *Rammbruch* geplant. Ich weiß nicht wo, aber ich weiß, daß es nicht das *Red Rose* in Edenwick gewesen ist.»

Sie schwieg, starrte ihn an. Er glaubte, daß sie ihm den Recorder am liebsten aus der Hand gerissen hätte, sich aber nicht traute. Spürsinn oder vielleicht eine lange Erfahrung darin, in Gesichtern zu lesen und Schlußfolgerungen zu ziehen, veranlaßte ihn zu sagen: «Wollen doch mal hören, was Sie hier aufgenommen haben, Miss Heddon.»

Er hörte seine eigene Stimme, dann ihre. So klar und deutlich wie bei einem Telefongespräch. Es war ein gutes Tonbandgerät. Er dachte, ja, Gary Wyatt war an diesem ersten *Rammbruch* beteiligt gewesen, der nach dem Mord stattfand und nachdem ich das erste Mal hergekommen bin, um mit ihr zu reden. Von da an, ab dem zweiten Mal...

«Ich kannte Carol nicht besonders gut.»

«Aber sie war doch eine gute Freundin Ihrer Mutter...» Seine Stimme verlor sich in Knistern.

«Seit ich siebzehn bin, wohne ich schon nicht mehr zu Hause. Ich kenne nicht sämtliche Freunde meiner Mutter...»

«So haben Sie das also gemacht», sagte er. «Sie haben unsere Unterhaltung aufgenommen und Ihre Antworten auswendig gelernt. So konnten Sie sicher sein, daß sich Ihre Antworten nicht unterschieden.»

Mit steifer, hölzerner Stimme sagte sie: «Wenn Sie es sagen.»

Er stand auf. «Ich glaube nicht, daß Gary noch lange bei Ihnen sein wird, Miss Heddon. Sie werden ihn einmal im Monat besuchen können, falls Ihnen danach ist. Manche Leute sagen, es wäre nur eine sehr feine Linie, die den Polizisten vom Kriminellen trennt, sie hätten die gleiche Art von Intelligenz. Von Ihrer Mutter weiß ich, Sie haben einmal vorgehabt, zur Polizei zu gehen. Sie haben es schlecht angefangen, aber vielleicht ist es noch nicht zu spät.»

Mit dem Tonbandgerät in der Tasche, den Kopf gebeugt, als er den Wohnwagen verließ, drehte er sich noch einmal um und sagte: «Wenn Ihnen die Idee gefällt, rufen Sie mich einfach an.»

Er schloß hinter sich die Tür und ging die Stufen zu dem matschigen Feld und dem Schlackeweg hinunter.

RUTH RENDELL

Zehn perfekte Verbrechen

Meine zehn besten Kriminalromane sind folgende (die Reihenfolge zeigt nicht ihren Wert an):

Dorothy L. Sayers: «Der Glocken Schlag» (The Nine Tailors)

Hillary Waugh: «Eine perfekte Indizienkette» (Last Seen Wearing)

Wilkie Collins: «Die Frau in Weiß» (The Woman In White)

P. D. James: «Der Beigeschmack des Todes» (A Taste For Death)

Kingsley Amis: «Die Falle am Fluß» (The Riverside Villas Murders)

Patricia Highsmith: «Nur die Sonne war Zeuge» (The Talented Mr. Ripley)

A. E. W. Mason: «Das Geheimnis der Sänfte» (The House of the Arrow)

Josephine Tey: «Der große Verdacht» (The Franchise Affair)

C. S. Forrester: «Zahlungsaufschub» (Payment Deferred)

Francis Iles: «Vorsätzlich» (Malice Aforethought)

Als erstes wird Freunden des Kriminalromans auffallen, wenn sie meine Liste ansehen, daß einige der allgemein als wichtigste angesehenen Beispiele der Gattung nicht darauf sind. Ich habe die Bücher von Agatha Christie gerne gelesen, als ich ein Teenager war, aber das ist schon lange her, und wie die meisten Leser mit etwas Unterscheidungsvermögen bin ich einfach aus ihnen herausgewachsen. Dorothy Sayers ist ein völlig anderer Fall. Sie war ein Snob, was gesellschaftliche und intellektuelle Dinge anging, und sogar eine Rassistin, aber sie war auch eine großartige Geschichtenerzählerin, die ein vorzügliches Englisch schrieb und nie ihre Leser herablassend behandelte. Ihre Bücher sind vielleicht für den modernen Geschmack ein bißchen zu literarisch. Heutzutage kümmern uns Aristokraten, Diener und Herzöge, die auf ihren Landsitzen Gesellschaften geben, keinen Deut mehr. Trotz all dieser Dinge denke ich, daß ihre Romane lebendig geblieben sind, und ich hatte einige Schwierigkeiten, welchen ich unter meine ersten zehn aufnehmen sollte.

Da ich oft geäußert habe, daß meiner Meinung nach *Der Glocken Schlag* der beste Kriminalroman aller Zeiten ist, sollte ich wohl besser dabei bleiben. Aber da ich kürzlich alle Peter-Wimsey-Romane wiedergelesen habe, habe ich besonders den mit der Arsenvergiftung und den, in dem einer Person eine Luftblase injiziert wird, schätzen gelernt. Trotzdem, Dorothy Sayers verdient wohl nicht zwei Romane auf einer so kurzen Liste, und nach mehr als siebzig Jahren ist der *Glocken Schlag* überraschend originell und überzeugend geblieben.

Auf meiner Liste der zehn besten Kriminalromane fehlen auch die Namen von Raymond Chandler, Dashiell Hammett und Georges Simenon, wohl die besten Kriminalautoren, die je gelebt haben. Ich habe sie fortgelassen, weil ich, obwohl ich ihre künstlerische Leistung, ihre Genauigkeit in der Beschreibung, ihren Umgang mit Sprache und verschiedenen beeindruckenden Idiomen durchaus schätze, ihre Werke nie unterhaltsam gefunden habe. Die Fähigkeit, den Leser im Bann zu halten und ihm Ablenkung zu verschaffen, scheint mir bei der Aufstellung so einer Liste unverzichtbar.

A. E. W. Mason ist aufgeführt mit dem ersten Buch über das damals nicht festzustellende Gift Curare und ebenfalls Anthony Berkeley unter seinem Pseudonym Francis Iles mit einem anderen außergewöhnlichen *Giftbuch*. *Vorsätzlich* war zu seiner Zeit eine Ausnahme, weil es wenig Polizei und viel Psychologie enthielt. Heutzutage erscheinen uns die Charaktere als Karikaturen, aber die Atmosphäre der dreißiger Jahre mit Hausmädchen und Tennispartys macht es zu einer Dokumentation der gesellschaftlichen Verhältnisse, und gleichzeitig ist es eine wundervolle Schilderung des Ehekrieges.

Hillary Waugh schreibt keine Kriminalromane mehr und hat sich anderen Erzählgattungen zugewandt. Meiner Ansicht nach ein großer Fehler. Das Verschwinden von Chief Fred Fellows, seinem Kleinstadtpolizeibeamten, von der Krimi-Szene ist ein schwerer Verlust. *Eine perfekte Indizienkette* gehört in die klassische Untergruppe von «Verschwundene-Personen-Romanen». Es ist ein unglaublich spannendes Buch, voller faszinierender Charaktere und unfehlbar genauem Dialog.

P. D. James hat gesagt, daß sie *Der Beigeschmack des Todes* für ihr bestes Buch hält, und ausnahmsweise hat ein Autor in der Einschätzung seiner eigenen Bücher recht. Dieser Roman ist soviel besser geschrieben als die breite Masse der Kriminalromane, daß er in eine eigene Klasse gehört. Der Westlondoner Lokalhintergrund führt Sie genauer durch diesen Teil der Stadt als jeder Reiseführer, und Dalgliesh ist in Bestform, der interessanteste, wenn auch nicht der liebenswerteste aller Romandetektive. Und was die Werke der anderen großen Kriminalautorin auf der Liste, immer noch aktiv und immer noch unübertroffen, wenn auch nicht ohne Konkurrenz, angeht, so hätte irgendeins der Ripley-Bücher von Patricia Highsmith meinen Zweck erfüllt. Ich habe mich einfach für das Buch der Serie entschieden. Die Highsmith schreibt normale Romane, in denen ein Verbrechen geschieht. Übertriebene Effekte und Melodramatisches werden weggelassen. Alles ist leise und cool – und trotzdem fesselnd auf eine Art, die sich beinahe jeder Analyse widersetzt.

Die Frau in Weiß ist von mir immer mehr geschätzt worden als Wilkie Collins' viel berühmterer Roman *Der Mondstein.* Ich mag Geschichten über verschwundene Personen, Bigamisten, Fälschungen und böse italienische Grafen. Außerdem ist Marian Halcombe die erste richtige Frau, die im Genre der Spannungsliteratur als Heldin auftritt. Sie sieht nicht gut aus und sagt, was sie denkt. Wenn man überhaupt an diesem großartigen Roman herummäkeln will, dann könnte man kritisieren, daß Walter die süßliche Laura heiratet und nicht Marian.

Forresters *Zahlungsaufschub* ist wie *Vorsätzlich* mit Karikaturen bevölkert, aber wie der Autor die Psychologie der Angst beherrscht, das ist meisterhaft. Ist es vielleicht das erste Buch, in dem eine Leiche im Garten hinterm Haus begraben wird? Womöglich.

Josephine Teys bestes Buch ist eine Rarität – ein Kriminalroman ohne Leiche. Viele Autoren haben sich daran versucht, wahrscheinlich aus Zimperlichkeit, die in allen von uns steckt, aber niemand ist es so gut gelungen wie der Tey in *Der große Verdacht*. Diesen Roman nur als noch ein Beispiel der Kategorie «Verschwundene-Personen-Bücher» zu bezeichnen, kommt einer Verleumdung gleich, denn es ist viel mehr, ein Roman über Charakter, über Ungerechtigkeit, über kollektiven Haß und jugendliche Bösartigkeit, ein Buch, das man in einem Zug durchlesen sollte, wenn man Frustration vermeiden will.

Nicht alle «normalen» Romanautoren können Kriminalromane schreiben, obwohl viele denken, sie schafften das mit links. *Die Falle am Fluß* von Kingsley Amis liest sich, als sei es mit müheloser Leichtigkeit geschrieben, fast so, als hätte Amis gerade mal zwei Nachmittage damit verbracht. Es ist eine wunderbare Studie über die dreißiger Jahre, die Sitten, Verklemmungen und Heuchelei jener Zeit, und das Rätsel der Geschichte steht auf dem gleichen Niveau wie die besten von der Sayers. Der Junge und seine ältere Geliebte sind brillante Schöpfungen, jede Figur und fast jede Episode sind einzigartig.

Wenn ich hundert Bücher für eine kleine Bibliothek zusammenstellen würde, dann wären das meine zehn Kriminalromane. Hinzufügen würde ich dann noch *Am Anfang war es Mord*, Julian Symons' Geschichte des Kriminalromans, um mich darüber zu informieren, wen ich kaufen, ausleihen, oder wiederlesen soll.

JANE BAKERMAN

Romane wie das wirkliche Leben – Die Kunst der Ruth Rendell

Als *Die im Dunkeln sieht man doch* von Barbara Vine alias Ruth Rendell erschien, rief das bei den Fans der Kriminalliteratur große Aufregung hervor. Leser und Autorenkollegen waren gleichermaßen von neuem über Ruth Rendells Produktivität verblüfft, denn sie hatte bereits zwei verschiedene Romanserien geschaffen und zahlreiche Kurzgeschichten, Rezensionen und Artikel veröffentlicht, die ihr großen Respekt und weltweite Popularität eingebracht hatten. Durch ihre Arbeiten in verschiedenen erzählenden Gattungen – Roman, Kurzgeschichte, Novelle – wie auch in verschiedenen Subgenres – Polizeiroman, Psychothriller, dem umgekehrten Rätselroman – hatte sie ihre Fähigkeiten eindrucksvoll bewiesen, und aufgrund ihres hervorragenden Rufes waren die Erwartungen hochgespannt.

Jeder nahm an, daß Barbara Vine eine exzellente Autorin sein würde. Und das ist sie auch. *Die im Dunkeln sieht man doch* und die folgenden Barbara Vine-Romane steigerten ihren Ruf, bestehende literarische Muster zu erweitern, eindrucksvolle Charakterisierungen zu liefern und unterschiedliche Erzählerstimmen für verschiedene Erzählweisen zu schaffen. Diese wichtigen Qualitäten tragen entscheidend zu der intensiven Spannung bei, die ihre Romane kennzeichnet.

Den Grundsetin für ihre Popularität legte Ruth Rendell mit ihren Romanen, die in Kingsmarkham spielen, Polizeiromanen, in denen in guter englischer Tradition die Polizeiarbeit nur knapp geschildert wird, auf die Charakterisierung der Personen, die Schaffung von Atmosphäre und die Konstruktion des Plots große Sorgfalt verwendet wird. Bei vielen Fans gelten diese Romane als der reizvollste Teil ihrer literarischen Produktion. Diese Bücher erzählen die Fälle und die persönliche Entwicklung von Chief Inspector Reg Wexford, seines Assistenten Mike Burden und von den Familien der beiden Männer. Zu den Romanen der Kingsmarkham-Serie gehören *Alles Liebe vom Tod* – das ist der erste –, *Mord ist ein schweres Erbe*, *Schuld verjährt nicht*, *Die Tote im falschen Grab*, *Phantom in Rot*, *Der Kuß der Schlange* und *Die Verschleierte*.

Den Kingsmarkham-Romanen kommen sicher die Traditionen des klassischen englischen Kriminalromans zugute. Das heißt, sie schildern eine Reihe von interessanten, immer wieder auftauchenden Charakteren, deren persönliche Geschichten und private Abenteuer den Hintergrund und zusätzliches Interesse für die jeweiligen Kriminalfälle liefern. Durch Nebenhandlungen, die dem Autor Gelegenheit bieten, Charaktere und Situationen zu vergleichen und/oder zu kontrastieren und sogar manchmal für Humor zu sorgen, können gut entwickelte (oder genauer gesagt sich gut entwickelnde) Serienfiguren der Struktur eines Romans eine größere Tiefe verleihen wie auch sein Spektrum erweitern.

Komplikationen im Leben von Seriencharakteren liefern Nebenhandlungen in Private-Eye- und Amateurdetektiv- wie auch in Polizeiromanen. Die Leser wußten immer ein bißchen über Sam Spades Liebesleben und auch über Lew Archers gescheiterte Ehe Bescheid, aber diese Charaktere redeten viel weniger offen und freimütig über ihre privaten Affären als die Heldinnen der heutigen Kriminalliteratur wie Sue Graftons Kinsey Malhone, Sara Paretskys V. I. Warshawski, Linda Barnes' Carlotta Carlyle oder sogar Liza Codys Anna Lee, die alle uns als Ich-Erzähler viele biographische Einzelheiten während ihrer Abenteuer mitteilen. Die Wirkung ist beinahe intim, mit Sicherheit erzeugt das Vertraulichkeit, und deshalb erscheinen uns diese Charaktere ganz verschieden von Spades oder Archers starken, aber distanzierten Persönlichkeiten.

Das gleiche gilt für die Detektive im klassischen englischen

Kriminalroman. Obwohl die Leser eine Menge über Miss Marples und Hercule Poirots gesellschaftliches Leben erfuhren, über die gallische Logik, die Poirots kleine grauen Zellen aktivieren, und über Miss Marples Fähigkeit, das Leben und die Leute in St. Mary Meade mit Ereignissen und Menschen in anderen Teilen der Welt zu vergleichen und auf diese Weise komplizierte Rätsel zu lösen, so boten sie doch keinen tiefen Einblick in ihre Seele. Heutzutage jedoch berichtet Nancy Pickards gescheite Amateurdetektivin Jenny Cain ihre Abenteuer in der mehr vertraulichen, persönlichen Art, wie sie die Eigenschaft der modernen Protagonisten ist.

Viele Polizeiromane benutzen in der Regel die etwas distanzierte Erzählweise in der dritten Person, obwohl Nicolas Freelings Piet van der Valk- und Henri Castang-Romane – wie auch Marilyn Wallace's Kalifornienserie mit Carlos Cruz und Jay Goldstein – nicht so distanziert wirken. Freeling benutzt eine sehr begrenzte Dritte-Person-Perspektive in seinen Polizeiromanen, so daß der Leser die Sicht seiner Hauptfiguren teilt. Marilyn Wallace arbeitet ähnlich, indem sie zwischen Goldsteins und Cruz' Sichtweise hin- und herwechselt. In allen drei Serien gibt es also ein Gefühl der Nähe zwischen Hauptfigur und Leser.

Ganz in der Tradition des Polizeiromans benutzt Ruth Rendell in den Kingsmarkham-Romanen und Kurzgeschichten die Erzählweise in der dritten Person; aber sie schließt sich auch dem Trend zu größerer Nähe zwischen Leser und Hauptfigur an. Es überrascht nicht, daß sie das auf eine ganz eigene Weise tut. Das Geheimnis liegt in der Persönlichkeit von Chief Inspector Wexford. Wie Castang und Van der Valk ist Wexford introspektiv, und viele Gedanken über seine Fälle, seine Kollegen, seine Verdächtigen und über seine Familie sind für den Leser zugänglich. Und doch wird seine Intimsphäre gut geschützt. In *Der Kuß der Schlange*, zum Beispiel, macht Nancy Lake, eine charmante Nebenfigur, dem Chief Inspector eindeutig Avancen, und Wexford findet sie offensichtlich attraktiv. Jedoch jeder Leser muß für sich selbst entscheiden, wie weit diese gegenseitige Anziehung geht. Sogar Ruth Rendell erklärt, daß sie nicht in Wexfords Geheimnis eingeweiht ist!

Zum großen Teil schützen Wexfords Wutausbrüche seine Privatsphäre, wie sie auch dazu beitragen, daß er interessant bleibt. Der Chief Inspector neigt dazu, Leute anzufahren – gewöhnlich trifft es Burden, manchmal einen Zeugen oder einen Verdächtigen. Am schroffsten geht er vielleicht mit Ginge Mathews um, einem kleinen Kriminellen, der manchmal Wexfords Informant ist und einmal für kurze Zeit sein inoffizieller Assistent.

Mehrere Faktoren tragen zu dieser Haltung bei. Vor allem anderen hat Wexford natürlich einen genügend hohen Status innerhalb der Polizei, um es sich erlauben zu können, jemanden hart anzufahren – solange er sich das Opfer sorgfältig aussucht (sein Vorgesetzter ist sowohl reizbar wie auch aufgeblasen, einer der wenigen Charaktere, bei denen sich Wexford verwundbar fühlt, und daher ist der sicher vor Wexfords Attacken). Zweitens stehen Menschen wie Ginge tiefer auf der sozialen Leiter als Wexford, eine Tatsache, die ihre Verwundbarkeit vergrößert. Hinzu kommt, daß der Chief Inspector über eine scharfe Intelligenz und eine große Belesenheit verfügt, Eigenschaften, die ihm eine natürliche Überlegenheit über die Zielscheibe seines Zorns verleihen und sogar, auf eine merkwürdige Weise, seine Schroffheit rechtfertigen. Schließlich sind die Leser selten böse auf Wexford, weil Ruth Rendell behutsam den Grund für seine Gereiztheit einsichtig macht.

Ginge, zum Beispiel, ist ein unangenehmer Zeitgenosse; er jammert fast ständig und bleibt ewig unzufrieden. So ärgert und amüsiert er den Leser gleichzeitig, so daß er geneigt ist, Wexfords Ungeduld zu verstehen und zu entschuldigen. Auch Burden, obwohl bei den Fans dieser Serie beliebt, trifft hin und wieder Wexfords Unmut.

Burden regt sich auf, macht sich unnötige Sorgen, mißbilligt dieses und jenes – bis schließlich Wexford explodiert. In dieser Beziehung lassen auch Wexfords Schnelligkeit, mit einem passenden Zitat zu reagieren, und seine intuitiven Erkenntnissprünge manchmal Spannungen entstehen. Der Chief Inspector hat seine Freude daran, seinen Assistenten mit einem gut gewählten Zitat zu verwirren, und die Gedankenflüge seines Bosses verärgern manchmal Burden. Unter diesen Gesichtspunkten ist es verständlich, daß diese im wesentlichen unterstützende Verbindung auch Konflikte in sich birgt.

Eine andere Seite von Wexfords Persönlichkeit schwächt seine Barschheit ab und verleiht seinem Charakter eine tiefere Dimension. Reg Wexford ist mindestens so oft einfühlsam wie ruppig und ironisch. In *Schuld verjährt nicht* unterstützt Wexford standhaft Burden, als er vor Kummer fast einen seelischen Zusammenbruch erleidet, und der Leser wird Zeuge eines seltenen Vorfalls: Er erlebt, wie der ältere Mann offen Zuneigung und Anteilnahme ausdrückt:

> Der Raum war sehr still. Bald muß ich den Kopf heben, dachte Burden, und die Hände herunternehmen, und dann werde ich seinen Spott sehen. Er bewegte sich nicht, preßte die Finger nur noch fester gegen die Augen. Dann fühlte er Wexfords schwere Hand auf seiner Schulter.
> «Mike, mein lieber, alter Freund...»

Verdächtige Zeugen sprechen auch auf Wexfords Einfühlungsvermögen an, wie es sich in der Reaktion der Mörderin in *Alles Liebe vom Tod* zeigt.

> Sie ignorierte alle Anwesenden und kam auf Wexford zu... zu dem einzigen, der sie je verstanden hatte... Ohne zu lachen oder zurückzuschrecken, hatte ein Landpolizist verstanden... Sie ließ sich gegen Wexford fallen und atmete schwer an seiner Schulter. Wexford vergaß die Vorschriften und legte fest den Arm um sie.

Die Leser wissen ein weiches Herz in einer harten Schale zu schätzen, und Wexford und seine Schöpferin schlagen Kapital daraus.

Indem sie Wexfords Charakter auf seine Intelligenz, seine große Belesenheit, seine scharfe Zunge und sein Einfühlungsvermögen gründet, hält Ruth Rendell die Leser (und vielleicht auch sich und ihre Hauptfigur) wach und aufmerksam. Man kann nie sicher sein, wie der Chief Inspector sich verhalten wird. Er ist gleichermaßen dazu fähig, bei einem Gegenspieler mit einem Schulterzucken oder einem Zornesausbruch zu reagieren, einen Menschen einzuschüchtern oder zu ermutigen, einen Untergebenen anzuschnauzen oder zu stützen. Man kennt das Repertoire seiner Reaktionen, aber welche Wexford nun wählt, läßt sich nur schwer vorhersagen. Nach Anzeichen dafür auszuschauen, gehört zu den kleinen Vergnügen in dieser vorzüglichen Serie. Ruth Rendell dabei zu beobachten, wie sie den Trend nach größerer Intimität mit der Hauptfigur ihrem eigenen Stil anpaßt, ist faszinierend.

Neben der Kingsmarkham-Serie gibt es noch eine Gruppe von höchst individuellen Romanen. Oft dreht sich der Plot um eine ernsthaft gestörte Person: *Dämon hinter Spitzenstores*, *Urteil in Stein*, *Flucht ist kein Entkommen* oder *See der Dunkelheit*, zum Beispiel. Andere erzählen von relativ unschuldigen Leuten, die sich in den dunklen Plänen einer anderen Person verfangen haben, wie *Die Verblendeten*, *Das geheime Haus des Todes*, *Mancher Traum hat kein Erwachen*, *Die Masken der Mütter* oder *Sprich nicht mit Fremden*. Einige Leser finden diese Romane dunkler, hoffnungsärmer als die Wexford-Geschichten, aber fast jeder stimmt zu, daß darunter einige ihrer besten Werke sind, wenn nicht sogar, nach Ansichten einiger Fans, ihre allerbesten. Die Debatte darüber, welchem Buch der Spitzenplatz eingeräumt werden sollte, ist von rein akademischem Interesse.

Von großer Wichtigkeit und hohem Wert ist allerdings die Tatsache, daß Ruth Rendell in dieser Gruppe von Romanen, die ihr eigenen Fähigkeiten erneut unter Beweis stellt, besonders ihre aufregende Kunst der Charakterisierung. Genau wie ihre Fähigkeit der Charakterisierung es ihr ermöglichte, an der literarischen Bewegung zu einer genaueren und tieferen Charakterzeichnung teilzuhaben, so hilft ihr auch ihr Fokus auf die Charakterisierung der Personen, eine andere literarische Entwicklung zu verfeinern, die auch für die Evolution des Kriminalromans wichtig ist.

Eine immer stärkere Betonung der Sozialkritik ist ein wesentlicher Zug der modernen Kriminalliteratur. Ross MacDonalds ökologisches Engagement wie auch seine Überzeugung, daß die amerikanische Kultur einen kritischen Wendepunkt erreicht hat, sind allgemein bekannt und Gegenstand häufiger Analysen. Zeitgenössische Autoren wie James McClure, Sara Paretsky, Sue Grafton, Sharyn McCrumb, P. A. Carlson und Anette Roome attackieren offen und wirkungsvoll eine Menge verschiedener gesellschaftlicher Mißstände wie Rassismus, steigende Scheidungsraten, wachsende Hektik, Vergewaltigung innerhalb der Ehe und finanzielle Betrügereien an älteren Menschen. Lawrence Sanders geht sogar so weit, daß er predigt und ganze Romane um solche Themen wie die frühe Korruption der heutigen Kinder schreibt.

Eher selten richtet Ruth Rendell in ihren Romanen ihre Aufmerksamkeit auf soziale Mißstände. *Die Grausamkeit der Raben*, zum Beispiel, schildert eine destruktive Form des Feminismus, und in *Der Liebe böser Engel* kommt eine talentierte, aber nur durchschnittlich aussehende Frau vor, die ungewöhnliche und schließlich selbstzerstörerische Schritte unternimmt, um sich ihren Platz an der Sonne zu sichern. Beide Romane, die in der Regel nicht zu Rendells packendsten Werken gerechnet werden, gehören zu der Kingsmarkham-Serie.

In der Regel ist Ruth Rendell viel erfolgreicher, wenn sie sich offener Sozialkritik enthält und sich statt dessen auf genaue soziale Beobachtung verläßt. Auch hier nützt ihr wieder ihre außerordentliche Charakterisierungskunst. Sie richtet die Aufmerksamkeit des Lesers auf eine kleine Gruppe von Leuten und beschreibt, wie sie sich gegenseitig beeinflussen, und überläßt dem Leser, seine eigenen Schlüsse über die vorliegenden sozialen Probleme zu ziehen. Zwei gute Beispiele für diese Methode schildern die Katastrophen von Erwachsenen, die als Kinder emotional mißbraucht wurden: der unglaublich erfolgreiche Roman *Dämon hinter Spitzenstores* und der von der Kritik nicht so gut aufgenommene, aber in seiner Wirkung intensive *Der Herr des Moores*.

Die Handlung auf einen unsympathischen Charakter zu konzentrieren stellt für einen Autor ein besonderes Problem dar.

Ruth Rendell hat diese Herausforderung angenommen und dazu gesagt, daß man einen unangenehmen Charakter erträglich (oder mindestens für den Leser interessant) machen kann, indem er einen guten Zug aufweist. In *See der Dunkelheit* kümmert sich so ein Mensch, Finn, rührend um seine Mutter Lena, eine arme, sehr labile Frau. Finns Geduld und liebende Fürsorge ihr gegenüber steht in scharfem Kontrast zu seiner völligen Gefühllosigkeit gegenüber allen anderen Menschen. Alle diese Tatsachen werden im Laufe der Handlung aufgedeckt.

Eine weitere Hauptfigur in *See der Dunkelheit* ist Martin Urban, ein ziemlich privilegierter junger Mann. Zugegeben, seine steifen, konventionellen und pedantischen Eltern sind der festen Überzeugung, daß sie ihm nur das Beste gegeben haben. Und doch existiert zwischen Eltern und Sohn kein echtes Gefühl. Martins Unfähigkeit, mit seinen Eltern zu kommunizieren, verhindert auch alle wirklichen Kontakte zu anderen Menschen. Er ist auf eine seltsame Weise unschuldig und naiv und andererseits auch zynisch. Außerdem kann er nur in einem eng umgrenzten konventionellen Milieu funktionieren; er ist nicht in der Lage, mit einem ungewöhnlichen Glückstreffer umzugehen, und auch nicht, sich in andere Personen zu versetzen. Wie Finn ist er taub für die Bedürfnisse von fast allen anderen. Wie Finn ist er das gefährliche Produkt seiner Erziehung.

Ein dritter junger Mann spielt in *See der Dunkelheit* noch eine wichtige Rolle, und an ihm schildert Ruth Rendell die Schwierigkeit, in London eine angemessene und bezahlbare Wohnung zu finden. Dieses Thema, wie das der gestörten Familienbeziehung, taucht in anderen Büchern auf. Doch trotz des nie erlahmenden Interesses an beiden Themen läßt Ruth Rendell nie zu, daß sie von der Haupthandlung ablenken.

Es ist ihr hoch anzurechnen, daß Rendell in *See der Dunkelheit* nie ins Predigen verfällt. Statt dessen zeigt sie uns, wie sich die Charaktere verhalten, macht dadurch ihren Hintergrund und die gegenseitigen Verflechtungen anschaulich. Indem sie sich auf die Charakterzeichnung und den Plot konzentriert, gelingt ihr nicht nur eine starke und aufregende Geschichte, sondern verschafft sie dem Leser das zusätzliche Vergnügen der eigenen Entdeckung: Er spürt, daß er unter die Oberfläche der Erzählung sehen und tiefe Einblicke in die menschliche Natur gewinnen kann. Das ist ein berauschendes Gefühl, und Leser mögen das.

Das Gefühl, etwas selber entdecken zu können, entsteht auch bei den meisten Romanen der Kingsmarkham-Serie, aber es ist ein Hauptelement in einigen Studien von Figuren, die in die Pläne von anderen verwickelt werden. In *Mancher Traum hat kein Erwachen*, einem ihrer interessantesten Romane, geht der Prozeß der Entdeckung noch über das Ende der Geschichte hinaus. Indem sie die verschiedenen Handlungsstränge zum Abschluß bringt, aber gleichzeitig ein offenes Ende schafft, liefert Rendell einen ihrer gewohnt klugen aber unaufdringlichen Kommentare.

Im wirklichen Leben enden Episoden, aber die Leute stürzen sich ins nächste Abenteuer, machen sich an die nächste langweilige Aufgabe, fangen die nächste Liebesaffäre an, machen den nächsten Fehler, schwingen sich zur nächsten Leistung auf. Sogar der Tod beendet nicht völlig die Geschichte einer Person, denn das Leben von jedem Menschen wirkt sich auf gute oder schlechte Weise auf das Leben von anderen aus. Dieses interessante Konzept liegt dem Schluß von *Mancher Traum hat kein Erwachen* zugrunde. Der Leser wird eingeladen, über die Zukunft von mehreren Charakteren zu spekulieren, deren Leben unwiderruflich durch den Tod eines anderen verändert wurde. Wir bekommen das Vergnügen eines befriedigenden Abschlusses – die verschiedenen Handlungsstränge werden zu einem fairen und überzeugenden Ende gebracht –, aber wir können uns die sich daraus ergebenden Konsequenzen selber ausmalen.

Solche Schlüsse funktionieren nur durch Ruth Rendells hohe Charakterisierungskunst. Alan Goombridge und seine Assistentin verschwinden, als Marty Forster und Nigel Thaxby die Bank überfallen, die Alan leitet. Die Leben von Alan, Joyce, Marty und Nigel wie auch das von Una Engstrand werden miteinander verwoben. In kurzen Flashbacks und Erinnerungen liefert Rendell den Hintergrund der fünf Hauptpersonen.

Alan ist ein hart arbeitender, aber unerfüllter Mensch, und so ergreift er impulsiv die Gelegenheit, den Banküberfall als Ausbruch aus seinem bisherigen Leben zu nutzen und mit dem Geld, das den Räubern nicht in die Hände gefallen war, unterzutauchen. Plötzlich zum Kriminellen geworden, ist Alan doch auch unschuldig, und er muß erst lernen, sich in der Welt zurechtzufinden. Seine Liebesaffäre mit Una, seiner Zimmerwirtin, bringt beiden Romantik und Trost. Ihre Tage als Geisel in der Gewalt von Nigel und Marty stellen Joyces Durchhaltevermögen auf eine harte Probe und zwingen sie dazu, viele ihrer persönlichen Maßstäbe und Überzeugungen zu überprüfen.

Da Ruth Rendell die Persönlichkeiten dieser Figuren so vollständig enthüllt (und daraus dramatische Effekte zieht), ist die Identifikation des Lesers mit ihnen sehr stark. Wir verstehen Marty und Nigel so völlig wie auch Alan, die eigentliche Hauptfigur, obwohl wir sie weniger mögen. Wir fühlen mit Alan und unterstützen seinen Ausbruch in die Freiheit, obwohl er dabei Gesetze verletzt und sogar einige unserer Moralvorstellungen. Wir leiden auch mit Joyce, wie sie gegen ihre gefährlichen und gleichzeitig hilflosen Kidnapper kämpft.

Das Aufeinandertreffen von brillant charakterisierten Figuren treibt den Plot mit großer Geschwindigkeit vorwärts, dabei werden mehrere Themen unauffällig angesprochen (das interessanteste ist vielleicht das der möglichen Haltungen des modernen Menschen zur Romantik), und das eigentlich doppelte Ende wird subtil vorbereitet. Für einige der Figuren ist die Geschichte zu Ende; eine andere wird ein Leben lang an gebrochenem Herzen leiden; das Selbstbild einer dritten hat sich unwiderruflich verändert. Jede dieser Konsequenzen ist für den jeweiligen Charakter absolut stimmig und befriedigend; und wir können dennoch über die weiteren Auswirkungen auf das Schicksal des betreffenden Menschen spekulieren. *Mancher Traum hat kein Erwachen* ist eine wunderbare Kombination aus Charakterisierung, Handlung, Leitmotiven und Spekulation.

Obwohl Ruth Rendell auch als Barbara Vine volle Kontrolle über die Handlungsführung behält und ihr Markenzeichen – die

Konzentration auf Charakterentwicklung – übernimmt, unterscheidet sich der Stil der Barbara Vine-Bücher von dem der Wexford-Romane, denn im Gegensatz zu den Geschichten der Kingsmarkham-Serie verlangen die Vine-Bücher völlig eigene Erzählerstimmen (manchmal mehrere) für jeden Roman. Indem sie diese Erfordernisse erfüllt, gelingen Rendell/Vine einige ihrer eindrucksvollsten Manipulationen des Erzählerstandpunktes.

Es scheint die Sonne noch so schön wird zwar in der dritten Person erzählt, aber mehrere Teile sind offensichtlich vom Standpunkt eines der verschiedenen Charaktere geschrieben – einer Gruppe von jungen Männern und Frauen, die im Sommer 1976 lose in einer Quasi-Kommune zusammenleben. Jahre später denken mehrere Personen an diesen Sommer mit Furcht und Schrecken zurück. Die Herausforderung besteht hier darin, eine Vielfalt von überzeugenden Stimmen zu schaffen, und das außerdem gleich zweimal. Denn einige Charaktere haben zwei ziemlich unterschiedliche Stimmen und zwei ziemlich unterschiedliche Standpunkte: einmal als Jugendliche und einmal als Erwachsene. Das ist ein schwieriges Unterfangen, und Vine entledigt sich dieser Aufgabe mit beträchtlichem Erfolg. Sie ist tatsächlich so erfolgreich, daß bei der letzten Umkehrung – das letzte, sehr kurze Kapitel ist von einem distanzierten, allwissenden Erzählerstandpunkt aus geschrieben – der Effekt absolut verblüffend ist und überhaupt nicht verwirrend, wie es bei einem weniger ausgefuchsten Autor leicht hätte passieren können.

In *Liebesbeweise* wechselt der Erzählerstandpunkt zwischen dem Ich-Erzähler Joe, dem Produkt des staatlichen Fürsorgesystems und von Pflegeeltern aus der Arbeiterschicht, bei denen er kaum Zuneigung erfahren hat, und der Erzählweise in der dritten Person aus der eingeschränkten Sicht von Paul Garnet hin und her, ein gebildeter Strohwitwer, der «unter seinem Niveau» als Chauffeur und Bodyguard arbeitet. Um die Dinge noch interessanter zu machen, zitiert Joe oft seinen Oberklassenheld Sandor, so daß wir häufig eine Stimme innerhalb einer Stimme hören. Auf diese Weise jongliert Vine sowohl mit unterschiedlichen sozialen Standpunkten wie auch mit mehreren Erzählerstimmen. Was eine ungeschickte Wahl der Erzählmittel sein könnte, erweist sich auch hier als vielschichtig und fesselnd.

Sowohl *Die im Dunkeln sieht man doch* wie auch *Das Haus der Stufen* werden in der ersten Person erzählt, allerdings von einem äußerst komplexen Ich-Erzähler-Standpunkt. In beiden Fällen durchforsten die Erzählerinnen ihr Gedächtnis, um genau zu berichten, was in längst vergangenen Tagen geschah. Faith Severn in *Die im Dunkeln sieht man doch*, zugleich die Nichte einer hingerichteten Mörderin und deren Opfer, bemüht sich, die Ereignisse, die zu dem Mord geführt haben, zu rekonstruieren. Da sie über Geschehnisse spekuliert, die sie nicht selber erlebt hat, und mutmaßen (oder erraten) muß, was andere in ihrer Gegenwart gedacht haben, spielen Vermutungen in Faiths Suche nach der Wahrheit eine beträchtliche Rolle, und ihre Phantasie und/oder ihr Gedächtnis müssen die Stimmen ihrer Tanten Vera und Eden wiedererschaffen oder simulieren.

Und es erhöht die Glaubwürdigkeit von Faith, daß sie manchmal an der Genauigkeit ihrer Erinnerungen zweifelt, und sie entdeckt, daß mindestens ein noch lebender Augenzeuge des Mordes ein entscheidendes Detail falsch erinnerte, was auf sein Leben einen tiefen Einfluß ausgeübt hat. Wenn er irregeleitet wurde, könnte das gleiche nicht auch Faith passieren? Diese Frage wird besonders brisant, als sie sich bewußt wird, daß ihre Wahrnehmung der Tanten behindert wurde durch deren ständige Heimlichtuerei, ihre unermüdlichen Anstrengungen, die junge Faith aus dem Kreis ihrer gegenseitigen Zuneigung und Bewunderung auszuschließen.

Elizabeth Vetch, die Erzählerin von *Das Haus der Stufen*, kämpft in der gleichen Weise um Wahrhaftigkeit. Elizabeths Erinnerungen der Ereignisse, die zum Mord am Verlobten ihrer Tante Cosette führen, sind durch ihre tiefe Zuneigung zu Cosette und ihre Leidenschaft für Bell Sanger, Elizabeths zeitweilige Liebhaberin, gefärbt. Bedauern, Einsamkeit oder Nostalgie mögen auch ihr Gedächtnis beeinflussen. Hinzu kommt, und sie weist den Leser immer wieder darauf hin, daß ihre Jugend und Unerfahrenheit Elizabeth daran gehindert haben, viel von Cosettes Verhalten in den Tagen bis zu dem Mord zu verstehen. Ungenauigkeiten sind also unvermeidlich.

Wie Faith Severn sieht auch Elizabeth über einen Zeitraum von mehreren Jahren zurück und versucht intensiv, fair und genau zu sein, und sie ist sich trotzdem schmerzlich bewußt, daß es ihr wohl nicht immer gelingt. Und, wie bei Faith Severn, fühlt der Leser mit, ist fast genauso von der Aufgabe der Erzählerin fasziniert wie von dem zentralen Geheimnis selbst. Das aufrichtige Bemühen von Faith und Elizabeth, das Geschehen gewissenhaft zu berichten, verleiht den Romanen *Die im Dunkeln sieht man doch* und *Das Haus der Stufen* eine beachtliche Tiefe und Vielschichtigkeit.

Interessanterweise löst das Unbehagen der Hauptfiguren an ihrer Aufgabe eins von Vines schwierigsten Erzählproblemen. Obwohl beide Romane auf einer Menge ungesicherter Fakten basieren, sind sie doch realistische Geschichten, die vertrauenswürdige Erzähler benötigen. Die Tatsache, daß beide Erzählerinnen sich der Schwierigkeit ihrer Aufgabe bewußt sind und sie offen ansprechen, zeigt dem Leser, daß sie gewissenhaft, überlegt und verläßlich sind, und sie gewinnen so sein Vertrauen. Und obwohl weder Faith noch Elizabeth völlig sympathische Frauen sind, identifiziert sich der Leser mit ihnen. Ihre Charakterfehler lassen die Romane um so realistischer und wahrhaftiger wirken. Daß die beiden Hauptfiguren als Erzählerinnen so überzeugend sind, beweist wieder einmal Barbara Vines/Ruth Rendells hohe Charakterisierungskunst.

Ein weiteres überraschendes, aber realistisches Element verleiht diesen Barbara Vine-Romanen eine besondere Qualität. Die Autorin führt diese Plots, die im Grunde eine Suche nach Klarheit und Erkenntnis sind, bis zum Höhepunkt und läßt dann das Ende offen. Natürlich bringt sie diese Plots zu einem befriedigenden Abschluß; alle Fäden werden am Ende verknüpft. Und trotzdem bleiben – wie in mehreren anderen Rendell-Romanen, zum Beispiel *Mancher Traum hat kein Erwachen* und *See der Dunkelheit* – entscheidende Fragen ohne Antwort. Der Leser verabschiedet sich von wesentlichen Personen zu einem Zeitpunkt, an dem sie überwältigenden persönlichen Verlusten ins Auge sehen müssen. In dieser Hinsicht, wie auch in vielen anderen, ist Barbara Vine/Ruth Rendell absolut zeitgenössisch, sie demonstriert, daß eine gut konstruierte Geschichte nicht eine vorhersehbare Geschichte sein muß und daß die Form des Romans nahezu unendliche Variationen erlaubt.

Glücklicherweise werden Ruth Rendells Bandbreite und Können weithin anerkannt. Ihre Kollegen haben wiederholt ihr Talent gewürdigt, zuletzt erst, indem sie ihr den *Diamond Dagger* für ihre Verdienste um die Kriminalliteratur verliehen und außerdem den neuesten Barbara-Vine-Roman *King Solomon's Carpet* mit dem *Gold Dagger* für den besten Kriminalroman des Jahres ausgezeichnet haben. Vorher hatte sie schon drei *Gold Dagger* und einen *Silver Dagger* der *Crime Writers' Association* zuerkannt bekommen, die amerikanischen Kriminalromanautoren verliehen ihr dreimal den *Edgar*, die Zeitschrift *Current Crime* ehrte sie mit dem *Silver Cup*, die *Sunday Times* mit dem *Award for Literary Excellence*, außerdem erhielt sie noch den *Angel Award* und den *Arts Council National Book Award* – eine Fülle von Anerkennung, die sie verdient.

Kaum etwas ist so befriedigend wie eine derartige Anerkennung durch die Kollegen, aber für einen Schriftsteller ist das Leserecho sehr, sehr wichtig. Auch in dieser Hinsicht erziehlt Ruth Rendell große Erfolge. Die Leser freuen sich schon auf den neuesten Barbara Vine-Roman *King Solomon's Carpet* und auf Wexfords bisher letzten Fall *Kissing the Gunner's Daughter*. Eine derartig hohe Lesererwartung ist für jeden Autor eine Herausforderung, aber die Fans von Ruth Rendell/Barbara Vine sind sich gewiß, daß ihre Erwartungen wieder einmal erfüllt werden. Schließlich hat sich Ruth Rendell als eine der herausragendsten Autorinnen des ausgehenden zwanzigsten Jahrhunderts etabliert, weil ihr das immer wieder gelingt.

Jane S. Bakermann ist Professorin für Englische Literatur an der Indiana State University, Terre Haute. Sie veröffentlichte eine Reihe von Porträts von wichtigen Kriminalromanautoren.

MAJ SJÖWALL und BJARNE NIELSEN

Dänisches Intermezzo

Sauer aufgestoßener Magensaft füllte langsam die Mundhöhle, und Martin Beck griff eilig nach dem Tablettenröhrchen.

Dieser verdammte Magen! Und das ausgerechnet jetzt mitten in der Urlaubssaison, wo er besonders viel zu tun hatte. Man hätte fast meinen können, fünfzig Prozent der Stockholmer Polizei wären nach Mallorca geflogen, um nur ja keine Strandpartys zu versäumen, während der zurückgebliebene Rest mit der im Sommer jäh ansteigenden Kriminalität zurechtkommen mußte. Selbst der Chef der Staatlichen Mordkommission wurde in den allgemeinen Wachdienst eingeteilt und mußte sich um Alkohol- und Drogenmißbrauch, um Prostitution, Verkehrschaos und Gewalt kümmern. Die Touristen wurden, wo sie gingen und standen, betrogen und beklaut, und die Schweden, die noch nicht in Urlaub waren, liefen bei der Hitzewelle, die schon mehr als eine Woche auf Stockholm lastete, fast Amok.

Warum, zum Henker, mußten die Polizisten auch in der Urlaubssaison Ferien machen?

Beck betrachtete den Stoß mit der Eingangspost. Es schien ihm hoffnungslos, ihn überhaupt in Angriff zu nehmen. Der Haufen war fast so hoch wie der Stapel mit den unerledigten Schriftstücken.

Er überflog die Überschriften der Berichte und die Absender der Briefe.

Der vierte Brief aus dem Stoß hatte privaten Charakter und war an ihn persönlich adressiert. Er trug keinen Absender, war aber in Malmö abgestempelt.

Martin Beck schnitt den Umschlag auf. Der Brief kam von

seinem Kollegen Månsson, und als Beck ihn gelesen hatte, war er sehr dankbar dafür, daß er an ihn persönlich gerichtet war.

Die Polizei in Malmö bekommt automatisch von der Polizei in Kopenhagen Bescheid, wenn ein Bürger ihrer Stadt in Kopenhagen angehalten wird. So hatte Månsson einen kurzen Bericht erhalten, daß der schwedische Staatsbürger Rolf Beck, 20 Jahre alt, beim Verkauf von Haschisch im Wert von über tausend Kronen angehalten worden war. An sich keine allzu ernstzunehmende Anklage in Kopenhagen, aber doch ausreichend für eine Verurteilung wegen Drogenhandels und eine zur Bewährung ausgesetzte Haftstrafe. Dazu kam eine Eintragung ins Strafregister.

Martin Beck hatte von seinem Sohn nichts gehört, seit dieser ihn zu Ostern, also vor gut vier Monaten, besucht hatte. Damals hatte er ganz normal gewirkt, etwas mürrisch und verschlossen vielleicht; aber so war er immer gewesen. Er studierte an der Universität in Lund und hatte in Malmö eine kleine Bude. Beck war keineswegs erstaunt, daß Rolf öfter hinüber nach Kopenhagen fuhr. Die Leute aus Malmö tun das fast alle. Und darüber wundert sich niemand. Martin Beck konnte sich gut entsinnen, daß Rolf etwas von einer Freundin gemurmelt hatte, aber den Namen wußte er nicht mehr, sofern er überhaupt erwähnt worden war.

Er selbst kam nur sehr selten nach Kopenhagen, und wenn, dann eher dienstlich. Seit Rhea vor einem Jahr gestorben war, hatte er überhaupt keine rechte Lust mehr dazu. Sein kleines Quantum Bier konnte er auch in Stockholm kaufen. Und für Kneipenbesuche und Nachtclubs fühlte er sich ein wenig zu alt.

Und jetzt war also Rolf in Kopenhagen verhaftet worden, angeklagt wegen Drogenhandels. Dieser Brief brachte ihn als Kriminalkommissar ganz schön ins Schwitzen.

Gedankenvoll schob Beck den Stapel mit den ungeöffneten Briefen und Berichten wieder beiseite. Was, zum Teufel, sollte er tun? Natürlich konnte er mit seinem Vorgesetzten sprechen, ihm die Zusammenhänge erklären, um Urlaub bitten und nach Kopenhagen fahren. Aber wahrscheinlich konnte er dort nicht das geringste tun, und er war alles andere als sicher, ob Rolf von seinem Besuch begeistert wäre. Eher im Gegenteil.

Wäre doch nur Kollberg hiergewesen. Nicht daß sein Kollege Kollberg etwas hätte tun können, aber Martin Beck hatte sich während der langen Jahre ihrer Zusammenarbeit daran gewöhnt, mit Kollberg gemeinsam ‹laut zu denken›, und auf diese Weise waren viele Probleme, sowohl dienstliche als auch private, gelöst worden.

Nun, er konnte Kollberg ja heute abend anrufen. Sie hatten sich ohnehin schon ziemlich lange nicht mehr getroffen.

«Tschüs, Martin! Viel Spaß noch!» Gunvald Larsson steckte den Kopf zur Tür herein. Er hatte eine elegante Schweinslederjacke an, die zweifellos ein Monatsgehalt gekostet hatte, war also vermutlich im Weggehen. Schließlich war es zehn Minuten vor vier, also so gut wie Feierabend.

Martin schaute von den Berichten, die vor ihm auf dem Tisch lagen, hoch. «Was willst du damit sagen?»

«Viel Spaß, weil ich in Urlaub fahre», lachte Larsson. «Drei Wochen.»

Martin verfiel sichtlich. «Du auch? Wohin geht's eigentlich?»

«Eigentlich nirgends. Ich habe vor, hier zu Hause in Stockholm einige Tage den Touristen zu spielen, und dann fahre ich vermutlich eine oder zwei Wochen nach Dänemark. Kopenhagen und der Tivoli, Krabbensandwiches und Faßbier, Dänisch Alt und etwas leichte Unterhaltung mit und ohne Kultur. Ich habe Bekannte auf einem alten Bauernhof in Oddsherred; die besuche ich bestimmt auch ein paar Tage.»

In Martin Beck kam wieder einmal der Wunsch nach einer Zigarette hoch. Ganz automatisch streckte sich seine Hand nach der Zigarettenschachtel. Vor vier Jahren hatte er das Rauchen aufgegeben. Würde das Verlangen danach denn nie aufhören?

«Hättest du wohl fünf Minuten Zeit, Gunvald?» fragte er.

Larsson kam herein und setzte sich ohne ein Wort auf den Stuhl an der anderen Seite des Schreibtischs.

«Ich weiß eigentlich gar nicht, was ich dich fragen will», sagte Beck mit traurigem Lächeln. Dann reichte er Gunvald den Brief, den Månsson ihm geschrieben hatte. «Lies das.»

Gunvald Larssons Blick glitt über das Blatt; dann las er den Brief ein zweites Mal. Gründlich.

«Tjah», sagte er aufblickend. «Das ist für heutige Eltern kein unbekanntes Phänomen.»

«Ja, das kann man wohl sagen.» Beck stand auf, ging zur Tür und machte sie zu. Dann kam er zurück zum Schreibtisch, öffnete die mittlere Schublade und nahm eine halbe Flasche *Gammel Dansk* heraus.

«War das nicht deine Lieblingsmarke?»

Bis vor zwei Jahren hatte Gunvald Larsson weder Bier, Wein noch Schnaps getrunken, aber dann hatte er der Geselligkeit wegen ab und zu ein wenig mitgehalten, und jetzt genehmigte er sich sogar selbst ein oder zwei Bier. Und er hatte nicht mehr geraucht, seit er als Achtzehnjähriger zur See gegangen war; aber auch hier war er inzwischen schwach geworden. Allerdings rauchte er nicht übertrieben viel. Jetzt, mit fünfzig, meinte er wohl, daß man es mit der Prinzipientreue nicht mehr so genau zu nehmen brauchte.

Larsson schaute erst die Flasche und dann Beck an.

«Ich dachte, dein Magen erlaubt dir solche Sachen nicht?»

«Tut er auch nicht. Aber Rolf hat mir die Flasche mitgebracht, als er zu Ostern bei mir zu Besuch war. Er ist oft in Kopenhagen, ich glaube, er hat sogar eine Freundin dort.»

«Du willst also nicht selbst rüberfahren?»

Martin schüttelte den Kopf.

«Seit er von zu Hause weg ist, hat sich unser Verhältnis nicht zum besten entwickelt. Er hat mich jedes Jahr ein paarmal besucht und mir pflichtschuldigst eine Weihnachtskarte geschickt. Viel mehr war nicht drin. Ich habe natürlich etwas öfter geschrieben und ihn auch zwischendurch mal angerufen, aber eigentlich haben wir einander nicht besonders viel zu sagen. Er studiert in Lund Soziologie, und da kannst du dir denken, daß es genug Reibungspunkte gibt.»

Larsson mußte lächeln. «Obwohl ihr euch im Prinzip ja einig seid. Oder?»

Martin Beck sah Gunvald Larsson nachdenklich an. Zum x-ten Male wunderte er sich darüber, daß er diesen Kollegen viele Jahre nicht hatte ausstehen können. In den Ansichten über Larsson war er sich mit Kollberg total einig gewesen. Aber im Lauf der Zeit war er gezwungen gewesen, ihn mit anderen Augen zu betrachten. Und es war ein völlig anderer Gunvald Larsson, den Beck jetzt langsam kennenlernte. Wenn er zurückdachte, mußte er zugeben, daß Larsson immer der gleiche gewesen war. Die Grobheiten dieses Mannes und seine Gleichgültigkeit, was Dienstweg und Vorschriften betraf, hatte es immer gegeben, und eigentlich hatte es sich mit der Freundlichkeit und dem Verständnis nicht anders verhalten. Martin Beck würde sich immer dafür einsetzen, daß ein Häftling nicht geschlagen werden durfte. Im Prinzip teilte Gunvald diesen Standpunkt. Er bestand jedoch auf seinem persönlichen Recht, Grundsätze bisweilen umzustoßen. Dies aber immer nur um anderer und wichtigerer Prinzipien willen.

«Doch», sagte Beck. «Ich verstehe ihn eigentlich ganz ausgezeichnet. Und vielleicht versteht er mich in Wirklichkeit auch. Uns trennt vor allem der Sprachgebrauch. Und noch etwas. Aber das ist vielleicht ein Mythos. Mir kommt es immer so vor, als seien die jungen Leute so absolut von sich selbst überzeugt.»

«Das sind sie wirklich», lachte Larsson. «Es ist vielleicht ihr Unglück, aber es macht auch ihren Charme aus. Könntest du dir etwa einen unschlüssigen, grüblerischen, unsicheren zwanzigjährigen Sohn vorstellen?»

Beck schüttelte den Kopf und rieb sich mit Daumen und Zeigefinger der rechten Hand den Nasenrücken.

«Nein, da hast du sicher recht.»

Sie schwiegen eine Weile. Larsson trank seinen Rest Schnaps aus und drückte seine Zigarette aus.

Beck hob den Kopf. Er stand auf, ging ein paar Schritte und lehnte sich dann an den Aktenschrank.

«Es wundert dich wohl, daß ich dir den Brief gezeigt habe?» sagte er nach einer Weile.

«Nein, ich hab dir doch gerade erzählt, daß ich nach Kopenhagen fahren will.»

Beck atmete erleichtert auf. Gunvald hatte offensichtlich verstanden.

«Es würde dir also nichts ausmachen, drüben mit den Kollegen zu sprechen, wenn du schon mal dort bist?»

«Selbstverständlich nicht.»

«Nicht, daß ich der Meinung bin, einer von uns könnte etwas ausrichten, aber immerhin. Stimmt's?» Martin Beck schüttelte etwas ratlos den Kopf. Er wußte selbst nicht recht, wozu das alles gut sein sollte, aber allein der Gedanke, daß jemand mit ein wenig Verständnis für die ganze Angelegenheit sich umhörte und eine sachdienliche Antwort bekam, erleichterte ihn.

«Nein, tun kann ich wohl nichts. Die Leute wissen selbst am besten, was sie zu tun haben. Aber ich werde mich umhören, Martin.»

Gunvald Larsson erhob sich.

«Dann also schönen Urlaub!» sagte Martin Beck, als sein Kollege den Raum verließ.

Als Rolf hereingeführt wurde, erhob Gunvald sich und ging ihm entgegen. Er reichte ihm die Hand.

«Tag, Rolf. Erinnerst du dich an mich?»

Rolf nickte mürrisch.

«Du wirst dir denken können, wer mich gebeten hat, dir Grüße zu bringen? Dein Vater hat keinen Urlaub, aber ich habe Ferien und wollte sowieso nach Kopenhagen.»

Sie ließen sich an einem runden Tisch nieder, während der Gefängniswärter sich in der Ecke auf einen Stuhl setzte. Er kippte ihn nach hinten gegen die Wand und zog einen Krimi aus der Tasche. Damit war er vorläufig voll und ganz beschäftigt.

«Wie behandeln sie dich?»

«Sehr gut», antwortete Rolf.

Gunvald betrachtete ihn einen Augenblick wortlos. Der Junge war, wie er wußte, fast einundzwanzig. Er sah jünger aus, blaß und dünn, kein Anflug von Bartwuchs. Das Haar war kurz geschnitten und sehr gepflegt. Es war nicht das, was ein Schwede normalerweise unter ‹Christiania-Look› versteht.

«Wo haben sie dich festgenommen?»

Larsson hatte bei der Kopenhagener Polizei vorgesprochen, wußte also genau, daß es in der *Grauen Halle* draußen in Christiania passiert war, wollte aber gern Rolfs Version hören.

«Draußen in Christiania. Kirstine und ich wollten uns ein Konzert anhören. Da kam einer und fragte, ob ich ein bißchen Stoff übrig hätte. Ich hatte mir gerade welchen für den Eigenbedarf beschafft. Ein ordentliches Paket zu zwölfhundert Kronen. Ich habe ihm also was vom Kuchen abgebrochen. Mehr wollte er ja nicht haben. Aber jetzt halten die mich für einen Pusher.»

«Pusher, das ist doch einer, der verkauft, oder? Und das hast du doch getan?»

«Ja, aber doch nicht professionell.»

Gunvald schwieg einen Moment, um sich eine Zigarette anzuzünden. Er bot Rolf auch eine an, aber der schüttelte den Kopf.

«Hast du früher schon mal verkauft?» fragte er leise.

Rolf sagte nichts. Er starrte vor sich hin ins Leere.

«Ich habe dich gefragt, ob du schon früher mal was verkauft hast», wiederholte Larsson.

«Nein. Selbstverständlich nicht. Nur ein bißchen an Freunde und so.»

«Die Polizei behauptet, daß man dich beobachtet hat und daß du beim Dealen gesehen wurdest.»

«Diese Lügner! Diese Schweine!»

«Ach ja», schmunzelte Gunvald. «Jetzt kommen wir zum Kern der Sache.»

Für den Bruchteil einer Sekunde sah Rolf aus, als bereue er seine Worte. Dann flammte der Trotz wieder auf.

«Ja, und das gilt genauso für dich und meinen Vater. Ihr seid alle einer wie der andere.»

Gunvald nickte. «Da hast du gar nicht so unrecht. Aber dasselbe kann man leider auch von dir und deiner Generation sagen. Jedenfalls mit unseren Augen betrachtet.»

Rolf gab keine Antwort.

«Und wo hast du das Zeug her?» versuchte es Gunvald.

Keine Antwort.

«Draußen im Pusher-Viertel besorgt?»

Keine Antwort.

«Du sagtest, du hättest dir selbst gerade etwas gekauft gehabt. War das dort? Am selben Abend?»

Keine Antwort.

Gunvald erhob sich.

«Nun, wir werden sehen, wie's weitergeht. Wenn du meinst, daß ich etwas für dich tun kann: Ich wohne für ein paar Tage im *Hotel Terminus*. Hier ist die Telefonnummer und meine Zimmernummer.»

Es war ein warmer Sommervormittag, und die Istedgade döste wie eine Katze auf einem sonnenbeschienenen Fensterbrett vor sich hin. Sanftes Schnurren und dann und wann ein abschätzender Blick. Gunvald hatte sich die Jacke über die Schulter gehängt.

Von der Polizei hatte er die Adresse erfahren, die Rolf als momentanen Wohnort in Kopenhagen angegeben hatte. Es war die Wohnung seiner Freundin, Kirstine Jørgensen, Eskildsgade 8, 3. Stock links. Larsson wußte auch, daß sie Sozialpädagogin oder etwas in der Richtung war, also traf er sie jetzt bestimmt nicht zu Hause an.

Er war eigentlich ohne festes Ziel in die Gegend des Hauptbahnhofs spaziert, und als er von dort zur Istedgade abbog, hatte er noch keine Ahnung, was er eigentlich mit dieser Kirstine reden würde.

Es war der erste August. Namenstag: Per. Es war halb zwölf, und es war heiß. Gunvald bekam langsam Durst. Wie jeder gute und an Abstinenz gewöhnte Schwede weiß, ist Durst in Kopenhagen längst kein solches Problem wie zu Hause, und als Gunvald Larsson die Istedgade erreicht hatte, existierte das Problem überhaupt nicht mehr.

Er kam an eine Ecke, und dort gab es natürlich eine Kneipe. Er hob kurz den Kopf und las: *Stern-Café*. Er betrat das langgestreckte Lokal. Es war so gut wie leer. Der Barmann stand am Ende der Theke und plauderte mit dem einzigen Gast, einem Mann um vierzig, einen leichten Sommermantel über schwarzem Samtjackett und weißem Hemd und etwas, das wie eine Seidenkrawatte aussah. Der Knoten war jedoch unter aller Kritik. Neben dem Mann lag ein breitkrempiger schwarzer Hut, vor ihm standen ein Carlsberg und ein Schnaps.

«Drei Sechser», sagte der Barmann, ohne aufzublicken, als Gunvald Larsson hereinkam.

Der Mann im Staubmantel nahm einen Schluck Bier und schaute dabei auf die Uhr über der Bar. «Vier Zweier», sagte er.

Gunvald setzte sich auf einen Hocker am anderen Ende der Theke.

«Und dann sind da noch vier Fünfer», sagte der Barmann, ohne die Filterzigarette aus dem Mund zu nehmen.

Gunvald hob abwehrend die Hand, als der Barmann fragend zu ihm herschaute.

«Fünf Vierer», sagte der Gast und trank seinen Gammel Dansk mit einer abschließenden Geste aus.

«Fünf Fünfer», sagte der Barmann und ging auf Gunvald zu, ohne sich darum zu kümmern, daß der andere abhob.

«Ein nicht zu kaltes Carlsberg und einen Gammel Dansk», bestellte Gunvald.

«Teufel noch mal», sagte der andere Gast.

Der Barmann nahm eine Flasche Bier aus der vordersten Reihe des Kühlfachs, reichte sie Gunvald, der daranfühlte und nickte. Erst jetzt wurde die Flasche geöffnet und vor ihm hingestellt. Dann schenkte der Barmann einen randvollen Gammel Dansk ein und ging zu seinem Spielpartner zurück.

«Du wirst es nie lernen», sagte er. «Diese Partie hast du verloren.»

Der Gast zog einen Schein aus der Gesäßtasche und legte ihn auf die Theke.

«Wann reist du ab?» fragte der Barmann.

«Um halb sieben. Wir müssen um halb sechs auf dem Flugplatz sein.»

«Womit, zum Teufel, willst du dir dort unten die Zeit vertreiben?»

«Mich um die Familie kümmern. Einkaufen, kochen, das Haus sauberhalten, damit Gitte sich auf den Kleinen konzentrieren und auch ein bißchen Urlaub machen kann. Wir wohnen ja in einem Bungalow, und es ist phantastisch auf Malta. Die Häuser und die Bars sind kühl, und draußen ist es viel, viel zu heiß.»

Er erhob sich und setzte den Hut auf. «Nun halte mal die Stadt schön unter Kontrolle, solange ich weg bin.»

Der Barmann grinste.

«Ich werde mich gegebenenfalls um die Leichen kümmern. Und notfalls wird *Bladet* dich wohl anrufen. Schönen Urlaub!»

Der andere Gast ging, und der Barmann räumte Flasche und Glas weg. Dann unterzog er Kühlfach und Schränke einer Überprüfung und füllte auf, wo es nötig war.

Gunvald bestellte ein weiteres Bier und trank es langsam. Dann stand er auf und verließ das Café.

Die Eskilsgade führt von der Istedgade hinunter zum Heumarkt. Gunvald Larsson blieb vor Nr. 8 stehen und schaute zum dritten Stock hinauf. Auf der linken Seite standen die Fenster offen, und eine leichte Leinengardine hing schlaff heraus. Vielleicht war das Mädchen doch zu Hause.

Er öffnete die Haustür und ging die ausgetretene alte Treppe hinauf. An der linken Tür im dritten Stock war ein farbenprächtiges, handgemaltes Pappschild angebracht. Darauf stand, umgeben von vielen Blumen und küssenden Lippen KIRSTINE JØRGENSEN.

Gunvald Larsson läutete. Es verging geraume Zeit, ehe er von drinnen Schritte hörte. Dann wurde die Tür weit aufgerissen, und eine junge Frau von Mitte zwanzig stand ihm im Morgenmantel gegenüber und sah ihn fragend an.

«Guten Tag. Mein Name ist Gunvald Larsson», sagte er und fügte schnell hinzu: «Ich bin schwedischer Polizeibeamter, ein Kollege von Martin Beck, also Rolfs Vater. Ich hätte mich gern ein bißchen mit Ihnen unterhalten, wenn Sie nichts dagegen haben.»

Sie lächelte ihn ein wenig traurig an und sagte: «Kommen Sie herein! Ich bin gerade erst aufgestanden. Ich habe heute meinen freien Tag, und gestern abend war ich feiern.»

Gunvald ging an ihr vorbei durch den Flur in ein kleines Wohnzimmer. Ein gemütliches Sofa mit vielen Kissen, ein niedriger Couchtisch, ein Bücherregal mit einer sichtlich bunten Mischung von pseudoliterarischen Büchern einer Buchgemeinschaft sowie pädagogischer und psychologischer Fachliteratur, eine Stereoanlage und eine größere Plattensammlung. In einer Ecke ein riesiger Farn. Das einzige, was fehlte, waren ‹Guernica›- und Che Guevara-Poster an der Wand. Gunvald Larsson wurde ganz nostalgisch zumute, bis ihm die abgegriffenen und oft gelesenen Taschenbücher zwischen den schön gebundenen Buchklubbüchern auffielen. Es war sicher eine schlechte Angewohnheit, die er sich da zugelegt hatte, aber die Bücherregale sagten für ihn unglaublich viel über ihre Besitzer aus. Und dieses hier entsprach auf den ersten Blick seinen Erwartungen, doch als er ein paar Schritte nähertrat, entdeckte er überrascht fünf oder sechs Chandler-Titel, sowie T. H. Whites ‹König Arthur auf Camelot› in zwei Bänden und eine lange Reihe der Schwarzen Romane von Fremad. Qualitätsvolle Genreromane waren schon immer sein Steckenpferd gewesen. Er selbst bevorzugte die ältere skandinavische Kriminalliteratur; seine Lieblingsautoren waren S. A. Duse und Jul. Regis.

«Setzen Sie sich doch», sagte Kirstine Jørgensen und deutete auf einen verschlissenen aber bequem aussehenden Lehnstuhl vor dem Regal. «Mögen Sie eine Tasse Kaffee?»

«Ja, gern, vorausgesetzt, Sie trinken auch einen», erwiderte Gunvald Larsson, indem er sich setzte.

«Ich habe mir gerade einen gemacht», sagte sie und verschwand in der Küche.

Zwei Minuten später kam sie mit Tassen und Zucker zurück.

«Ach ja, nehmen Sie Sahne? Oder besser gesagt Milch, denn etwas anderes habe ich nicht.»

«Nein, danke», sagte Larsson, nahm sich ein Stück Zucker und begann umzurühren.

«Ich nehme an, daß es um Rolf geht», begann Kirstine Jørgensen. «Ich hätte Herrn Beck selbst angerufen, aber ich habe seine Nummer nicht. Rolf hat ihn ja so selten besucht, daß ich sie nie gebraucht habe.»

«Die Polizei in Malmö hat Martin benachrichtigt», sagte Larsson. «Er hat dort einen guten Freund, der ihm sofort geschrieben hat. Da ich sowieso ein paar Urlaubstage in Kopenhagen verbringen wollte, bat Martin mich, Rolf zu besuchen und zu sehen, ob ich etwas für ihn tun könnte. Martin selbst hat keinen Urlaub und, um ehrlich zu sein, war er sich auch nicht sicher, ob Rolf von einer Begegnung begeistert gewesen wäre.»

Kirstine Jørgensen nickte.

«Sie kamen wohl nicht besonders gut miteinander aus», meinte sie. «Ich glaube, Rolf trägt seinem Vater noch immer die Scheidung nach. Ich kenne Rolf ja erst knapp ein Jahr und weiß über die Familienverhältnisse eigentlich wenig.»

«Rolf hat wohl zum Teil recht. Sein Vater hat die Familie verlassen.»

«War da nicht etwas mit einer Frau?»

Gunvald Larsson schwieg einen Augenblick. Es lag ihm nicht, mit einer wildfremden Person das bißchen zu diskutieren, was er über Martins Privatleben wußte. Andererseits war dieses Mädchen ja nicht unbedingt eine Fremde für Martins Familie, und sie wirkte eigentlich nett und vernünftig. Und sie las Chandler.

«Hm», machte Gunvald. «Es war wohl nicht nur das. Ich glaube, da ist vieles schon seit Jahren schiefgelaufen. Und außerdem ist Rhea Nielsen vor etwa einem Jahr gestorben. Aber eigentlich weiß ich nichts Konkretes, außer daß der Umgang mit Martin manchmal gar nicht so einfach ist.»

«Rolf hat eigentlich immer sehr nett von ihm gesprochen, aber vielleicht ein bißchen zu höflich, wenn Sie verstehen, was ich meine.»

Gunvald nickte.

«Letzte Weihnachten habe ich ihn gefragt, ob wir nicht seinen Vater zu uns einladen sollten, aber das wollte er nicht. Mein Vater ist auch Polizeibeamter, und wir wollten die Weihnachtsfeiertage mit meinen Eltern verbringen. Vielleicht wäre das gar nicht so dumm gewesen.»

Gunvald sah sie interessiert an.

«Ihr Vater – ist das etwa Kriminalkommissar Jørgensen?»

Kirstine Jørgensen nickte.

«Nun ja, aber Sie sind doch wohl nicht hergekommen, um Familienangelegenheiten zu besprechen, oder?»

Gunvald schüttelte den Kopf.

«Nein. Aber andererseits weiß ich eigentlich überhaupt nicht, weshalb ich hier hin. Ich habe heute vormittag mit Rolf gesprochen, und der ist reichlich wortkarg. Von mir aus gesehen ist die Sache so gut wie geklärt. Er hat verkauft und ist dabei erwischt worden; und er hatte mehr Hasch bei sich als nur für den Eigenbedarf.»

«Was hat er dazu gemeint?» fragte Kirstine Jørgensen.

«Haben Sie nicht mit ihm gesprochen?»

Kirstine Jørgensen schüttelte den Kopf. «Die Polizei hat bei mir angerufen, um bestätigt zu bekommen, daß er bei mir wohnt, wenn er in Kopenhagen ist. Dabei habe ich erst erfahren, daß er beim Dealen verhaftet worden ist. Sonst nichts.»

«Ich dachte, Sie waren dabei, als es passierte?»

«Nein. Er war bei irgendeinem Konzert in Christiania. Ich erinnere mich nicht, mit wem. Es fand wohl in der *Grauen Halle* statt. Ich arbeite mit geistig Behinderten und hatte an diesem Abend Nachtdienst.»

«Mir gegenüber hat er behauptet, daß er mit Ihnen zusammen war. Warum hat er das gesagt? Mit wem hätte er denn sonst noch beisammen sein können?»

Kirstine Jørgensen wirkte etwas verwirrt.

«Keine Ahnung.»

«Verzeihen Sie mir bitte, wenn ich etwas persönlich werde, aber wie ernsthaft waren Sie befreundet?» fragte Gunvald Larsson.

«Nun, das ist ja eigentlich keine Sache, über die man einfach so spricht oder die man irgendwie etikettiert, oder? Ich meine, er hat hier gewohnt, wenn er in Kopenhagen war, er hat hier übernachtet, wenn Sie das im Auge haben, und ich bin – zumindest im letzten halben Jahr – mit niemand anderem zusammengewesen als mit Rolf. Aber das bedeutet nicht, daß es bei ihm ebenso war. Wir haben keine festen Abmachungen, wenn Sie das meinen.»

Gunvald nickte.

«Sie wissen also nicht, mit wem er an diesem Abend eventuell beisammen war?»

«Nein. Er hatte eigentlich keine Bekannten hier in Kopenhagen. Niemanden außer meinen Freunden. Vielleicht hat er einen von denen getroffen. Das ist ja möglich.»

«Raucht er schon lange Hasch?» wollte Gunvald Larsson noch wissen.

«Das weiß ich nicht. Ich selbst rauche seit vier oder fünf Jahren, aber nur bei feierlichen Gelegenheiten, wie man so sagt. Ich mag noch immer eine Flasche Wein lieber, und am allerliebsten habe ich eine Batterie Bier. Mit Alkohol fühle ich mich sicherer. Nicht weil ich irgendwann einen schlechten Trip gehabt habe; es ist einfach so.»

«Sie wissen also nicht, seit wann Rolf raucht?»

«Er hat schon gehascht, als wir uns kennenlernten.»

«Wissen Sie, wo er seinen Stoff herhatte?»

«In der Regel habe ich einen kleinen Vorrat. Den habe ich auch jetzt im Haus. Aber das sollte ich Ihnen vielleicht gar nicht erzählen.»

Gunvald mußte lächeln. «Solange Sie nur für den eigenen Bedarf was da haben, ist das kein Problem. Außerdem bin ich nicht dienstlich hier. Zumindest nicht wirklich.»

«And you're out of your jurisdiction, marshall», sagte Kirstine in bester James Stewart-Manier.

Gunvald grinste. Kirstine Jørgensen war gar nicht so dumm.

«Aber hat er sich jemals hier in Dänemark etwas beschafft, wenn Sie dabeigewesen sind?»

«Nein. Manchmal kommt er mit einem ziemlichen Brocken an und läßt ihn bei mir liegen, bis er das nächste Mal vorbeischaut. Ich habe den Eindruck, in Schweden raucht er es gar nicht. Ist es dort schwieriger?»

«Keine Ahnung», sagte Gunvald Larsson. «Meine Abteilung hat damit nichts zu tun.»

Kirstine Jørgensen ging in die Küche und kam mit der Kaffeekanne zurück. Ohne zu fragen, schenkte sie ihm und sich nach.

«Mögen Sie einen Avec?»

Gunvald sah sie verständnislos an. «Ein Schlückchen zum Kaffee. Oder gleich mit in die Tasse? – Schnaps, Mann!»

«Nein, danke. Das ist für mich noch ein bißchen zu früh. Vergessen Sie nicht, ich bin ein an Enthaltsamkeit gewöhnter Schwede, auch wenn ich in Kopenhagen bin. Wir haben einen gewissen Ruf zu wahren. Außerdem habe ich heute schon zwei Flaschen Bier getrunken.»

Kirstine trug die Kaffeekanne wieder in die Küche.

«Mir ist gerade etwas eingefallen», sagte sie, nachdem sie sich wieder gesetzt hatte. «Rolf hat einmal hier in meiner Wohnung etwas Pot gekauft. Das war vor ungefähr einem Monat. Keiner von uns hatte etwas, und er wollte eine ganze Woche bleiben. Eines Morgens, als ich gerade zur Arbeit gehen wollte, kam ein Typ an und hat ihm was verkauft.»

«Wer? Und wieviel?»

«Das weiß ich wirklich nicht. Ich bin gegangen, ehe sie zu feilschen anfingen. Und ich habe auch keine Ahnung, wieviel Geld Rolf bei sich hatte.»

Gunvald Larsson lächelte unbewußt. Sie hatte seine nächste Frage schon beantwortet. Kirstine Jørgensen war wirklich nicht dumm.

«Wissen Sie, wer der Mann war?»

«Rolf nannte mir den Namen Preben Møller. Er kann so Anfang vierzig gewesen sein. Ziemlich unauffälliger Typ.»

«Sonst wissen Sie über den Mann nichts?»

Kirstine Jørgensen dachte nach.

«Nein, eigentlich nicht. Abgesehen davon, daß er aussieht, als würde er selbst nicht haschen. Er kam mit einer Plastiktrage mit zwölf Flaschen Bier. Und das war um halb acht am Morgen.»

«Preben Møller?» überlegte Gunvald Larsson. «Das ist ein recht häufiger Name, was?»

«Stimmt.»

«Er wäre also schwer ausfindig zu machen?»

Kirstine stand auf und ging ins Schlafzimmer. Sie kam gleich mit einem kleinen Adressen- und Telefonverzeichnis zurück, schlug es auf und fand schnell, was sie suchte.

«Preben Møller, 01-142426», sagte sie. «Wenn Ihnen das was nützt.»

Um ein Haar wäre Gunvald aufgesprungen und hätte sie umarmt, doch im selben Augenblick war ihm klar, daß es möglicherweise eine völlig bedeutungslose Auskunft war.

«Eine letzte Frage», sagte er im Aufstehen. «Wissen Sie, ob Rolf bisher je versucht hat, professionell zu dealen?»

Kirstine Jørgensen trank ihre Kaffeetasse bedächtig aus. Dann sah sie ihn endlich an.

«Ich weiß es nicht wirklich, aber in den letzten zwei Monaten hatte ich ein paarmal so den Eindruck. Und das gefällt mir nicht.»

Gunvald Larsson suchte im Telefonbuch die Seiten mit Møller und überflog die Spalten schnell. Er brauchte nicht lange, um den Richtigen zu finden: Kjeld Langesgade 18.

Gunvald Larsson spazierte langsam Richtung Vesterbrogade. Er kam auf direktem Weg aus dem Istedgademilieu an eine der Hauptverkehrsadern Kopenhagens mit eleganten Geschäften. Er wußte, in alten Tagen war die Vesterbrogade auch Zentrum eines bekannten Vergnügungsviertels gewesen. Hier hatten sich die großen Nachtclubs und Tanzcafés befunden. Hier hatte der Autor Stein Riverton Austern gegessen und

Champagner dazu getrunken, während er auf einen Stoß Servietten neue Kapitel der aufregenden Abenteuer des Knud Grib schrieb.

Jetzt wirkte die Vesterbrogade ein bißchen trist und überständig, während die Istedgade sich trotz der herrschenden Schwüle einen Hauch von Leben und echtem Lokalkolorit bewahrt hatte. Eine gealterte Dirne, die immer noch von Herzen über sich selbst und die Torheit der Welt lachen konnte.

Er verließ die St. Jørgens-Allee und promenierte an den Seen entlang zur Kjeld Langesgade.

Das Treppenhaus war schmuddelig und hätte dringend einer gründlichen Renovierung bedurft. Möglicherweise stand eine solche sogar kurz bevor; jedenfalls lagerten Malergerüste vor dem Haus, als wäre so etwas geplant. In diesem Viertel war es schwierig, die richtigen Schlüsse zu ziehen. Eine Wohnungseigentümergesellschaft, die verzweifelt versuchte, das Haus mit ihren begrenzten Mitteln instandzusetzen? Ein Immobilienhai, der dabei war, Duschkabinen und billige Einbauküchen zu installieren, um die Wohnungen mit überhöhtem Profit als Appartements zu verkaufen und sich dann in Spanien zur Ruhe zu setzen? Eine Versicherungsgesellschaft, die widerwillig den Hausschwammbefall notdürftig ausbesserte?

Im dritten Stock links prangte an der Tür ein teures Messingschild, auf dem ‹Preben Møller› stand. Gunvald drückte auf den Klingelknopf.

Niemand machte auf. Aus der Wohnung drang kein Laut. Es war ja auch erst halb zwei.

Gunvald Larsson ging die Treppe wieder hinunter und beschloß, irgendwo einen Bissen zu essen. Vielleicht fand er in der Nähe ein Lokal, dann könnte er in einer oder zwei Stunden noch einmal hier vorbeischauen.

Er wandte sich nach links Richtung Frederiksborggade. Vor einem kleinen Schaufenster im Souterrain blieb er eine Weile stehen und betrachtete die ausgestellten modernen Grafiken. Das war für ihn mehr als eine Überraschung. Er hatte diese Straße längst für so gut wie ausgestorben gehalten. Wohl wußte er, daß es hier früher eine Menge Geschäfte gegeben hatte, aber als er vor vielleicht zehn, zwölf Jahren zuletzt hier durchgekommen war, hatten fast alle dichtgemacht. Gleich gegenüber der Grafikgalerie, die sich auch als Verlag ausgab, lag ein Laden mit farbenprächtigen Postern, die darauf hindeuteten, daß hier Comics verkauft wurden. Gunvald überquerte die Fahrbahn und stand einer Ausstellung der Serienheftchen seiner Kindheit gegenüber, die als KUNSTGEGENSTÄNDE zu schwindelnden Preisen angeboten wurden. Solche Sachen hatte er als Junge gegen Bilder von längst in der Versenkung verschwundenen Fußballspielern getauscht.

Er überquerte eine Seitenstraße und blieb wieder vor einem Souterrainfenster stehen. In der Auslage standen mehr oder minder zerlesene Exemplare englischer, dänischer und amerikanischer Kriminalromane. Wieder zu schwindelnd hohen Preisen. Ein alter Paperback mit naivem, buntem Umschlag enthielt Novellen von Cornell Woolrich, Kostenpunkt: vierhundert Kronen. Gunvald schüttelte den Kopf. In Schweden gab es Woolrichs Erzählungen in billigen Kioskausgaben.

Da waren die nächsten Schaufenster weit interessanter. Sie gehörten auch zu einem Buchantiquariat, aber dieser Buchhändler war offensichtlich etwas vielseitiger. Hier gab es moderne Belletristik und Fachliteratur von guter Qualität zu anständigen Preisen und in schönen, gut erhaltenen Ausgaben. Keine Eselsohren und zerrissene Buchdeckel.

Gunvald betrat das Kellergeschäft, um sich ein wenig umzusehen und auch, um die Zeit totzuschlagen.

Der Antiquar war ein rundlicher Herr in den Vierzigern. Er kam aus einem hinteren Raum, um nachzusehen, als Gunvald die Tür hinter sich schloß.

Gunvald sagte nur: «Darf ich mich ein bißchen umsehen?»

Daraufhin zog sich der Mann wieder in den hinteren Teil seines Ladens zurück. Gunvald konnte hören, daß ein Gespräch im Gang war und daß Gläser klirrten.

Er hatte eigentlich nicht vorgehabt, etwas zu kaufen. Aber wenn man in einem Buchantiquariat in aller Ruhe ein wenig herumstöbern kann, entdeckt man plötzlich Bücher, die man unbedingt besitzen möchte.

So auch Gunvald.

In einem Regal mit schwedischer und norwegischer Literatur stand ein schmaler Band von Nordahl Grieg: *Überfall auf den Zug nach Bergen*. Der Preis war mit fünfundvierzig Kronen festgesetzt. Das Buch war in einem ordentlichen Zustand, und Gunvald kaufte es.

Als er wieder draußen war, blieb er einen Moment stehen und dachte nach. Dann ging er hinüber in das andere Antiquariat, das die Krimis verkaufte, und stieg die Treppe hinunter.

Auch hier war der Antiquar «beschäftigt». Im Hinterzimmer war eine lebhafte Diskussion mit Kunden oder Freunden im Gange. Dicker Tabakrauch hing in der Luft, und hinter dem Schreibtisch standen etliche leere Bierflaschen.

Als der Besitzer sich dann doch nach vorn bequemte, zeigte Gunvald ihm das Buch und fragte, ob er es kaufen wolle.

«Einen Augenblick bitte», sagte der Mann und ging wieder nach hinten.

Er kam mit einem Stapel Kataloge zurück und begann darin zu blättern.

«Sehen wir mal nach, was es wert ist. Ich muß ja wissen, wieviel ich daran verdienen kann. Schließlich soll keiner von uns beiden zu kurz kommen.»

«Sie wissen also, daß es etwas wert ist?» bemerkte Gunvald.

«Ja. Und das wissen Sie auch. Sonst wären Sie doch nicht nur mit diesem einen Buch gekommen. Es war das erste Buch, das Nordahl Grieg geschrieben hat. Schauen wir mal. Hier haben wir es. 1986 Verkaufspreis zweihundertfünfzig. Abzüglich Mehrwertsteuer sind das zweihundert. Na, sagen wir hundertfünfundzwanzig. Das wird bestimmt kein Ladenhüter; ich glaube fast, ich kann mit dem Preis sogar ein bißchen 'raufgehen.»

«Ich habe eben bei Ihrem Nachbarn fünfundvierzig bezahlt», sagte Gunvald. Nicht weil er ehrlich sein wollte, sondern weil ihn die Reaktion des Antiquars interessierte.

«Teufel noch mal. Sonst habe ich immer ein Auge drauf, was er hereinbekommt. Er hat ja keine Ahnung von diesen Dingen. Na, da hatten Sie aber Glück. Möchten Sie es verkaufen?»

Gunvald schüttelte den Kopf. «Eigentlich nicht, wenn Sie nichts dagegen haben.»

Der Buchhändler grinste. «Das würde ich auch nicht tun, wenn ich Sie wäre. Erstens ist es eine ungewöhnlich gute Geschichte, und zweitens ist es mit Sicherheit ein Buch, das stetig steigen wird. Ich habe es erst einmal gehabt und konnte es lesen, ehe es verkauft wurde.»

Aus dem Hinterzimmer hörte man noch immer Stimmen. Gunvald riskierte einen Blick, als er hörte, daß jemand schwedisch sprach. Es war eine Frau. Sie war sicher Ende vierzig, klein, dunkelhaarig, recht attraktiv. Er hatte das Gefühl, sie zu kennen. Schrieb die nicht selbst Kriminalromane? War es nicht die, die zusammen mit ihrem Mann eine ganze Reihe Polizeiromane geschrieben hatte?

«Dann entschuldigen Sie bitte die Störung. Ich werde Sie nicht länger aufhalten.»

Gunvald Larsson öffnete die Ladentür und ging. Oben auf der Straße angekommen, schüttelte er nochmals den Kopf über die Torheiten der Welt. Da konnte man achtzig Kronen verdienen, indem man ein Buch zehn Meter über die Straße trug.

Er ging um die Ecke und wandte sich dann nach links, bis er in zwanzig Metern Entfernung ein Café entdeckte, das Smørre Brød anbot.

Er ging hinein. Das Café war so gut wie leer. An der Bar saßen ein paar biertrinkende Kunden.

Er setzte sich an einen Tisch und bestellte zwei Smørre Brød. Das Café sah nicht besonders gepflegt aus, und so waren seine Erwartungen nicht sehr groß. Aber die Brote waren überraschend gut; sie waren frisch gemacht und sehr appetitlich.

Als er gegessen und eine Tasse Kaffee getrunken hatte, war es zehn Minuten vor vier. Zeit für einen zweiten Versuch, Preben Møller zu erreichen.

Diesmal hatte er mehr Glück. Kaum hatte er geklingelt, ging

die Tür auf. Im Flur stand ein Mann Mitte vierzig, auffallend modisch gekleidet, mit Tränensäcken unter den Augen.

Gunvald Larsson stellte sich vor und erklärte sofort, daß er schwedischer Polizeibeamter sei, aber rein privat komme.

Preben Møller bat ihn herein und bot ihm einen Platz an.

Nachdem Gunvald ihm erklärt hatte, weshalb er gekommen war, schwieg Preben Møller einen Augenblick.

«Mir ist nicht ganz klar, was Sie wollen», sagte er dann. «Ich kenne Rolf Beck, das stimmt. Und ich habe ihn auch einmal besucht. Aber ich habe ihm nie Hasch verkauft. Ich weiß nicht, wie seine Freundin auf die Idee kommt. Ich hatte Rolf abends in der Stadt kennengelernt, und wir hatten ausgemacht, uns wieder zu treffen. Rolf ging nach Hause, und ich habe bis zum nächsten Morgen durchgemacht, und auf dem Heimweg kriegte ich Lust, mit ihm zu reden. Ich habe einen Kasten Bier gekauft und bin raufgegangen. Das war's.»

Gunvald sah sich in der Wohnung um. Møllers Geschichte klang recht glaubwürdig. «Darf ich fragen, was Sie beruflich machen, Herr Møller?» fragte er.

«Im Moment bin ich arbeitslos.»

Gunvald ließ den Blick über die großen Bilder von Jens Rymose schweifen, die an der Wand hingen, und dann zur Stereoanlage und dem Videorecorder.

«Schon lange?»

«Ich sehe eigentlich nicht ein, was Sie das angeht, aber, nun ja, sieben Jahre.»

«Sie können mir also nicht sagen, wo Rolf Beck den Stoff eventuell gekauft haben könnte, von dem er draußen in Christiania einen Teil verkauft hat?»

«Nein, natürlich nicht. Mit diesem Scheiß will ich nichts zu tun haben. Bier, da weiß man, was man hat.»

Gunvald stand auf.

«Dann entschuldigen Sie bitte die Störung. Und danke für das Gespräch.»

«Leben Sie wohl», sagte Preben Møller und schloß hinter Gunvald die Tür.

Während er die Treppe hinunterging, überlegte Gunvald, wie ein Arbeitsloser sich Jens Rymose für seine Wände leisten konnte. Die Stereoanlage und das Video waren ihm nicht wichtig. Ratenzahlung erfüllt heute jeden Wunsch. Und 50 % der Apparate wurden früher oder später sowieso wieder abgeholt. Aber Jens Rymose verkaufte seine Bilder nicht auf Abzahlung. Und soviel er wußte, war dies auch nicht das Geschäftsgebaren der Galerien.

Preben Møller log wie gedruckt. Das war Gunvald klar. Er hatte die Chillum-Pfeife und das kleine Päckchen in Silberpapier, beides halb verdeckt von einem Stapel Schallplatten, entdeckt.

Am nächsten Tag saß Gunvald Larsson in der Cafeteria des Louisiana-Museums bei einer Tasse Kaffee. Es war halb eins, und er hatte ein paar Stunden in der Ausstellung verbracht.

Am Nachmittag hatte er eigentlich vorgehabt, den Zug nach Hundested und von dort die Fähre nach Rörvig zu nehmen, wo seine Freunde ihn abholen konnten. Sie hatten mit Freunden einen alten Bauernhof gekauft und renoviert und bewohnten ihn jetzt. Gunvald hatte schon viel von dem Haus gehört, war aber noch nie dort gewesen. In diesem Sommer paßte sein Besuch ausgezeichnet, denn laut Morten und Merete war massenhaft Platz. Die meisten der anderen «Sonntagsbauern» waren in andere Gegenden auf Urlaub gefahren. Er freute sich schon auf die Kinder. Gunwald Larsson war Junggeselle. Vielleicht hing er deshalb so an den Kindern seiner Freunde. Möglicherweise vermißte er eigenen Nachwuchs. Seine Bekannten hatten oft behauptet, jeder Mann habe den Wunsch, an einen Sohn sein Erbe weiterzugeben. Wenn er ganz ehrlich war, empfand er es nicht so. Es war schlicht einfacher, mit den Kindern der Freunde zu spielen. Man konnte sie wieder abliefern, wenn sie einem lästig wurden.

Gunvald ging ans Telefon und wählte die Nummer von Mortens und Meretes Nachbarn. Es war ein Maurermeister, der gleich gegenüber wohnte. Sie selbst hatten kein Telefon. Schon gar nicht in den Sommerferien, wie Morten das breit grinsend auszudrücken pflegte. Wer was von uns will, kann schreiben. Und dann ist da ja auch noch Franks Telefon.»

Larsson erwischte den Maurermeister, der versprach, Morten oder Merete holen zu gehen. Wenn Gunvald in zehn Minuten noch einmal anriefe, wäre das o. k. Gunvald ging also an seinen Tisch zurück und bestellte noch eine Tasse Kaffee. Während er eine Zigarette rauchte, was bei ihm rund zehn Minuten zu dauern pflegte, überlegte er, was Morten in diesem Augenblick wohl tat. Wenn die Geschichte, die er gehört hatte, stimmte, würde der Maurermeister Morten jetzt geholt haben, und sie genehmigten sich bei Frank inzwischen ein, zwei Vormittagspilsner.

Vom Hörensagen wußte er, daß sie mächtig geschuftet hatten, um den alten Bauernhof in Schuß zu bringen. Als sie ihn kauften, war ein einziger Flügel bewohnbar gewesen, in dem es wohl elektrisches Licht, sonst aber nichts gab. Kein Wasser, kein WC, kein Bad. Jetzt waren alle drei Flügel bewohnbar, und es gab eine große Küche mit Kalt- und Warmwasser und auch zwei Badezimmer mit Toiletten. Die oberen Stockwerke waren voll in Arbeit. Das klang beeindruckend. Wenn alle anderen Geschichten auch der Wahrheit entsprachen, Berichte von Feiern, Wein und Gesang und wohltönenden Reden, so war ihm das ein bißchen unverständlich. Wie, zum Henker, hatten sie das alles schaffen können? Nun, bald würde er es ja zu sehen bekommen.

Er ging noch einmal ans Telefon. Diesmal hob Morten ab.

Sie kamen überein, daß Morten oder Merete oder alle beide ihn um vier in Rörvig abholen würden. Sollte er früher da sein, brauchte er nur im Dorfkrug auf sie zu warten. Als er sagte, er wolle den Zug nehmen, mußte Morten ihn aufklären, daß zwischen Humlebäk und Hundested kein Zug verkehrte.

«Aber wenn du einen Bus nach Hilleröd erwischst, geht das in Ordnung.»

Das würde er schon in Erfahrung bringen. Er holte seine Reisetasche aus der Garderobe des Museums und ging zum Bahnhof.

Morten hatte recht gehabt.

Aber es gab einen Bus, und nach einer Stunde befand sich Gunvald Larsson am Bahnhof von Hilleröd. Der Zug nach Hundested fuhr schon in fünf Minuten. Er kaufte sich noch schnell am Kiosk eine Zeitung.

Der Zug setzte sich rumpelnd in Bewegung. Es war ein Bummelzug, der an jeder Milchkanne stehenblieb.

Gunvald hatte ein ganzes Abteil für sich. Er machte es sich bequem und schlug die Zeitung auf. Eine dänische Zeitung. Er dachte kurz an die Schwierigkeiten eines Zeitungskaufs im Ausland. Man hat keine Ahnung, was man da ersteht. Der einzige Anhaltspunkt ist das Format. Das gilt international. Kleinformat verheißt meistens Sensationsmache.

Von dieser Sorte hatte Gunvald eines erwischt, eines der auflagenstärksten Kopenhagener Nachmittagsblätter: *Bladet*.

Er wußte, es entsprach in etwa dem schwedischen *Expressen*, war also darauf vorbereitet, von Mord und Unfällen, von Gaunern und Königshaus, Steuerbetrug und Filmstars zu lesen.

Auf diese Schlagzeile war er jedoch nicht ganz so gut vorbereitet:

Rauschgifthändler in der Szene ermordet

Der polizeibekannte Rauschgifthändler Preben Møller, seit langem vom Rauschgiftdezernat gesucht, wurde heute morgen in der Colbjørnsensgade tot aufgefunden. Der für den Bezirk zuständige Polizeiinspektor Ehlers schließt nicht aus, daß es sich um eine Liquidation handelt.

Preben Møller wurde gegen vier Uhr morgens im Rinnstein gefunden. Offensichtlich war er von einem Auto angefahren worden. Der Autofahrer flüchtete. «Das ist in diesem Viertel nichts Außergewöhnliches», sagt Inspektor Ehlers. «Niemand wird gern in dieser Gegend angetroffen.»

WANN wird die Exekutive endlich Ordnung in der Rauschgiftszene schaffen?

WAS unternehmen die Politiker?

Lesen Sie weiter auf den Seiten 7–8–9.

Das ist ja nicht zu fassen! dachte Gunvald.

Aber es konnte ja auch ein Unfall sein. Jeder noch so biedere Familienvater konnte in diesem Viertel schuldlos einen torkelnden Betrunkenen anfahren, und natürlich würde er versuchen, so schnell wie möglich wegzukommen, um weder der Polizei noch seiner Familie erklären zu müssen, was er dort verloren hatte.

Gunvald wurde in Rörvig von Merete abgeholt.

«Hallo!» rief sie winkend vom Wagen aus. «Morten war nicht mehr ganz fahrtüchtig, also mußte ich kommen.»

Gunvald Larsson setzte sich in den Wagen, und schon fuhren sie los nach Nykøbing/Seeland.

Um in das südlich gelegene Egebjerg zu kommen, mußten sie durch den Ort Nykøbing durchfahren. Es war Samstag nachmittag und Hochsaison, also wimmelte es nur so von Touristen.

Merete fluchte leise vor sich hin, als sie Richtung Bahnhof und Hafen fuhren, um auf die Straße nach Egebjerg zu kommen. Als ‹Hofbesitzer› fühlten sie und Morten sich den gewöhnlichen Bungalowbewohnern weit überlegen.

Der Küstenstrich von Nykøbing nach Süden ist besonders schön. Gunvald genoß den Blick auf das ruhige Wasser des Isefjords und die sanften Hügel, die zum Wasser hin abfielen. Die Ruhe der dänischen Landschaft war jedesmal aufs neue eine Überraschung für ihn.

«Ich habe Morten und Frank versprochen, daß ich dich unterwegs absetze. Sie wollen dich gleich mit den Einheimischen bekannt machen. Sie sitzen beim Kaufmann im Hinterzimmer. Aber versprich mir eins: Schlepp sie zur Essenszeit heim. Sonst läuft alles schief. Es ist nicht so sehr meinetwegen, aber wir haben Frank und seine Frau Jytte heute abend zum Essen eingeladen, und sie wird stinkwütend, wenn er sie nicht zu Hause abholt.»

Gunvald versprach lächelnd, zu tun, was in seiner Macht stand.

Merete bog nach Unnerød ab und blieb vor einem Lagerhaus stehen.

«Moment, ich sage ihnen nur, daß du da bist.»

Gunvald war dankbar. Er hätte sich nur ungern aufgedrängt.

Nach einer halben Minute kam Morten aus einer Tür neben der Verkaufsstelle.

«Hallo! Komm rein! Hier drinnen spielt die Musik.»

Gunvald hielt sein Versprechen.

Es gelang ihm, Morten und Frank gegen fünf Uhr zum Heimfahren zu bewegen, obwohl es von den übrigen Gästen im Hinterzimmer des Kaufmanns spöttische Bemerkungen gab.

Die Klientel bestand teils aus einheimischen Bauern, teils aus lokalen Künstlern, von denen es offenbar etliche gab. Von manchen hatte Gunvald schon gehört. Ulla Breum war in Schweden nicht ganz unbekannt und auch nicht K. Anders Hammarblom; aber das Bemerkenswerteste war wohl gewesen, einem schlaksigen, fast glatzköpfigen Mann in Schaftstiefeln und einer nach Kuhstall stinkenden Jacke vorgestellt zu werden. Der große, kahle Fleck am Hinterkopf war durch einen langen, ungepflegten Haarkranz einigermaßen getarnt, doch hätte ihn jeder Mönch um diese Tonsur beneiden können. Der Mann war ziemlich angetrunken und nicht zu überhören, und es dauerte eine Weile, bis Gunvald begriff, daß es Jens Rymose war, von dem er Bilder in der Wohnung von Preben Møller gesehen hatte.

Jedenfalls kamen sie rechtzeitig zum Essen nach Hause, das genau so unkonventionell ablief, wie Gunvald sich dänische Einladungen vorstellte. Es wurde geredet und getrunken und getrunken und geredet und gelacht und gekalauert, und das schwedische Gefühl, daß Alkohol etwas Verabscheuungswürdiges ist, hatte zu keinem Zeitpunkt eine Chance, an die Oberfläche zu kommen. Es war ganz klar, daß der Puritanismus hier tot und für Gewissensbisse kein Platz war.

Als Frank und Jytte heimgeschwankt waren und Merete im Bett lag, blieben Gunvald und Morten noch bei einem Bier in der Küche sitzen. Es war halb vier Uhr früh.

«Wie ist dieser Jens Rymose eigentlich?» fragte Gunvald, ohne eigentlich zu wissen, warum.

«Tja», überlegte Morten und nahm einen Schluck Bier. «Wir kennen ihn eigentlich nur aus dem Hinterzimmer. Ich glaube, Frank weiß ein bißchen mehr über ihn. Sie gehen zusammen jagen und so.»

«Ich frage eigentlich nur, weil ich gestern ein paar von seinen Bildern gesehen habe. Sind sie teuer?»

«Ich glaube schon. Er ist ein guter Geschäftsmann. Im Moment hat er allerdings nur sein Vieh im Kopf. Aber seine Bilder gehen angeblich weg wie die warmen Semmeln. Und in meinen Augen gleichen sie einander auch wie eine Semmel der anderen.»

Gunvald grinste und trank sein Bier aus.

«Na, wie wär's mit 'ner Mütze voll Schlaf?»

Nach dem Frühstück fragte Gunvald, ob es möglich wäre, bei Frank zu telefonieren.

«Klar», sagte Morten. «Gehen wir rüber und wecken ihn. Aber was sage ich! Unser Maurermeister ist doch immer schon um sieben auf den Beinen, egal ob Sonntag oder Werktag ist.»

Frank begrüßte sie freundlich; er war noch in der Unterhose und fuhr sich mit den Fingern durch die Haare.

«Ihr kommt gerade richtig zu einem Wachmacher!» sagte er fröhlich und schaute Jytte triumphierend an.

Es war völlig klar, daß er sich allein nie ein Bier zu nehmen gewagt hätte.

Während Frank die Flaschen öffnete, ging Gunvald ans Telefon.

«Polizeidirektion.»

«Verzeihung, ich hätte gern mit Polizeiinspektor Ehlers gesprochen. Können Sie mir bitte seine Nummer geben?»

«Einen Augenblick.»

Nach einer kurzen Pause meldete sich die Telefonistin wieder.

«Sie müssen das Revier Halmtorvet anrufen», sagte sie und gab ihm die Nummer.

Gunvald wählte noch einmal.

«Könnte ich Inspektor Ehlers sprechen?»

«Einen Augenblick, bitte, ich sehe nach, ob er da ist.»

Es war zwar Sonntag, aber es lag eine 24 Stunden alte Mordsache vor, also konnte Gunvald Larsson hoffen.

Und tatsächlich.

«Ehlers», klang es mißmutig.

«Gunvald Larsson, schwedische Reichsmordkommission», meldete sich Gunvald, um keine Zweifel aufkommen zu lassen.

«Was kann ich für Sie tun?»

«Sie können sicher weniger für mich tun als ich für Sie. Ich habe gestern im *Bladet* gelesen, daß Sie einen Todesfall haben, einen gewissen Preben Møller.»

«Stimmt», sagte Ehlers. Jetzt schwang eine Spur von Interesse mit.

«Ich befinde mich im Augenblick in Oddsherred, aber ich komme morgen nach Kopenhagen zurück. Und da hätte ich sehr gern mit Ihnen gesprochen.»

«Ist klar. Aber könnten Sie mir vielleicht gleich was über Møller sagen?»

«Nur, daß ich Freitag nachmittag noch mit ihm gesprochen habe. Etwa um vier. Höchstwahrscheinlich hat das, worüber ich mit ihm gesprochen habe, nichts mit seinem Tod zu tun. Vielleicht sollte ich noch dazu sagen, daß ich auf Urlaub in Dänemark bin und nicht dienstlich.»

«Verstanden», sagte Ehlers. «Aber worüber wollten Sie mit ihm reden?»

«Einer meiner Kollegen, Martin Beck, hat Bescheid bekommen, daß gegen seinen Sohn, Rolf Beck, eine Anklage läuft, weil er Hasch verkauft hat. Da ich sowieso Urlaub in Kopenhagen mache, habe ich Martin versprochen, mit dem Jungen zu reden, und in diesem Zusammenhang ging ich zu dessen Freundin, einer Kirstine Jørgensen, und landete schließlich bei Preben Møller.»

«Also Drogen?»

«Ja.»

«Das ist auch unser Eindruck. Wir konnten ihm nie etwas Konkretes nachweisen, aber sein Name ist in so vielen Zusammenhängen aufgetaucht, daß es längst kein Zufall mehr sein kann. Obwohl Zufälle ja gar nicht so selten sind. Aber das wissen Sie als Polizeibeamter selber.»

«Na, und ob. Darf ich fragen, was Sie von ihm wissen?»

«Dürfen Sie. Aber wollen wir das nicht lieber auf morgen verschieben? Wenn Sie sowieso kommen, können wir uns in Ruhe unterhalten und sehen, ob es irgendwelche Zusammenhänge gibt.»

«Großartig», sagte Larsson. «Sagen wir, so um eins?»

«Noch was: Wie soll der Junge heißen? Rolf Beck? Ich werde inzwischen nachsehen, um was es da geht, dann haben wir das bis morgen klar.»

Das Büro des Polizeiinspektors Ehlers war klein, aber nicht die Spur fein. Es versinnbildlichte einmalig den üblichen Platzmangel, der in allen öffentlichen Institutionen vorherrscht – von der Kinderkrippe angefangen bis zu den Universitäten, von Fürsorgeämtern bis hin zu Polizeiwachen. Nur die Politiker selbst scheinen Geld genug zu haben, für sich und ihre Ministerien immer neue Bauten zu errichten.

Ehlers hatte auf einem freien Fleckchen des Schreibtischs zwei Aktendeckel vor sich liegen.

«Lassen Sie mich erst mal hören, was Sie über Møller wissen.»

Gunvald Larsson erzählte ihm noch einmal von Rolf und Kirstine Jørgensen, die Møllers Telefonnummer in Rolfs Notizbuch gefunden hatte, und von dem Besuch bei Møller.

«Hat es schon eine Hausdurchsuchung gegeben?» fragte er abschließend.

Ehlers nickte. «Ich bin selbst fast den ganzen Vormittag dort gewesen.»

«Haben Sie was gefunden?»

«Eine Pfeife und ein Klümpchen Hasch, höchstens für zweihundert Kronen.»

«Was liegt sonst noch gegen ihn vor?»

Ehlers blätterte in den Akten.

«Wir hatten ihn ein paarmal hier, aber nur zum Verhör. Zu einer Verhaftung ist es nie gekommen. Aber jedesmal war es in Verbindung mit irgendwelchen Drogen. Angefangen hat es vor acht Jahren. Ein Mitarbeiter der norwegischen Jugendfürsorge war gekommen, um eine sechzehnjährige Norwegerin abzuholen, die nach Kopenhagen durchgebrannt war. Sie wohnte bei Møller, und sie hatten beide geraucht. Der Norweger, ein gewisser Varg Veum, und eine hiesige Kollegin, eine Sozialarbeiterin, haben es an uns weitergemeldet, und dann hat Veum das Mädel mit heimgenommen. Sie war nach unserem Gesetz zwar schon strafmündig, aber wir hatten schließlich nur einen Krümel Hasch gefunden. Das war für eine Anklage zu wenig. Und so war das jedes Mal.»

«Habt ihr ihn beim Dealen erwischt?»

«Nein, nie. Es lief immer darauf hinaus, daß bei ihm zu Hause geraucht worden war. Oder daß er mit jemand beisammen war, der später gedealt hat.»

«Wo hat er sein Geld her?» wollte Larsson wissen.

«Aha, Ihnen sind die Bilder also auch aufgefallen?»

«Ja, und das Verrückteste ist, daß ich ausgerechnet an diesem Wochenende Jens Rymose in Oddsherred kennengelernt habe. Natürlich habe ich ihn nicht gefragt, wie seine Gemälde bei einem Sozialfürsorgeempfänger landen konnten.»

«Der ist teuer», bemerkte Ehlers lakonisch.

Sie schwiegen eine Weile. Gunvald Larsson zupfte sich ein blondes Haar aus dem Nasenloch und betrachtete es eingehend. Ehlers spielte mit seinem Brieföffner.

«Seid ihr sicher, daß es Mord war?» fragte Gunvald Larsson nach einer Pause.

«Überhaupt nicht», erwiderte Ehlers. «Wir haben das gerichtsmedizinische Gutachten noch nicht. Und wenn es ein Profi getan hat, hilft uns das auch nicht viel. Dann war es ein normaler Unfall und sonst nichts.»

«Wissen Sie was in Sachen Rolf?»

«Ich habe die Akte überflogen», antwortete Ehlers. «Danach scheint alles völlig klar. Seine Aussage stimmt möglicherweise, sie entspricht sogar höchstwahrscheinlich den Tatsachen. Aber das hilft ihm nicht viel. Er wird verdonnert. Das ist genau wie bei Alkohol am Steuer. Passiert ein Unglück und man hat seine Promille, ist man automatisch schuldig, ganz gleich, wie korrekt man gefahren ist. Aber er wird bestimmt nur eine Strafe auf Bewährung kriegen.»

«Ich würde seinen Vater gern anrufen, Martin Beck.»

Gunvald erhob sich.

«Ich fahre noch einmal zu meinen Freunden nach Oddsherred. Haben Sie was dagegen, wenn ich in etwa einer Woche noch einmal nachfrage, ob es hier was Neues gibt?»

Ehlers schüttelte den Kopf und gab ihm zum Abschied die Hand.

Die nächsten drei oder vier Tage vergingen in entspannter Sommeratmosphäre. Ausnahmsweise herrschte richtiges dänisches Sommerwetter, und die Freunde verbrachten die meiste Zeit im Garten in Liegestühlen bei Kaffee und Bier. Die Bautätigkeit ruhte mehr oder weniger, doch montierten Morten und Gunvald immerhin Gipsplatten in einem Raum im ersten Stockwerk. Aber es war fast kriminell, bei diesem Wetter im Haus zu arbeiten. Darin waren sie sich einig.

Frank schaute mehrmals am Tag herein, um sich ein Pils zu genehmigen. Eigentlich hatte er Betriebsurlaub, aber das äußerte sich nur darin, daß er die Arbeit ein bißchen lässiger betrieb als sonst.

Am Freitag nachmittag kam er mit dem Firmenlastwagen angefahren. Er versprach eine Kiste Bier, wenn die beiden Freunde ihm eine Stunde helfen würden.

«Worum geht's denn?» fragte Morten.

«Jens Rymose hat gerade aus Kopenhagen angerufen», erklärte Frank. «Er hat eine Ladung Futtermittel bekommen. Irgendein chinesisches Sojaprodukt, das er selbst importiert. Er hat es durch den Zoll in Kopenhagen geschleust, aber er kann erst nächste Woche herkommen. Er möchte, daß ich es aus dem Speditionslager in Holbæk hole. Könntet ihr mir beim Aufladen helfen?»

Morten sah Gunvald an. Gunvald nickte lächelnd. Morten schaute zum Himmel hinauf. Es war fast drei Uhr; die ärgste Mittagshitze war überstanden.

«O. k., für eine Kiste Bier geht das in Ordnung. Aber du mußt uns beim Trinken helfen.»

Dagegen hatte Frank nicht das geringste einzuwenden.

Sie hatten schon fast alle Säcke auf dem Lastwagen, als das Unglück passierte. Einer der Säcke glitt Morten aus den Armen, fiel auf die Bordkante und platzte.

«Verflucht und zugenäht», schimpfte Morten.

Sie begannen, das Futter, das heruntergefallen war, mit den Füßen zusammenzuscharren.

«Ist doch egal», meinte Frank. «Wo gehobelt wird, fallen Späne.»

Plötzlich bückte Gunvald sich und hob ein Stück des gepreßten Futters auf. Er brach es durch und schnupperte daran.

Dann kletterte er auf die Ladefläche und schaute sich die Säcke an. Manche waren mit Zeichen beschriftet, die er nicht lesen konnte. Das einzige, was in lateinischen Buchstaben geschrieben stand, war ‹Made in Taiwan›.

Unvermittelt brach er in lautes Gelächter aus.

«Habt ihr noch zwei Minuten Zeit?»

Frank und Morten schauten sich verständnislos an, aber Gunvald war schon zum Telefon gelaufen.

Frank hatte die versprochene Kiste Bier spendiert, und nun saßen Morten und Merete und Frank und Ehlers um den Tisch und hörten sich Gunvalds Bericht an.

«Es ist so simpel, daß es fast schon genial ist», erklärte Gunvald. «Die ‹Preßkuchen zu Futterzwecken› sind natürlich Haschisch, jedenfalls ein gut Teil davon. Wir haben ja nicht alle Säcke kontrolliert. Aber diese Ware geht unter allen Umständen glatt durch den Zoll. Es ist ein anerkanntes Produkt, das von vielen Rinderzüchtern verwendet wird. Das größte Problem für diese Art von Verbrechen ist ja die Geldwäsche, und das war sozusagen von vornherein so gut wie gelöst. Preben Møller war Zwischenhändler, und er war sicher nicht der einzige. Als Bezahlung bekamen seine Helfer teils Hasch, teils Bilder, und Jens Rymose konnte sich schließlich erlauben, jede Summe zu verdienen. Ein Maler, der ‹in› ist, kann seine Preise selbst bestimmen. Und kein Mensch kann kontrollieren, wie viele Bilder er malt. Wenn also Rymose massenhaft Geld hatte, so bedeutete das, daß er viele Bilder verkaufte. Und wer viele Bilder verkauft, kann sich erlauben, mit den Preisen hinaufzugehen. Es hatte also eine doppelte Wirkung. Und Møller und vielleicht noch ein paar andere Beteiligte bekamen Bilder, die sie später zum doppelten Preis verkaufen konnten. Und das, ohne daß jemand unangenehme Fragen stellte. Jeder Maler hat in seinen Anfängen seine Bilder billig losschlagen müssen. Und Rymose hat seinen Stil kaum verändert, so daß man nicht mit Sicherheit sagen kann, aus welcher Periode jedes seiner Bilder ist. Ich habe gehört, daß man vor vier Jahren einen Jorn im Wirtshaus für zwei Bier kaufen konnte. Da gibt es einfach keine Schätzwerte. Und keine Galerie weiß, was und wieviel der einzelne Künstler produziert.»

Ehlers gluckste vor Lachen.

«Das ist mit das Raffinierteste, was mir bis jetzt untergekommen ist. Je mehr er an seinem Hasch verdiente, desto mehr konnte er den Preis für seine Bilder in die Höhe treiben. Und je höher er seine Bilder ansetzte, desto mehr rissen sich die Leute darum. Also konnte er sich mit seinem Rassevieh beschäftigen und Bauer spielen und der joviale Mann sein und Schaftstiefel tragen und sich aufführen, wie er wollte. Es ist fast schade, Gunvald, daß du ausgerechnet hier Urlaub machen mußtest.»

«Wie oft hast du bis jetzt Futter für ihn transportiert, Frank?» erkundigte sich Morten.

«In den vergangenen sieben Jahren mindestens zweimal jährlich», überlegte Frank. «Bin ich jetzt mitschuldig?»

«Nein, so streng sind wir nun auch wieder nicht», grunzte Ehlers. «Aber er wird eine ganz schöne Überraschung erleben, wenn er nächste Woche heimkommt. Bis dahin haben wir auch den Bericht unserer technischen Abteilung. Die haben dann alle Säcke durch.»

«Und was ist mit Preben Møller?» Dafür interessierte sich Merete jetzt.

Ehlers schüttelte traurig den Kopf.

«Die Gerichtsmedizin sagt, Tod durch Überfahren, und da ist ja eigentlich alles drin. Außerdem hatte er einen beträchtlichen Alkoholspiegel, also kann er ohne weiteres über den Gehsteigrand hinausgetorkelt sein. Kein Mensch hat etwas gesehen oder gehört, und es gibt weder markante Bremsspuren noch Splitter von einem beschädigten Scheinwerfer oder Blinker eines Rolls Royce Silver Shadow oder sonstige Spuren. Und sollte er von einer Person mit gleich viel Promille überfahren worden sein, die sich in diesem Viertel eher inkognito aufgehalten hat, finden wir diesen Täter bestimmt nie.»

«Und was ist mit Rolf Beck?» fragte Frank.

«Nun, der wird sein Urteil wohl annehmen müssen», meinte Ehlers. «Und sein Vater muß lernen, damit zu leben. Aber wir haben ihm dafür zu danken, daß wir Rymose erwischt haben.»

«Und Rymose haben wir unsere Kiste Bier zu verdanken», lachte Morten.

Gunvald Larsson lehnte sich im Liegestuhl zurück, legte den Kopf weit nach hinten und ließ sich die Sonne ins Gesicht scheinen. Er schloß die Augen, und kleine rote und gelbe Sonnenflecke tanzten unter seinen Lidern.

Es schmerzte ihn, an Martin Beck und dessen Sohn Rolf zu denken. Aber wie Ehlers schon gesagt hatte, mußten die beiden lernen, damit zu leben. Und jedenfalls war es für Martin nicht mehr weit bis zur Pensionierung. Rolf hatte jede Menge Zeit. Und Kirstine Jørgensen war wirklich ein reizendes Mädchen. Rolf würde es bestimmt schaffen. Die ganze Sache war eine Bagatelle.

«Ist noch ein Bier erlaubt?» erkundigte sich Gunvald Larsson.

Jetzt hatte er endlich Urlaub.

COLIN DEXTER

Jede Frau hat ein Geheimnis

Es war weniger Menschenfreundlichkeit als der Zwang des Faktischen, was Chief Inspector Morse von der Thames Valley Police an einem regennassen Abend Anfang Februar 1990, kurz nach 17.00 Uhr, dazu bewog, sich zur Seite zu lehnen und die Beifahrertür des Jaguar aufzumachen. An der Bushaltestelle stand einer seiner Nachbarn aus dem Apartmenthaus in North Oxford, der bereits sehr naß war – und ihn mit scharfem Blick fixierte.

«Sehr liebenswürdig», sagte Philip Wise und brachte seine krumme Gestalt auf dem Beifahrersitz unter.

Morse knurrte etwas Unverbindliches, während der Wagen in der Schlange der roten Rücklichter ein paar Meter weiter die Banbury Road hinaufrollte und die Scheibenwischer kurzlebige Löcher in den Regenvorhang auf der Windschutzscheibe rissen. Bis zu ihrem Ziel waren es nur noch gute tausend Meter, aber um diese Zeit waren dafür zwanzig Minuten in der zunehmend mit Lähmungserscheinungen geschlagenen Blechlawine normal. Morse, der selbst kein gewandter Unterhalter war, ja, bei dem es sogar gelegentlich vorkam, daß er am Steuer eines Wagens in totale Sprachlosigkeit verfiel, war froh, daß Wise das Gespräch allein bestritt. «Mir ist etwas ganz Erstaunliches passiert», sagte der Mann in dem triefenden Regenmantel.

Rückblickend begriff Morse, daß er zumindest zuerst allenfalls höflich-passiv zugehört hatte, aber immerhin – zugehört hatte er.

Philip Wise war im Oktober 1938 ans Exeter College in Oxford gekommen, und als ein Jahr später der Krieg ausbrach, hatte er dank seiner Fremdsprachenkenntnisse (besonders im Deutschen) einen ruhigen Job in einer Abwehreinheit ergattert, die am Rande von Bicester stationiert war. Zwei Jahre hatte er dort in einer scheußlichen, zugigen Nissenhütte zugebracht, und als sich die Gelegenheit bot, wieder eine Bude in Oxford zu bekommen, hatte er mit beiden Händen zugegriffen. So kam es, daß er 1941 in die Crozier Road gezogen war, eine triste Durchgangsstraße westlich von St. Giles, und dort hatte er Miss Dodo Whitaker («Nur mit einem ‹t›, Inspector!») kennengelernt, die eine winzige Dachstube unmittelbar über seinem Zimmer in dem schmuddeligen viergeschossigen Haus Nummer 14 bewohnte.

Weshalb sie ausgerechnet mit dem Namen «Dodo» geschlagen war, hatte er nie erfahren und auch nie danach gefragt, sie war aber entschieden ein agileres Exemplar als ihre Namensvetterin, die ausgestorbene Dronte *Didus ineptus* aus Mauritius. Ihre körperlichen Reize lohnten zwar kaum einen zweiten Blick, besonders in dem kriegsbedingt schlichten Overall, in dem sie fast ständig herumlief, dafür besaß sie den nicht zu unterschätzenden Vorzug, daß sie eine interessante junge Frau war. Manchmal, wenn sie in dem schlecht beleuchteten Schankraum des *Bird and Baby* ein halbes Glas leichtes Bier getrunken hatte, verlor sich ihre gewohnte Nervosität, und dann verbreitete sie sich mit ihrer ziemlich tiefen, rauhen Stimme kenntnisreich, redegewandt und witzig über Klassenstrukturen, den Kriegsverlauf und über Musik. Ja, besonders über Musik. Sie waren zusammen in einen Schallplattenklub eingetreten, und gelegentlich saßen sie abends bei Kerzenschein in Dodos Zimmer und hörten Platten – von Vivaldi bis Wagner. Einmal hätte Wise ihr beinah gestanden, daß er begann, mehr als platonischen Gefallen an ihrer Gesellschaft zu finden.

Beinah.

Dodo hatte einen Bruder namens Ambrose, der manchmal einen Urlaubsschein fürs Wochenende bekam und dann gewöhnlich (ganz inoffiziell) in ihrem Zimmer auf dem Fußboden übernachtete. Philip Wise und Ambrose Whitaker freundeten sich sehr schnell an, und oft saßen sie (zu Dodos gelindem Ärger) reichlich lange beisammen und tranken Whisky, einen Stoff, der im *Bird and Baby* zwar überteuert, aber reichlich vorhanden war, während er im fernen Bodmin, wo Ambrose als Unteroffizier seine Tage damit verbrachte, Rekruten mit den Geheimnissen antiquierter Artilleriegeschütze vertraut zu machen, Seltenheitswert besaß. Er war ein liebenswürdiger, wenn auch etwas leichtfertiger Typ, dessen Neigung zum Alkohol offenbar seine Liebe zur Musik in den Schatten stellte (laut Dodo war Ambrose unter anderen ein Klaviervirtuose). Wie im Fluge vergingen diese Wochenenden, und viel zu früh war es dann wieder so weit, daß Philip mit seinem Freund über das Gloucester Green ging, um ihn am späten Sonntagnachmittag zur Bahn zu bringen.

Bruder und Schwester – ein wahrhaft sympathisches Paar!

Und reich; zumindest ihre Eltern waren es.

Besonders Dodo machte kein Geheimnis daraus, daß ihre Eltern in überaus angenehmen Verhältnissen lebten, wovon Wise sich einmal (und nur dieses eine Mal!) persönlich hatte überzeugen können, nachdem Dodo ihm, als er 1942 auf eine Woche nach Bristol mußte, angeboten hatte, er könne bei ihnen wohnen. Sie hatte ihm sogar einen Schlüssel zu dem elterlichen Haus geliehen für den Fall, daß sie bei seiner Ankunft nicht da waren. Daß Dodos Eltern in Bristol wohnten, wußte Wise schon, er hatte den Stempel auf den Briefmarken (vermutlich von der Mama) bemerkt, die einmal in der Woche auf dem verstaubten Mahagonitisch in der kleinen Diele von Nummer 14 lagen und auf denen vor ihrem Namen stets der Buchstabe ‹A› stand. Alice? Angela? Anne? Audrey? Wise hatte es nie erfahren und hatte auch danach nie gefragt. Aber gewußt hatte er es schon vorher, er war dabeigewesen, als sie mit geübtem Schwung ihrer schlanken, sehnigen Finger die Mitgliedskarte für den Schallplattenklub unterschrieben hatte. Die Eltern entpuppten sich als ein ebenso sittenstrenges wie sauertöpfisches Duo, das dem Gast gegenüber während seines kurzen Besuchs unverändert frostig-distanziert blieb, Dodo anscheinend alles andere als herzlich zugetan war und Ambrose so auffällig totschwieg, daß es schon peinlich war. Merkwürdigerweise hatte Wise keine einzige liebevolle Erinnerung an ihren begabten Sprößling in der kalten Pracht der Whitaker-Villa entdeckt, und nicht ein einziges Familienphoto zierte den täglich abgestaubten Kaminsims.

Drei Wochen nach seiner Rückkehr von diesem verunglückten Besuch kehrte Dodo Oxford den Rücken, ihr Kriegseinsatz (offenbar irgend etwas streng Geheimes) erforderte den Umzug nach Cheltenham. Es waren nur etwa 60 Kilometer, sie würde in Verbindung bleiben, sagte sie.

Aber daraus war nichts geworden.

«Achtundvierzig Jahre ist das jetzt her, Inspector. Achtundvierzig! Ich war damals dreiundzwanzig, sie muß etwa in meinem Alter gewesen sein. Ein, zwei Jahre älter vielleicht... Ich weiß es nicht. Ich habe sie nie gefragt, wie alt sie ist. Ganz schön schlapper Typ, wie?»

In der Dunkelheit nickte Morse eine stumme Bestätigung, und endlich, endlich war der Jaguar auf dem Parkplatz – «Nur für Mieter!» angelangt.

Wise brachte das Kunststück fertig, weiterzureden, während sie durch den Regen zur Eingangshalle sprinteten. «Wenn ich Ihnen einen Tee anbieten darf... oder irgendwas anderes... Im Grunde habe ich Ihnen ja noch gar nichts erzählt.»

Als sie sich im Wohnzimmer gegenübersaßen, reichte ihm Wise ein weißes Heftchen von sechs Seiten. Auf dem Deckblatt stand: *Gedenkgottesdienst für AMBROSE WHITAKER, M. A. (Cantab.) F. R. A. M. 1917–1989)*, und Morse überflog den Inhalt: Musikstück. Choral. Bibeltext. Musikstück. Ansprache. Gebet. Choral. Musikstück. Segen. Musikstück. Noch ein Musikstück. Wenn er bei der Ausrichtung seiner eigenen Trauerfeier mitzureden hätte, bemerkte Morse nur, würde er, wie Whitaker, das ‹In Paradisum› aus dem Requiem von Fauré wählen. Dann gab er das Heft zurück.

«Die Sache ist nun die», fuhr Wise fort, «daß ich im Dezember die Todesanzeige in der *Times* sah und überzeugt davon war, daß es sich um den Mann handelte, den ich im Krieg gekannt hatte. Ganz abgesehen von dem ziemlich ungewöhnlichen Vornamen und der sehr ungewöhnlichen Schreibweise des Nachnamens stimmte auch das andere: Geboren in Bristol, Könner am Klavier – einfach alles! Und unwillkürlich dachte ich an damals und überlegte, ob *sie* wohl noch lebte. Dodo, meine ich. Als ich dann vor vierzehn Tagen von dem Gedenkgottesdienst in Holborn las, beschloß ich hinzugehen, um einem alten Freund die letzte Ehre zu erweisen – und vielleicht...»

«– ein älteres Mädchen mit wohlgepolsterter Oberweite zu finden.»

«Ja.»

«Haben Sie Ihre Dodo gefunden?» fragte Morse leise.

Wise schüttelte den Kopf. «Es war jede Menge Prominenz aus der Musikszene da, ich hatte ja keine Ahnung, was sich Ambrose für einen Namen gemacht hatte. Weil ich ziemlich früh dran war, stellte ich mich noch eine ganze Weile vor die Kirchentür und sah zu, wie die Leute hineingingen, unter anderem auch – nicht zu verkennen! – die Frau von Ambrose, sie fuhr in einem Rolls mit Chauffeur vor. Zulassungsnummer AW 1! Aber die Frau, die ich suchte, sah ich nicht, und in der Kirche saß sie auch nicht, da hätte ich sie sofort entdeckt. Sie war ziemlich klein und untersetzt, genau wie ihre Mutter. Und noch etwas. Sie hatte eine häßliche kleine rote Narbe, nein, eigentlich eine *große* rote Narbe, auf der linken Kinnseite. Von einem Fahrradunfall aus der Kindheit, wenn ich mich recht erinnere. Die Narbe war ihr peinlich, und sie puderte sich immer sehr stark, um sie ein bißchen abzudecken. Trotzdem fiel es leider sehr auf. Ja, also um es kurz zu machen oder zumindest kürzer, nach dem Gottesdienst ging ich zu Ambroses Witwe und sagte, ich hätte ihren Mann im Krieg gekannt, es täte mir sehr leid und so weiter. Sie war durchaus liebenswürdig, wenn auch ein bißchen gezwungen, außerdem warteten noch mehr Leute, die mit ihr sprechen wollten. Ich mochte sie deshalb nicht weiter aufhalten und sagte nur noch, ich hätte auch die Schwester ihres Mannes gekannt.» Wise hielt ein, zwei Sekunden inne, dann fuhr er fort:

«Und was soll ich Ihnen sagen, Inspector: Die Witwe von Ambrose deutete auf eine grauhaarige Frau in schwarzem Kleid, die mit dem Rücken zu uns stand und ungefähr die gleiche Größe und die gleiche Figur wie Dodo hatte. ‹Dieser Narr hier sagt, daß er dich von früher kennt, Agnes...›»

«Agnes!»

«Mehr habe ich nicht gehört, ich wußte einfach nicht, was ich machen oder sagen sollte, denn in diesem Moment drehte sich die Frau in Schwarz zu mir um, und *es war nicht Dodo Whitaker.*»

Es war Morse, der das Schweigen brach. «Ambrose hatte nur die eine Schwester?»

Wise nickte wehmütig lächelnd. «Ja – Agnes. Er hatte nie eine Schwester, die Dodo hieß.»

Wieder schwiegen beide.

«Was meinen Sie dazu?» fragte Wise schließlich.

Für Morse war es seit jeher eine unleugbare Tatsache, daß der Zufall im menschlichen Zusammenleben eine weit größere Rolle spielt, als ihm allgemein zugebilligt wird. Dies war wieder ein Beispiel dafür, es konnte gar nicht anders sein. Was Wise erzählt hatte, war hochinteressant, aber doch wohl kein wirkliches Problem – oder? Er leerte ostentativ sein Glas, sah erfreut, daß es wieder aufgefüllt wurde, und verkündete dann sein Urteil. «Es gab zwei Männer, die Ambrose Whitaker hießen, beide waren musikalisch, beide waren aus Bristol, und Ihr Bekannter von damals war nicht der, der jetzt gestorben ist.»

«Glauben Sie?» Wise lächelte ein wenig, und Morse kam die etwas unbehagliche Erkenntnis, daß man von ihm denn doch eine etwas tieferschürfende Analyse erwartet hatte.

«Sie glauben nicht», sagte er matt, «daß Agnes eine Schönheitsoperation oder so was hinter sich hatte?»

«Nein, nein. So viele Zufälligkeiten *kann* es einfach nicht geben. Alles stimmte, bis in die letzten Einzelheiten. So hatte mir Dodo zum Beispiel erzählt, daß sie und Ambrose sich in einer etwas morbiden Stimmung mal damit befaßt hatten, daß er im Krieg fallen könnte, und daß er sich damals ein paar Stücke für seine Beerdigung ausgesucht hatte. Das ‹In Paradisum›...»

«Vorzügliche Wahl», warf Morse ein. «Ich habe es in dem Programm für die Trauerfeier gesehen.»

«– und das Adagio aus dem Klarinettenkonzert von Mozart –»

«Ah, ja, das KV 662.»

«Ja, so...»

Morse wußte, daß er sich bisher nicht gerade mit Ruhm bedeckt hatte, und gab Wise insgeheim recht, daß die Zufälligkeiten überhandnahmen. Aber er kam nicht dazu, die verblüffende Möglichkeit weiterzuentwickeln, die ihm plötzlich in den Sinn gekommen war, denn Wise brannte offenbar darauf, seine ebenso verblüffenden Schlußfolgerungen vor ihm auszubreiten.

«Was würden Sie sagen, Inspector, wenn ich Ihnen erklärte, daß Dodo gar nicht die Schwester von Ambrose Whitaker war, sondern seine Frau?»

Morse wirkte ehrlich überrascht, aber er ließ Wise weiterreden, ohne ihn zu unterbrechen.

«Das würde vieles erklären, nicht? Zum Beispiel fand ich es immer ein bißchen merkwürdig, daß Ambrose, wenn er Urlaub bekam, die lange Reise von Cornwall bis hierher nach Oxford machte – nur um seine Schwester zu besuchen. Eigentlich sollte man denken, daß er hin und wieder auch mal zu seinen Eltern gefahren wäre, nicht? Zu ihnen hatte er es viel näher als zu Dodo, und schließlich zahlte es sich für ihn später mal aus, wenn er sich gut mit ihnen stellte. Aber daß er jede Gelegenheit wahrnahm, um in Oxford *seine Frau* zu besuchen, leuchtet schließlich ein. Dazu paßt auch, daß er in ihrem Zimmer geschlafen hat. Die Familie war wohlhabend, er hätte sich, wenn er gewollt hätte, eine Suite im *Randolph* leisten können. Nein, er schlief – angeblich! – bei Dodo auf dem *Fußboden*. Damit wäre auch klar, warum sie sich von mir nie hat anfassen lassen, nicht einmal Händchen halten durfte ich. Dabei hatte sie mich wirklich gern, das weiß ich.»

Wise hielt einen Augenblick inne und nickte vor sich hin. «Aus irgendeinem Grunde waren offenbar die Whitakers mit der Heirat ihres Sohnes nicht einverstanden und wollten mit seiner Kriegsbraut so wenig wie möglich zu tun haben. Deshalb auch der frostige Empfang, den sie mir bereitet hatten, Inspector! Womöglich war sogar die Rede davon, ihn zu enterben. Das weiß ich natürlich nicht. Ich *weiß* überhaupt nichts. Ich vermute aber, daß sie ein Kind erwartete und deshalb ständig in diesem Overall herumlief, und als es soweit war, mußte sie eben weg von Oxford. Und dann? Da kann ich auch nur raten. Vielleicht ist sie gestorben... bei einem Luftangriff umgekommen... hat sich scheiden lassen..., alles ist möglich. Ambrose hat wieder geheiratet, und die Frau, die ich bei dem Gedenkgottesdienst sah, war seine *zweite* Frau.»

«Hm...» Morse zog ein skeptisches Gesicht. «Wenn diese Dodo aber tatsächlich seine Frau war und seine Eltern sie nicht ausstehen konnten, muß die Frage erlaubt sein, warum sie ihr Woche für Woche geschrieben haben. Und warum nahm sich dann Dodo das Recht heraus, Sie nach Bristol einzuladen? Sie hatte einen Schlüssel zum Haus, ja, sie konnte sogar Ihnen einen zur Verfügung stellen.» Morse schüttelte bedächtig den Kopf. «Das sieht doch ganz danach aus, als ob sie ihres Wohlwollens ziemlich sicher war.»

«Sie glauben also, die beiden waren tatsächlich ihre Eltern», meinte Wise entmutigt.

«Davon bin ich überzeugt.»

Wise schüttelte hilflos den Kopf. «Was, zum Teufel, ist dann des Rätsels Lösung?»

«Das dürfte ziemlich klar sein», sagte Morse – aber er sagte es nicht laut. Und bald darauf, nachdem die Hoffnung auf ein neuerliches Nachschenken wohl endgültig geschwunden war, verabschiedete er sich mit dem Versprechen, «mal ein bißchen über das Problem nachzudenken».

Am Montagmorgen stand Morse neben seinem Kollegen vom Verkehrsdezernat im Polizeipräsidium von Kidlington und sah zu, wie die Zulassungsnummer AW 1 in den Computer eingegeben wurde. Gleich darauf erschien auf dem Schirm die Information, daß der Wagen nach wie vor auf den Namen A. Whitaker, 6 West View Crescent, Bournemouth, zugelassen war. Morse notierte sich die Adresse und ging nachdenklich zurück in sein Büro im Erdgeschoß. Von der Auskunft ließ er sich die Nummer in Bournemouth geben und hatte wenig später Mrs. Whitaker selbst am Apparat, die ihrerseits Morse versprach, genau das zu tun, worum er sie gebeten hatte.

Dann rief Morse im Kriegsministerium an.

Zehn Tage später kam Philip Wise von einer Urlaubswoche in Spanien nach Hause zurück, wo er eine längere Mitteilung von Morse vorfand.

P. W.

Ich habe noch einige Fakten ermittelt, aber manches von dem hier Angeführten ist möglicherweise reine Fiktion. Bekanntlich wurden im letzten Krieg jede Menge Unterlagen vernichtet – *die* Chance für Leute, ihre Spuren zu verwischen, indem sie sich einfach einen anderen Ausweis zulegten oder dergleichen, besonders in dem Chaos nach einem blutigen Gemetzel, wenn sich in der Masse Mensch keiner mehr zurechtfand – und in den Leichen erst recht nicht.

Nach Dünkirchen, zum Beispiel.

Bordschütze Whitaker war von dreißig Mann der einzige, der wie durch ein Wunder überlebte, als ein deutscher Stuka am 30. Mai 1940 die *Edna* (einen Leichter aus Felixstowe) versenkte. Er wurde, nur mit einer nassen Unterhose und einer Armbanduhr bekleidet, von dem Kanonenboot *Artemis* aus dem Kanal gefischt und landete mit Zehntausenden von Soldaten aus fast allen Regimentern Großbritanniens (hier setzt meine lebhafte Phantasie ein) in Dover. Zu gegebener Zeit schickte man ihn mit dem Zug in ein provisorisches Auffanglager, zufällig war es das Lager hier in Oxford, auf Headington Hill.

Die Tatsache, daß er einen schweren Schock hatte und nervlich völlig am Ende war, ist vermutlich eine hinreichende Erklärung dafür, daß er nach nur einer Nacht im Zelt das Lager verließ und sich per Anhalter nach Bristol durchschlug. Aber er ging nicht allein. Er nahm einen Freund mit, einen Regimentskameraden, und sie machten sich beide absichtlich davon, ehe man sie mit neuen Personalunterlagen hatte versehen und ihnen den nächsten Marschbefehl hatte aushändigen können. Als nähere Angehörige hatte dieser zweite Mann nur noch eine Mutter und eine Schwester, die beide bei einem der ersten Luftangriffe auf Plymouth ums Leben kamen. Und gegen Zahlung einer (zweifellos beträchtlichen) Summe, zur Verfügung gestellt von den fürsorglichen Eltern Whitaker, erklärte sich dieser Mann bereit, die beim Kriegsministerium aktenkundige Auskunft über sein Schicksal nach Dünkirchen – «vermißt, wahrscheinlich gefallen» – so stehenzulassen, für den Rest des Krieges den Namen Ambrose Whitaker anzunehmen und dessen Rolle zu spielen. Kurzum, ich vermute, daß der Mann, der von Bodmin kam, um Dodo zu besuchen, gar nicht Ambrose Whitaker war.

Ihre eigene Vermutung paßte sehr gut zu etlichen Fakten, aber diese Fakten passen auch in ein ganz anderes Muster. Da gab es zunächst diesen wöchentlichen Brief aus Bristol von Eltern, die scheinbar so wenig von ihrer Tochter hielten und bei Ihrem Besuch sämtliche Familienphotos versteckt hatten. Erstaunlich! Dann die Tochter selbst, diese Dodo. Die Kleine war keine Schönheit, und selbst ein normaler junger Mann (halten Sie mich nicht für unfair!) wurde für ihre Reize erst nach ein paar Glas Bier in einem schummrigen Pub oder bei Kerzenlicht im Schlafzimmer empfänglich. Dennoch verbarg sie das, was sie womöglich an Attraktionen zu bieten hatte, unter einem sackartigen Overall. In höchstem Maße erstaunlich! Was haben Sie mir sonst noch von Dodo erzählt? Sie war nervös. Sie hatte eine ziemlich tiefe Stimme. Sie puderte sich zu stark. Sie wußte sehr viel über den Krieg... (Inzwischen haben Sie bestimmt die Wahrheit erraten.) Ihr Vorname begann mit einem A, Sie haben sie beim Schallplattenklub so unterschreiben sehen – mit den sehnigen Fingern eines aktiven Musikers. Aber das war nun eben nicht mehr erstaunlich. Ihr Name fing tatsächlich mit A an, und Ambrose Whitaker war, wie wir wissen, ein hervorragender Pianist. Es ging ihr nicht nur darum, unter der dicken Puderschicht die Narbe an ihrem Kinn zu verdecken, sondern die Bartstoppeln, die jeden Tag nachwuchsen! Denn Dodo Whitaker war ein Mann. Und zwar kein x-beliebiger Mann, sondern *Ambrose Whitaker*.

Zwei Fragen sind noch offen. Erstens: Warum mußte Ambrose Whitaker sich als Frau ausgeben? Zweitens: Welche Beziehung bestand zwischen Ambrose und dem Artillerie-Unteroffizier aus Bodmin? Was den ersten Punkt angeht, konnte Ambrose natürlich, wenn er sich den weiteren Schrecken des Krieges entziehen wollte, nicht in Bristol bleiben, dort war er zu bekannt. Selbst an einem Ort, an dem man ihn nicht kannte, hätte er als Mann nicht gefahrlos leben können. In Kriegszeiten mußte jeder junge Mann mit mißtrauischen Fragen rechnen, der den Eindruck eines Drückebergers machte. Er sicherte sich also zweifach ab bei dieser Täuschung – die für ihn lebensnotwendig war –, indem er nicht nur nach Oxford zog, sondern sich dort auch wie eine Frau kleidete und wie eine Frau lebte. Was die zweite Frage betrifft, brauchen wir vielleicht nicht allzu genau zu untersuchen, warum der sensible und sehr weiche Ambrose nur zu gern jede Gelegenheit nutzte, seine Nächte mit dem (pardon!) ziemlich primitiven Whiskysäufer zu verbringen, den Sie im Krieg kennengelernt hatten. Derlei Spekulationen sind immer ein wenig degoutant, und mehr möchte ich dazu eigentlich nicht sagen.

Ich habe die Witwe von Ambrose angerufen, sie um ein Photo

ihres Mannes aus dem Krieg gebeten und Ihre Adresse angegeben mit der Begründung, Sie seien Archivar und arbeiteten fürs Imperial War Museum. Ich nehme an, daß Sie in Kürze von ihr hören werden, und dann wissen Sie soviel oder sowenig über diesen seltsamen Fall, wie wohl je ein Mensch darüber erfahren wird.
E. M.

Zwei Tage später nahm Wise, noch im Schlafanzug, einen festen weißen Umschlag in Empfang, der neben einem kurzen Begleitbrief das Photo eines jungen Mannes in Uniform enthielt – ein Photo, in dem kein Versuch gemacht worden war, die linke Seite des Porträtierten der unbestechlichen Linse der Kamera zu entziehen oder den Verlauf der bösen Narbe zu retuschieren, die sich quer über das Kinn zog. Und als Philip Wise das Photo genauer betrachtete, sah er in die vertrauten, treulosen Augen von Dodo Whitaker.

STEFAN LINSTER

Marie & Joseph und ihre Kinder

A*h, la France…*

Abertausende Touristen werden behaupten, es gebe ein Leben wie Gott in Frankreich vor dem Tode. Tatsachen werden angeführt, Klischees bemüht, etwa das mediterrane Klima, sich unter der Last lukullischer Speisen biegende Tische, die rauhe wettergegerbte Freundlichkeit der bretonischen Küste und deren Bewohner, und zu guter Letzt die alles übertreffende *capitale*, die Märchenkulisse, die im Dreivierteltakt einherschunkelnde Cancan-Valse-musette-Bateaux-mouches-Hauptstadt Paris. *Ah, la baguette…* wie es schon in der Werbung im Bistrot *chez Alphonse* heißt.

Wer aber blickt hinter die Fassaden oder tatsächlich in die Kochtöpfe, wer möchte schon wissen, ob unter der keß altväterlichen Baskenmütze Mordgedanken brodeln, finstere Pläne geschmiedet werden? Doch auch da weiß man eigentlich schon Bescheid, Jean Gabin und – des ewig französischen, tatsächlich ja belgischen – Simenons Maigret sei Dank! Man nimmt sich in acht, ein schwarzer Citroën 11 könnte, mit Gangstern vollbesetzt, einen ja an der nächsten Ecke schon ins Jenseits befördern, oder?

Womit wir beim Thema wären, oder auch wieder nicht. Denn, falls es ein Leben vor dem Tode und somit, sozusagen zwangsläufig, eine Landschaft des Verbrechens (dem deutschen Bewußtsein nach) in Frankreich gibt, so muß man diese doch wohl in oben beschriebenen Regionen suchen; und nicht in der Provinz (*province*, alles außerhalb von Paris); nicht in der Landschaft außerhalb der Ballungsgebiete; und erst recht nicht im

Zentrum Frankreichs, im *centre*, in dieser Gegend, wo selbst mancher Einheimische nur Wald und Wiesen, Kühe und Bauern anzutreffen erwartet.

Doch, Vorsicht! Wenn die absoluten Zahlen und Mittelwerte auch Frieden auf dem Lande suggerieren, so vermitteln die *polars* – die französische Spielart des Kriminalromans – des enigmatischen Autorenpaars Marie & Joseph ein ganz anderes Bild: Sie spielen nämlich ausnahmslos dort, wo sich nichts abspielen sollte, da ja bei durchschnittlich 14 bis 40 Einwohnern pro Quadratkilometer in einigen Départements kaum jemand nach Mord und Totschlag gelüsten dürfte: eben in der *province*, und zumeist im *centre*.

Möchte man diesem Phänomen auf den Grund gehen und hierfür den Autoren einen Besuch abstatten, so muß sich der Reisende mit ordentlicher Karte und gutem Gefährt in die Départements Nièvre und Cher aufmachen, für Marie in den Zwanzig-Seelen-Ort Sainte-Marie, und für Joseph in die regionale «Groß-» und Hauptstadt Bourges (mit 80000 Einwohnern rund ein Viertel der Bevölkerung des Cher). Mit anderen Worten: Unsere Kriminalitätschronisten wohnen vor Ort.

Natürlich, diese befremdlichen Namen – doch ihr Pseudonym verdanken sie nicht etwa obigem Wohnort, sondern der fixen Idee ihres französischen Verlags Gallimard, der die Fortsetzungs-Bibel des *polars*, die berühmte *Série noire* herausgibt. Offensichtlich war man dort der Meinung, daß so harmlos aussehende Krimiautoren ebenso harmlose Namen verdienen.

Und es stimmt ja auch, von ihrem Aussehen her würde man ihnen nicht unbedingt die Autorenschaft all dieser unheiligen Resultate ihrer Schreibkunst zubilligen. Auch ihre jeweiligen Brotberufe erlauben keine unmittelbaren Rückschlüsse auf ihr schwarzes Seelenleben; obwohl gewisse aufgestaute Affekte sich letzten Endes doch in ihren Werken Luft zu machen scheinen:

Corinne Bouchard alias Marie (alias Corinne Arbore), Jahrgang 58, ist *professeur de français*, Gymnasiallehrerin für Französisch, in einem Collège in Nevers, auch eine Hauptstadt, nämlich die des Nièvre. Studiert hat sie allerdings in Lyon, wo auch ihre Familie herkommt, zu einer Zeit, als «68» in den Köpfen der Studenten schon nostalgische Schwermut hervorrief und in den Fakultäten wieder die gepflegte Ruhe akademischer Friedhöfe eingetreten war. Da es das französische Bildungssystem vorsieht, junge Lehrer nach der Referendarzeit erst einmal für ein paar Jahre durchs liebe Land zu schicken, unterrichtete sie alsdann in einigen Industriestädten des nördlichen Kohlenbekkens, insbesondere in Lens, bevor sie schließlich in Nevers landete.

Wegen Eigenbedarfs des Vermieters vor die Tür jener vielgeliebten alten Mühle gesetzt, die ihr während Referendarzeit und Lehrerlandverschickung als Wohnstatt gedient hatte, zog sie vor zwei Jahren mitsamt ihren Katzen, dem verstimmten Klavier, den Büchern und der Mineralien- und Fossiliensammlung in jenes erwähnte Kaff, in dem sie zweifellos die jüngste Einwohnerin ist, einmal abgesehen vom zum Vergleich völlig untauglichen, wenn auch zahlreichen Groß- und Kleinvieh; denn die Gegend um Sainte-Marie ist nicht nur recht hügelig, sondern vor allem äußerst ländlich.

In ihrem nicht minder alten Haus, ein Ort des produktiven Chaos inmitten von Feldern und Obstbäumen, hätte sie vielleicht in aller Ruhe, Ehre und Langeweile das beschauliche Leben einer Pädagogin verbracht, wäre da nicht lange vor dieser Zeit jenes Konzert gewesen, bei dem in einer Blues-Country-Gruppe der Five-String-Banjo-Spieler Pierre Mezinsky selbstgefertigte Lieder zu Gehör brachte…

Pierre, wohnhaft in der Altstadt von Bourges und Jahrgang 50, ist, wie der Name schon sagt, Sohn eines polnischen Piloten, der Katyn überlebt hatte und nach Frankreich geflohen war, um sich mit seinem Bettel und seinem Banjo auf dem Rücken im Bourbonnais in eine junge Französin zu verlieben, sich als «Universal-Klempner-Elektriker» dort niederzulassen und vier Kinder zu bekommen.

Dank der vom Vater auf Franko-Polnisch erzählten Heldensagen der Mezinskys, dank der in den Fünfzigern berühmten Comic-Alben von Raymond Macherot und der Reize des Landlebens (*ah, la campagne...*) reichlich mit Träumen genährt, wuchs der kleine Pierre trotz karger Verhältnisse leidlich heran; doch nur den Segnungen des republikanischen Schulwesens ist es zuzuschreiben, daß er schließlich aus tiefster Provinz heraus in Tours Griechisch und Latein zu studieren vermochte; natürlich ohne sich in irgendeiner Weise von den politischen und sonstigen Umtrieben jener Tage davon abhalten zu lassen. Auf die erlangte Magisterwürde (man lasse es sich nochmals auf der Zunge zergehen: in Altphilologie!) munter aufbauend, lernte er sodann das Gitarrespiel, was ihm nach seinem dreiviertel verkürzten Militärdienst (eine Elitetruppe ist halt nicht jedermanns Sache) ermöglichte, gemeinsam mit Bruder und Freunden die Gruppe *Pleumeux des Saules* (= die Weidenrupfer, reg. Bez. für Vagabunden) ins Leben zu rufen; und wie einst die Propheten dem Publikum entgegenzugehen und durch die ebenso weite wie runde Welt zu ziehen. Und dann passierte es, nämlich jenes denkwürdige Zusammentreffen zweier insgeheim schwarzer Seelen: Denn was beide, von anderen zwischenmenschlichen Sympathien abgesehen, sofort miteinander verband, war die Freude an der Literatur...

Großartige Illusionen plagten (und plagen) beide hinsichtlich der Effektivität ihrer Berufe nicht, so begannen sie zu schreiben, und aus Corinne wurde Marie und aus Pierre Joseph, und der wurde seßhaft; nicht völlig belanglos dürfte noch sein, daß Joseph neben seiner schriftstellerischen Tätigkeit auch als Berufsberater und Sozialarbeiter in der Drogenberatung wirkt und einsitzenden oder entlassenen Knastis vermittels Schreibkursen, wenn schon nicht unbedingt Kultur näherzubringen, so wenigstens mit korrektem Schreiben irgendwie weiterzuhelfen versucht.

Man sieht, Marie und Joseph kommen aus derselben Ecke wie ihre Helden. Sie kennen ihre *province*, und ihre Protagonisten reißen keine Weltenbäume aus, sondern begehen Taten und Untaten nach ihrem Maß. Folglich tummeln sich in den Geschichten Leute wie du und ich, genauer gesagt, Bauern, Gymnasiallehrer, der Zwillingsbruder eines versoffenen Schriftstellers, Sozialarbeiter, Herumtreiber, Kleinkriminelle, Drogensüchtige...

Als Marie & Joseph mit ihren Erstlingen *Chaudes bises* (83, demnächst bei rororo) und *Si t'as peur, jappe* (84) ins literarische Leben traten, schien ihre Welt noch von so tiefgreifend absurdem satirischem Potential geprägt, daß Leser wie Kritiker den Ernst der Lage wahrhaftig noch nicht einzuschätzen vermochten. Auch noch im *Crime de la Rue du Ciel* von 1988 (*Die Tretminen des Comte de Faëneste*, rororo 2987) kann man sich davon überzeugen, daß Marie & Joseph ihre Vorbilder Donald Westlake, Chester Himes und Charles Williams nicht verheimlichen wollen. Der *polar* erschien den beiden Autoren zu der Zeit als ein Medium des Burlesken, als ein ‹Roman in Freiheit›, gewissermaßen ohne Fesseln, in dem ‹Humor, Ironie, Phantasie, Mysteriöses und Spannung› gleichermaßen zum Ausdruck kommen können.

Bereits in diesen frühen Werken festigte sich der eigenartige Stil, der irgendwo zwischen literarisierter Alltagssprache und poetischem Impressionismus anzusiedeln ist. Nicht von ungefähr berufen sie sich hierbei auf den – gerne einseitig – festgelegten Céline, der sich als einer der ersten bemüht hat, der Umgangssprache literarische Weihen angedeihen zu lassen; auf den «Bauernromancier» Ramuz, auf Martin du Gard und nicht zuletzt auf Giono...

Die Protagonisten, oft identisch mit den Erzählern der Romane, denken in einfachen Sätzen, wenn sie auch ihre meist höhere Bildung durch reichlich Zitate aus dem Fundus der großen Literatur verraten; sie denken, erzählen und beschreiben häufig mit minimalistischen Sätzen, und dennoch vermitteln sie eine spontan wirkende Genauigkeit der Eindrücke, Gedanken und Schilderungen, weil sie die Welt, in der sie leben, leiden, und die sie zum Teil mitgestalten, genaustens beobachten. Beiläufig erwähnt sei, daß Marie & Joseph im Kopf geisterte, der *polar* böte die Möglichkeit der Sprachkritik, denn wer denkt und spricht schon im akademischen Stil, der in Frankreich immer noch etwas gilt? Wobei das Ergebnis dann alles andere als kläglich einherkommt. Man könnte es am ehesten als Poetisierung der Alltagssprache qualifizieren. Vor allem aber bietet der *polar* – das ist ihre Überzeugung – als populäres Genre die Chance, Situationen und Personen zu literarisieren, die den akademischen Gepflogenheiten nach nicht literaturwürdig sind!

Die tatsächliche Stärke unsrer Kriminalitätschronisten der *province* leitet sich aus der letzten Beobachtung ab: In den sieben anderen, nicht vordergründig satirischen «Krimis» kommt der *Roman noir* des «kleinen Mannes» zu seinem Recht. Die *province* nämlich, die gibt es seit einiger Zeit nicht mehr. Sie zerfällt nicht nur durch die Landflucht der Jungen, sondern löst sich vielmehr in Modernismen und Gleichmachereien auf. Aus dieser Situation heraus beziehen die Protagonisten ihre Konflikte, entwickeln sich die in Verbrechen endenden Träume und Alpträume der Ländler.

Und an Stoff für Alpträume scheint wahrhaftig kein Mangel: Sei es der lamentable Ein- und Siegeszug der Drogen (*La grande Arpente des Champs d'en bas*, 85) und der dazugehörigen Mafia (*Jazz Belle*, 8); seien es die Jugendarbeitslosigkeit und -kriminalität (*Square du Congo*, 87; demnächst als rororo 3012: *Bube, Dame, As, Gewehr*) und die Verlockungen des großen Gelds (ebd., und in *La mine d'or de Taphalescha*, 89; dt. *Goldrausch in Taphalescha*, rororo 2997); der soziale Zerfall eines Grubenbeckens und die Nöte eines allzu sensiblen Jugendlichen (*Le petit Roi de Chimérie*, 88; dt. *Raphaëls Höllenfahrt*, rororo 2991) oder letztendlich der nicht mehr genau zu definierende Kampf des einzelnen in einer immer chaotischeren Welt (so etwa in *Le Piège au Jardinet*, 90; *Venez voir les cadavres, Mesdames*, 91).

Die drei bei rororo bisher erschienenen und die zwei geplanten Krimis erlauben keineswegs einen nur zufälligen Einblick in das Schaffen dieser Provinzchronisten. Sie setzen vielmehr sowohl formal als auch inhaltlich Marksteine, an denen der geneigte Leser des Genres wohl nicht vorbeikommen kann, wenn er nicht Wesentliches verpassen will.

Neben der Road-story *Si t'as peur, jappe* ist der demnächst auf

Deutsch erscheinende Roman *Chaudes bises* ganz im Musikermilieu angesiedelt; in ihm ist die von Marie & Joseph beabsichtigte Entfesselung am weitesten gediehen. Auch wenn es sich um ihren Erstling handelt, und die Autoren wie der Purist manche Brüche oder Übertreibungen konstatieren mögen, so gelingt ihnen hier eine Entmystifizierung von eben diesem beschriebenen Musikermilieu und dem verwendeten Genre des *polar*, die beispiellos dasteht. Das Gerüst: Anläßlich des berühmten Festival de Bourges, bei dem mehr oder weniger schlechte, aber immer überaus prätentiöse Rock- und Popgrößen auftreten, hat ein ‹Reinigungskommando› beschlossen, dieses ganze hohle Gesocks von seiner Volksverdummung abzuhalten, und schreckt dabei selbst vor makaber inszenierten Morden nicht zurück.

Der Ungläubige muß es einfach gelesen haben, um den hohnlachenden Spott über die Musikergilde und den Triumph des Burlesken im ehrbaren Crime-writer-Genre zu glauben. ‹Mehr Ketchup als Blut›, wie sich ein Kritiker geäußert hatte, aber dieser Ketchup ist die Würze, mit der die Autoren alles Schwerverdauliche der Lächerlichkeit preisgeben – und den Orkus hinunterbefördern. Allein die verwendeten Namen der Musiker (Bezüge zu realexistierenden zuhauf) oder die Hasenfüßigkeit der vollmundig hartrockenden *musiciens engagés* und nicht zuletzt das endgültige Attentat des ‹Reinigungskommandos›, welches das Festival schließlich verhindert, entlarven die Hohlheit einer profitgierigen Sangesmafia und sind wahrhaftig ein Lesegenuß für Freunde des Komischen.

Ebenso kann man *Die Tretminen des Comte des Faëneste* nur jedem ans Herz legen, dem es weniger um Thrill als um große Kleinkunst des Satirisch-Burlesken geht. Sicher birgt speziell dieser Roman für deutsche Leser eine etwas befremdliche Skurrilität, dünkt der sich doch meilenweit von der dargebotenen Typenkomödie und der ab und an kruden Sprache dieser recht altertümlichen, um nicht zu sagen hinterwäldlerischen Dorfgemeinde und ihres mit allen Wassern der pekuniären Gier gewaschenen Grafen entfernt. Sicher mag dieses Abbild der *France profonde* sogar erschrecken, ist doch alles Stereotype, Klischeehafte französischer Mentalität nachgerade auf die ironische Spitze getrieben. Doch diese Bilder aus dem provinziellen Heldenleben hinterfragen auf komischste und zugleich nostalgische Weise sowohl das Überkommene als auch das, was diese vielen Clochemerles von Frankreich so liebenswert macht. Und über alle Satire hinaus gelingt es Marie & Joseph darzustellen, was dieses erhaltenswerte Dorfleben, diesen positiven, nirgendwo völkisch gefärbten, alle persönlichen Rivalitäten sprengenden Gemeinschaftssinn bedroht: der sinnentleerte, gleichmacherische Modernismus, der alle gewachsenen Strukturen zu zerstören droht, und die in seinem Gefolge zwangsläufig auftretende Profitsucht jener, die aus der (vermeintlichen) Hinterwäldlermentalität Kapital zu schlagen trachten.

Ganz andere Töne werden in den «seriöseren» *polars* angeschlagen, die trotz ihrer Ironie die schwarzen Abgründe der Province auch Schwarz in Schwarz malen.

Raphaëls Höllenfahrt, wie *Die Tretminen* von der französischen Kritik ausgiebig und fast hymnisch besprochen, scheint mir einer der gelungensten Romane, der alle Besonderheiten und Stärken der Bücher von Marie & Joseph vereint. Diese Geschichte einer Liebesbeziehung zwischen einem Lehrer und seinem Schüler ist nicht nur deshalb frei jeglicher Anrüchigkeit, weil die Autoren derlei pseudomoralischen Wertungen oder darauf aufbauenden Strickmustern entschieden entsagen – wer hier Mord und Totschlag milieubedingt oder zur Deckung der Integrität des Lehrers etwa erwartet, ist, pardon, schief gewickelt. Sie ist die Tragödie zweier Menschen, die mehr suchen, als ihnen die Alltäglichkeit bieten kann.

In diesem Roman ist nichts vordergründig, nichts bloße Staffage; weder die gesellschaftliche Tristesse einer untergehenden Industriestadt noch die Verwendung des historisch-literarischen Motivs der ‹Rimbaud-Verlaine-Legende›; weder der über Gut und Böse philosophierende Kommissar Scarfe noch dessen scheinbarer Gegenspieler, im Grunde jedoch gleichfalls machtloser Verbündeter im Kampf gegen das alles gleichmachende

‹Gesellschaftsspektakel›, der Gymnasiallehrer Néréo. Dieser Landstrich im Norden Frankreichs, in dem das alles spielt, gebiert die Sehnsüchte, die Chimären und von vorneherein verlorenen Schlachten, durch die und in denen der hochempfindsame Jugendliche Raphaël und die, die ihn auf seinem Weg mit tatsächlicher oder bloß eigennütziger Anteilnahme begleiten, zwangsläufig zu Schaden kommen.

Ähnlich und doch noch stärker auf die Probleme einer verlorenen Generation eingehend, rankt sich *Bube, Dame, As, Gewehr* um Jugendarbeitslosigkeit und den Versuch, aus dem Teufelskreis auszubrechen: Wenn sich ‹benachteiligten Jugendlichen› in einer Provinzstadt einmal die Wahl zwischen unwürdig empfundenen ABM-Stellen, Kleindealerei und -kriminalität oder der Aussicht auf das große Geld stellt, sind moralische Skrupel sicher die am ehesten zu überwindenden Hindernisse. Mit diesem *polar* ist Marie & Joseph ein kleines Meisterwerk gelungen, das einen in Atem hält und gleichzeitig genügend Fragen aufwirft ob der Verführbarkeit in einem Gesellschaftsspiel, das manchen nicht einmal die kleinste Chance zur positiven Selbstfindung läßt. Und wenn dann, wie in dem aus dem Buche Hiob entlehnten Motto des Romans bereits angedeutet, der Teufel die Erde durchschweift und auf ihr umherwandelt, finden sich bald genügend Opfer in dem tödlichen Spiel...

Auch um Verführbarkeit, doch vor allem um Menschen, die sich ihr widersetzen und aus dem Schatten von anderen heraustreten wollen, geht es im *Goldrausch in Taphalescha*. Wie die *Tretminen* ist dieser Roman in einem kleinen Dorf angesiedelt, in dem ein heruntergekommener Schriftsteller die bereits angestachelten Bewohner mit der Aussicht auf das große Gold schier um den Verstand bringt. Der tödliche Ausgang ist vorprogrammiert, findet sich doch einer, ein kompromißloser Individualist, der seinen eigenen Weg gehen will und seine Integrität – wenn auch nur in den Augen der anderen – verbissen zu bewahren versucht. Über diese an sich schon reizvolle Intrige hinaus handelt die Geschichte jedoch von uralten Konflikten: die ungleichen Brüder, hier durch den Zwillingskonflikt verschärft. Dies scheint mir auch das Wesentliche des Romans auszumachen: all die quälenden Gedanken, die mühsame Selbstfindung und die Sinnsuche des minderen Zwillings, der erst durch den Tod des anderen zum eigenbestimmten Individuum werden kann. Und die aussichtlosen Träume von Menschen, von jenen Gefangenen einer grandiosen, doch unwirtlichen Landschaft, die irgendwo in ihrem ‹auf halbem Hang zwischen vor Feuchtigkeit dahinfaulenden Tälern und ... wüstenartigen Gipfeln klebenden Dorf› festsitzen...

Immer stehen die Helden dieser Bücher als Zuschauer und Handelnde einer Welt gegenüber, die sich zusehends fremd wird, in der Schlaf der Vernunft, Wahn und Desozialisierung fröhliche Urständ feiern. Pierre Mezinsky sieht gerade in diesen Mikrokosmen fernab der großen Städte Entwicklungen und Geschehnisse von besonderem Interesse sich zutragen: «Die *grands crimes*, die richtig großen Verbrechen, geschehen in der *province*, weil sie sich dort weder anonym noch zufällig wie in den Großstädten abspielen und im wahrsten Sinne den Nächsten, den Nachbarn, treffen. In der *province* hat man noch Zeit, persönlichen Haß zu kultivieren. Und diese Entropie, diese zersetzende Energie frißt die Menschen auf...»

So verwundert es auch nicht, daß in den *polars* von Marie & Joseph sich am Ende zwar alles aufklärt, eine Lösung oder Läuterung wie zumeist im klassischen Detektivroman jedoch ausbleibt; tatsächlich wird eine wie auch immer geartete Ordnung nicht wieder hergestellt, die anfänglichen Auflösungsprozesse werden eher verschärft. Wie ihre Helden haben die Autoren alle ungebrochene Hoffnung in eine bessere Ordnung der Dinge fahren lassen; sie machen sich nicht zum Anwalt des guten Gewissens einer bürgerlich-ländlichen Gesellschaft, die den Schein wahrt, sondern zum Teufelsanwalt ihrer oftmals sympathischen, wenigstens nach Verständnis heischenden Verbrecherprotagonisten und Randexistenzen, die wie auch immer gegen Lethargie und Nivellierung des Individuums ankämpfen.

Daher kommt es häufig zu amoralischen Schlüssen: wenn Mörder oder anderes Gelichter eben keiner vorgeblich gerechten Strafe zugeführt werden wie in *Raphaëls Höllenfahrt*, den *Tretminen*… u. a. Selbst die wenigen Kommissare oder private-eye-ähnlichen Erzähler, die sonst so unverbrüchlich den Altären des Gesetzes huldigen, tragen dem Zerfall ihres Milieus (und somit auch dem des klassischen Krimis) Rechnung: Sie lassen laufen, nicht nur die letzten Endes eher kleinen Kriminellen, sondern auch die Welt, so wie sie ist. Auch Resignation als Schluß wie im letzten (*Venez voir*…) kommt in Frage.

Nichts ist halt mehr wie früher; Marie, bzw. Corinne Bouchard, zitiert in besonders optimistischen Momenten gerne Brechts Äußerung über die fehlende Ordnung in einem Schweinestall und A. Allais' Bonmot… «Da kann man auch Eier von eingelegten Heringen durch ausgestopfte Strauße ausbrüten lassen.» Sicher haben beide keinerlei Ambitionen hinsichtlich einer direkten Verbesserung der Zustände; und trotzdem blitzt der pädagogische Schalk in beider Augen, wenn sie die Dinge und die Menschen so erzählen, wie sie nun mal sind. ‹Es gibt keine gewöhnlichen Menschen, nur Gesellschaften, die diese Menschen zerstören und sie kleiner machen›, sagt die Hauptperson in *Bube, Dame, As, Gewehr*. Marie & Joseph's Sympathie gilt denen, die ihr Schicksal in die Hand nehmen, denen, die trotz ihrer Schwäche sich mit Witz und beißendem Humor nicht unterkriegen lassen oder die ihrer Stärke zum Trotz sich den aufgeworfenen Fragen ethischer oder sozialer Tragweite stellen. Selbstverständlich ohne dem fröhlichen Morden dabei das Wort zu reden.

Sicher versteht man nun besser, worin ihre Originalität gegenüber ihren krimischreibenden Zeitgenossen (auch den französischen) liegt. Abgesehen von dem betonten Provinzialismus ihrer Geschichten, die *Pariser* schreiben nun einmal Pariser Storys, findet sich trotz allem schwarzen Zynismus darin eine ziemlich beispiellose Wärme der Beschreibung ihrer Charaktere. Die Autoren leiden mit ihren Figuren mit; es enthüllt sich in den Romanen eine «dimension de l'âme des hommes», eine Dimension des

Seelenlebens der Menschen, die dem guten alten Bahnhofskioskroman fremd wäre, aber auch in den Werken seriöserer Kollegen keinesfalls häufig ist. Davon zeugen die vielen inneren Monologe, die erzählten Träume, die erfahrbar gemachten individuellen Lebensumstände der Protagonisten.

Zum anderen wird man bemerken, daß den Autoren Stimmungen, Landschaftsbilder, ja vor allem Sprache mehr am Herzen liegen als vordergründige, nur auf Spannung aufbauende Plots und wohlfeile Gags. Sie suchen in allem nach Erklärungen, nach verstecktem Leben, nach ästhetischen Strukturen; und machen so ihre *polars* zu – man möge nicht erschrecken – Literatur.

Schließlich liegt ihre Originalität in einem Wesenszug ihrer Krimis, der so altmodisch wie wahrhaft aktuell anmutet. Marie & Joseph führen mit ihren fiktionalen Übeltätern ein intensives Gespräch über die Ethik ihres Handelns. Dies kann überzogen erscheinen, aber die Protagonisten verfügen über die Schlüssel, über die ethischen Maßstäbe ihrer Taten: Letzten Endes stehen sie nämlich immer vor der atavistischen Entscheidung zwischen Gut und Böse. Beispiele dafür ließen sich zuhauf finden. Entscheidend dabei ist, daß heutzutage kaum jemand mehr zwischen beiden zu differenzieren weiß und daß die Verunsicherung des einzelnen ihn fast zwangsläufig irgendwann einmal auf die schiefe Bahn bringen muß. Mit dem alles erschlagenden Argument und dem Erklärungsmodell «sozial bedingte Kriminalität» allein wollen sich Marie & Joseph nicht begnügen. Sie lösen diesen Konflikt nicht, sie zeigen ihn möglichst prägnant auf, halten es im übrigen mit Kommissar Scarfe aus *Raphaëls Höllenfahrt*, der ja behauptet: «Wenn ich mir die Welt … so anseh, dann muß ich feststellen, daß das Gute und das Böse ein und dasselbe sind… Dieselbe Chose … Gesellschaftsspektakel. Arbeit, Arbeitslosigkeit, Drogen, Kriminalität, Unsicherheit, Krieg, Hilfen für die Dritte Welt… All das sagt einem Menschen nichts mehr, es ist zu groß…»

Doch keine Angst, trotz alledem sind ihre *polars* komisch, bis in die Verbrechen hinein skurril, verblüffend, von schwarzem Humor getränkt. Der erhobene Zeigefinger verschiebt sich vielmehr um eine Stelle nach links, die Autoren sind ihren satirischen Anfängen soweit treu geblieben, wie eine nun vielleicht realistischere Sichtweise es ihnen eben erlaubt.

Sie selbst haben den Widerstand gegen die moderne Unkultur der Video- und Wegwerfgesellschaft noch nicht aufgegeben. Neben Kinderbüchern – putzige Krimis für Sechs- bis Achtjährige und seriöse für Jugendliche – haben beide munter an größeren Werken geschrieben. *Mississippi Delta Blues* (88 unter Marie & Joseph erschienen.); ein Großepos von Pierre Mezinsky, das in der Zeit und dem Geist der *Elenden* Hugos spielt – *Le forçat dans les peupliers* (erscheint 92), dt. *Der Sträfling in den Pappeln*; und Corinne Arbore: ein Alltagsbericht aus dem pädagogischen Lehrkörper heraus, *La vie des charançons est assez monotone* (erscheint ebenfalls 92, dt. *Das Leben der Rüsselkäfer ist recht monoton*), und ein Roman über die Ungerechtigkeit einer auf der Physis beruhenden Ästhetik, mit anderen Worten über die Häßlichkeit.

Ach ja, eine Frage brennt sicher jedem noch auf der Zunge: nämlich die über das Wie. Man lausche: …? Es schreiben eben beide an ihren Büchern. Wer nun was und wieso soll nicht verraten werden. Sie sind sich gegenseitig die strengsten Kritiker, überarbeiten, schreiben neu – ein Team, und allem Anschein nach und in mehrfacher Hinsicht ein gutes. Kein Wort mehr darüber. Und um allen schon einmal dagewesenen Sottisen fürderhin zu entgegnen, werden sie vielleicht ihr mittlerweile nicht mehr so geliebtes Pseudonym auch im *polar* irgendwann über Bord werfen.

Bis dahin jedoch schreiben sie, zu zweit, an der Saga der *province* weiter…

Stefan Linster arbeitet als Übersetzer in Köln.

[illegible]

[illegible]

[illegible]

[illegible]

[illegible]

UTA-MARIA HEIM

Couscous auf dem Père-Lachaise

Zwei Sündenböcke im Zwielicht eines Friedhofs:
Udo Winterhalter trifft auf Benjamin Malaussène.

Pourquoi moi?

Ich hätte die Dose mit dem Fertig-Couscous nicht auf den Schalter knallen sollen. Aber um die einsame Madame dahinter so richtig anscheißen zu können, mußte ich beide Hände freihaben. Ich sagte noch irgendeinen halbfranzösischen Blödsinn, LA BOMBE VA EXPLOSER oder so; jedenfalls verstand sie und fragte sich nicht länger, ob sie meinen Reisescheck nun wirklich akzeptieren würde. Sie erkundigte sich nicht mal, wie ich es haben wollte, sondern schob das Bündel mit den zehntausend Francs locker unter dem Glas durch. Samt Scheck. Mir war klar, ich beging eben den perfekten Bankraub. Dabei hatte ich es gar nicht gewollt. Die Türen der kleinen Wechselstube öffneten sich beim Hinausgehen automatisch: Ein Defekt im System, und wahrscheinlich hatten sie mich nicht mal gefilmt.

Draußen begann ich zu rennen. Ich stürzte in die nächstbeste Métro, die im Gare du Nord einfuhr, und stieg die Station danach im letzten Moment aus und um. Falls ich Verfolger hatte, war ich sie los. Am Père-Lachaise war für mich Endstation; dort war ich auf sechzehn Uhr bei James Douglas Morrison zum Tee verabredet. Mit Ben, den ich rein beruflich kannte, ohne ihn allerdings je gesehen zu haben. Ben ist eine Art Kollege von mir, und da ich sowieso in Paris zu tun hatte, fischte ich ihn aus dem Telefonbuch. Mit seiner Familie wohnt er im 20. Arrondissement in der Rue de la Folie-Régnault Nr. 78, ziemlich direkt am Friedhof. Ich hatte noch Zeit, also guckte ich mir das Loch mal an; tatsächlich, im Erdgeschoß sieht man noch die Reste eines ehemaligen Haushaltswarenladens, ACHAT MACHINES OUTILS VENTE steht rechts von der Tür und links SANITAIRE CONFORT. Im übrigen ist es gar nicht so schlecht. Klingeln gab es keine, nur das Brett mit dem Digicode, und ich hätte auch gar nicht zu läuten gewagt.

Denn Verdun sei eben im Trotzalter, erklärte Ben am Telefon; wenn ich sein rabiates Französisch richtig verstehe, so heißt das: Sie mäht jeden nieder, der Es Ist Ein Engel zu nah tritt. Es Ist Ein Engel heißt das göttliche Baby von Bens Lieblingsschwester Clara, und seit Inspecteur Van Thian tot ist, durchschossen von einer Kugel des leidenschaftlichen Mörders und Erfolgsautors Krämer, kennt Verdun erst recht keinen Spaß mehr. Doch wer in die komplexen Vorgänge dieser ungeheuer üppigen Geschwisterfamilie mit ihrem epileptischen Hund und den fünf heroinsüchtigen Großvätern ernsthaft eintreten will, der sollte unbedingt Daniel Pennacs Schwarze Romane lesen.[1] Ich beschränke mich lieber auf meinen Part in der Sache, der ist zwar klein, aber mir reicht's.

Benjamin Malaussène, Pennacs wankenden Helden, wollte ich allein deshalb persönlich kennenlernen, weil ich in ihm gewisse Ähnlichkeiten zu mir entdecke. Ben ist wie ich ein Sündenbock, nur geboren, daß sich auf seinen Schultern die Schuld der Welt entlädt, mit einem frappierenden Unterschied: Er macht im *Talion Verlag* sein Geld damit, und ich bin beim *Stuttgarter Tagblatt* unbezahlt der feuilletonistische Trottel. Um meine Rente zu finanzieren, muß ich nach wie vor meine Artikel herunterrotzen, während Ben schlicht NICHTS tut als sich anscheißen zu lassen. Das passiert mir sowieso, und nebenher muß ich auch noch arbeiten. (Na gut, im letzten Jahr ist er kurz mal erschossen worden, aber im Vergleich zu mir ist das NICHTS.)

1 Daniel Pennac, Im Paradies der Ungeheuer, rororo-thriller Nr. 2922 (1989)
ders., Wenn nette alte Damen schießen…, rororo-thriller Nr. 2921 (1990)
ders., Königin Zabos Sündenbock, rororo-thriller Nr. 3003 (1991)

Wie immer ist's nur mein Magen, der knurrt. Am Eingang des Père-Lachaise drücke ich einem Maroniverkäufer einen Hunderter aus dem frischen Bündel in die Hand. Sieht verdammt neu aus, der Schein. Der Typ, irgendeine Mischung zwischen Chinese und Araber, wie sie hier zu Tausenden herumlaufen, kann nicht wechseln. Er gibt mir die Maroni umsonst, Kunststück, sie sind verkokelt, und schüttet sie mir offen zu den verrotzten Tempos in die Manteltasche. Wo sie wenigstens wärmen. Doch ihre Wärme steigt in mir auf und schmeckt süß auf der Zunge. Schälend und kauend betrete ich den Friedhof, der größer ist als Mariabronn und auf jeden Fall bewohnter. Im Vergleich zu meinem Schwarzwälder Heimatkaff tobt hier das gelackte Leben. Ich kann's kaum glauben: Die Toten residieren in steinernen Kapellen, die an Hängen übereinandergetürmt sind, oder sie haben wenigstens eine ordentliche Marmorplatte über dem Kopf. Hier herrscht eine ungeheure Zeitlosigkeit: Die Toten von 1862 sind genauso tot wie die Toten von 1991. Überall zwischen den Promis, mit denen sich der Friedhof schmückt, stehen die Namen bürgerlicher Familien.

Vorbei an Ylmaz Guney und Lucien Gibert, hin zu Colette, Rossini. Bei Chopin bleibe ich kurz stehen: Die Muse auf seinem Haupt wirkt nicht recht echt, wohl aber das ganze Blumenmeer, das die Ewigkeit hier verstreut hat. Die stolze FAMILIE PROUST. Nein, es ist kein Marcel dabei, der lagert hier woanders, und über kompliziertere Schleichwege gelange ich zum Carrefour du Grand-Rond, von wo es zu Auguste Comte oder eben James Douglas nicht weit ist. Und tatsächlich, an einem verwitterten Steinhaus prunkt es in Pinklackbuchstaben! In der allmählich hereinbrechenden Düsternis deutlich zu lesen: Jim, daneben ein Pfeil. Ich bin richtig und muß mal; auf dem Weg in die 6. Division des Friedhofs stelle ich mich in die Blechkirche der darunter begrabenen Familie Robert und pinkle auf den beseelten Steingrund. Dabei überrascht mich eine Streife, die nicht nur leise motorisiert, sondern auch quotiert ist.

«Haben Sie einen Mann gesehen, dichte schwarze Haare, ziemlich groß, so um die Vierzig?»

– (Nein, natürlich nicht.)

«Graumelierter Mantel, Schweizer Akzent? Kann aber auch falsch sein.»

– (Ach ja?)

Die Streife rollt weiter. Es ist die Luft, wie sie für Paris stets beschrieben wird: ein wenig diesig, ein wenig matt, mit einem grad noch zu durchbrechenden Flair an Dunkelheit. Nur glimmen nicht sämig jene Laternen, wie sie auf den halben Kitschpostkarten angegeben sind; schwarzweiß auch hier, aber lichtlos. Den Weg zu James Douglas' Grab weisen mir Jugendliche aus der internationalen Kultur der Schwarzberockten, immer mehr sind es, die zwischen den angeschwärzten Ein-Mann-Tempeln Rauch in den Smog blasen. In kleinen Horden schlängeln sie sich um die Gräber, billige Tulpen in der Hand, Cassettengeräte, ihre Ohren sind von verfilztem Haar vorm Wind geschützt, der greulich um die Kapellen tönt. Über und über sind die bourgeoisen Häuschen mit Filz bemalt: WE LOVE YOU, JIMMY! Namen, Daten, Slogans und Kids, überall Kids – da haben wir ihn, James Douglas Morrison, genannt Jim, 1943–1971. Sein bescheidenes, mit Kitsch und verrosteten Plastikrosen belagertes Grab findet sich hinter einer dicken Kapelle, in der die Jungs stehen in ihren Nato-Jacken und sich Joints drehen. Um die Gruft herum drängt sich eine dichte Traube, die den Doors-Klängen auf dem Grabstein lauscht: THIS IS THE END, MY ONLY FRIEND, THE END. Man reicht die Dröhnung herum, und ich werde Zeuge der Bier-und-Haschisch-Messe von fünfzig minderjährigen Wahnsinnigen. Da ich größer bin als alle anderen, ist die Chose gut zu übersehen.

Wo bist du, Ben? Keiner sieht hier wie Ben aus: Anfang Vierzig, schwarzes Strubbelhaar, etwas kleiner als ich, aber mir ansonsten wie aus dem Gesicht geschnitten. Wie konntest du einen so bescheuerten Ort vorschlagen, einen von Idioten besetzten Friedhof am Vorabend eines Januars. Die Fans bröckeln ab; in Grüppchen verlassen sie schwankend die Stätte, keiner schreitet ein, als die Musik lauter wird und sich die Übriggebliebenen zum scheppernden Takt wiegen. Plötzlich erkenne ich am Rand den

Kleinen mit der rosaroten Brille, daneben Julius, den Hund, aus dessen schiefgelegtem Maul der heiße Sabber läuft und an den Lefzen anfriert. Nanu? Hat Ben etwa selber nicht kommen können?

«Ich bin Udo Winterhalter. Bonjour!»

«Ah», sagt der Kleine auf deutsch und nimmt die rosarote Brille herunter, die er am Schal dürftig abputzt. «Mein Bruder erwartet Sie in der 19. Division bei der Familie Bonheur. Das ist ganz in der Nähe von Jane Avril. Ich hatte einen Alptraum.»

– (Verstehe.)

Es ist nach halb fünf, Zeit also, den Friedhof zu verlassen. Doch im letzten Dämmer sind keine Rauswerfkommandos zu erkennen. Ich steige über Raspail, De Crussol und Champollion, bis ich mir bei Salabert schier gar den Fuß breche. Ich bin in einem Efeu hängengeblieben. In Schauermärchen kriegen Leute in solchen Situationen einen Herzinfarkt. In der Düsternis wirkt dieser Friedhof wahrhaft gespenstisch. Doch sind es eher die Lebenden, die mir Angst machen. Immerhin habe ich zehntausend Francs in der Tasche. Überall ragen die Grabmale auf, und dahinter lauert bestimmt manch einer. Es ist Januar, es ist kalt, ich habe einen Bankraub begangen. Und die Toten müssen nun schlafen. Das Zwielicht fließt träge in die engen Gassen zwischen Totenklohäuschen und Gruften. Tulpen und Bilder lugen gespenstisch; niemand will in dieser alles aufhebenden Zeitlosigkeit so ganz und gar vergessen sein.

Mein Herzschlag setzt aus. Da packt mich etwas am Knöchel. Das ist kein Efeu, das ist eine Hand. Eine feste zudem.

«Enchanté.»

Die Stimme tönt hohl. Sie dringt aus der Tiefe herauf, und ich kann knapp erkennen, daß sich dort unten, unter der abgebröckelten Steinplatte einer Familienkapelle, einer verschanzt hat.

«Ben?»

«Oui», sagt Ben, «s'il vous plaît.»

Er hilft mir zu sich hinunter. Was dort alles herumliegt: Gummistiefel, Scherben, Kondome, ich kann's nur erahnen, Schädel spüre ich nicht. Wir sind im Innern, das Dach ist dicht, draußen fängt der Schnee an zu stäuben. Auf die obere halbe Platte packe ich kalten Fertig-Couscous, kalte Maroni und heißen Kamillentee aus der Thermoskanne.

«Bedienen Sie sich.»

«Ich werde verfolgt», sagt Ben und versucht, eine verkokelte, eisige Maroni zu schälen, «ich habe eine Bank ausgeraubt.»

«SIE?»

«Pas beau, hein? Ich kam grade am Gare du Nord vorbei, da ist es passiert. Nun werde ich gesucht, weil die Täterbeschreibung auf mich zutrifft.»

«Pas très, non.»

«Tut mir übrigens leid», sagt Ben, «daß die Königin Zabo im *Talion Verlag* LES QUARTIERS DE LA NOIX abgelehnt hat. Ich konnte nichts für Sie tun. Aber der Roman erscheint ja jetzt bei Rowohlt, nicht wahr?»[1]

«Schon der zweite. Noch einen, dann höre ich auf. Ich tauge nicht zum Krimi-Helden.»

«Sie brauchen eine andere Autorin.»

«(Ja so?) Noch etwas Kamillentee? Bei meinem Job werde ich depressiv.»

«Das ist normal.»

«Ich hab auf Stuttgart keine Lust mehr. Ich will diese Kalbsköpfe beim *Tagblatt* nicht mehr sehen.»

«Ist das verwerflich?»

– (…)

«Natürlich nicht.»

«Ich fühle mich tot.»

«Hier sind auch alle tot. Kommen Sie zu uns nach Belleville.»

«Ich brauche eine Zeitung. Ohne Zeitung kann ich nicht leben.»

– (???)

– (!!!)

1 Uta-Maria Heim, Das Rattenprinzip, rororo-thriller Nr. 3013 (1991); dies., Der harte Kern, rororo-thriller Nr. 3045 (erscheint im Juli 1992)

Wir verzehren, was ich aus meinen Manteltaschen gezaubert habe. Die Couscous-Dose öffne ich mit meinem Schlüsselbund. Ich habe sogar ein Silberlöffelchen bei mir, geklaut im Café *Les Deux Magots*, wobei ich mir sicher bin, daß er im Preis inbegriffen ist. Auch die Reste eines harten Baguettes, das einst mit verbrannten Pommes gefüllt war, lege ich auf den Schal, der auf der oberen Grabplattenhälfte als Tischtuch dient. Mit kleinen Schlucken schlürfen wir unsern Kamillentee. Unsere Füße stekken bis zu den Knöcheln im halbgefrorenen Grabmatsch, und abwechselnd ziehen wir die Stiefel heraus, um nicht vollends darin zu versinken. Es gibt ein röchelndes, schmatzendes Geräusch.

«Welche Friedhofsruhe.»

«Fürwahr.» (*Kann man MERDE wirklich mit FÜRWAHR übersetzen? Anm. d. Säzzers*)

«Eine Million Gräber.»

«Das macht hungrig», sagt Ben und löffelt den Couscous. «Mal ehrlich, Udo, was ist an den Parisern soviel besser als an den Schwaben?»

«Ich darf als Alemanne mal so richtig offen Ausländer sein.»

– (...)

«Lauter Algerier. Chinesen. Und ich.»

«Mon cher Wintäraltär, Sie verstehen meine Frage nicht. Es ist alles eine Frage des Marktes. Wenn Sie in Paris sind, dann haben Sie den besseren Markt.»

«Soll ich etwa Arabisch lernen, hein?»

«Ich fang gleich an zu weinen.»

«Das zieht bei mir nicht. Machen Sie lieber einen gescheiten Vorschlag.»

«C'est drôle... Haben Sie nicht so einen merkwürdigen Schweizer Akzent? Oh... Sie Idiot! Merde... merde...»

Aus dem Schneegestöber und der Dunkelheit dringt die Lautsprecherdurchsage der Pariser Polizei: HIER SPRICHT COMMISSAIRE DIVISIONNAIRE CERCAIRE. KOMMEN SIE RAUS, DUMMKOPF, SIE SIND UMSTELLT!

«Geh du», sage ich.

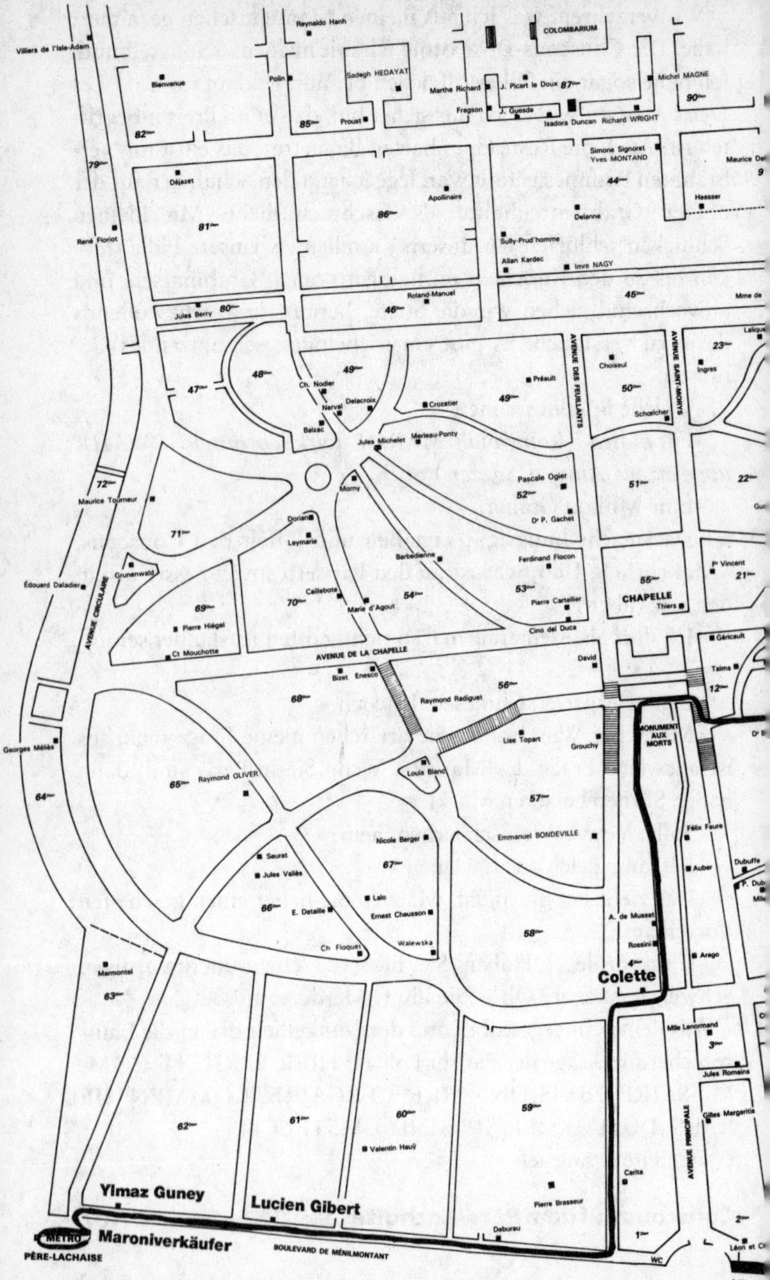

Villiers de l'Isle-Adam
Reynaldo Hanh
COLOMBARIUM
Bienvenue
Polin
Sadegh HEDAYAT
Marthe Richard
J. Picart le Doux
87e Div.
Michel MAGNE
90e Div.
Fragson
J. Guesde
Isadora Duncan
Richard WRIGHT
82e Div.
85e Div.
Proust
79e Div.
Simone Signoret
Yves MONTAND
Maurice Del
Déjazet
Apollinaire
44e Div.
Haesser
86e Div.
Delanne
81e Div.
René Floriot
Sully-Prud'homme
Allan Kardec
Imre NAGY
Roland-Manuel
45e Div.
Mme de
Jules Berry
80e Div.
46e Div.
AVENUE DES FEUILLANTS
AVENUE SAINT-MORYS
Lalique
23e Div.
48e Div.
49e Div.
Choiseul
Ingres
Préault
47e Div.
Ch. Nodier
50e Div.
Delacroix
49e Div.
Nerval
Crozatier
Schœlcher
Balzac
Jules Michelet
Merleau-Ponty
22e Div.
Pascale Ogier
51e Div.
72e Div.
Morny
52e Div.
Maurice Tourneur
Dr P. Gachet
Dorian
71e Div.
Leymarie
Barbedienne
Ferdinand Flocon
Pr Vincent
Grunenwald
21e Div.
Édouard Daladier
53e Div.
55e Div.
Caillebote
54e Div.
CHAPELLE
70e Div.
Pierre Cartellier
69e Div.
Marie d'Agout
Thiers
AVENUE CIRCULAIRE
Pierre Hiégel
Cino del Duca
Géricault
Ct Mouchotte
AVENUE DE LA CHAPELLE
David
Talma
Bizet
Enesco
12e Div.
56e Div.
68e Div.
Raymond Radiguet
MONUMENT AUX MORTS
Lise Topart
Georges Méliès
Grouchy
Louis Blanc
65e Div.
Raymond OLIVER
64e Div.
57e Div.
Félix Faure
Nicole Berger
Emmanuel BONDEVILLE
Seurat
67e Div.
Dubuffe
Auber
Jules Vallès
66e Div.
Lalo
E. Detaille
Ernest Chausson
A. de Musset
58e Div.
Rossini
Ch Floquet
Walewska
Arago
Marmontel
4e Div.
Colette
63e Div.
Mlle Lenormand
3e Div.
Jules Romains
Gilles Margaritis
62e Div.
61e Div.
60e Div.
59e Div.
AVENUE PRINCIPALE
Valentin Haüy
Carita
Ylmaz Guney
Lucien Gibert
Pierre Brasseur
2e Div.
METRO
PÈRE-LACHAISE
Maroniverkäufer
BOULEVARD DE MÉNILMONTANT
Deburau
1re Div.
WC
Léon et Ch
Librai

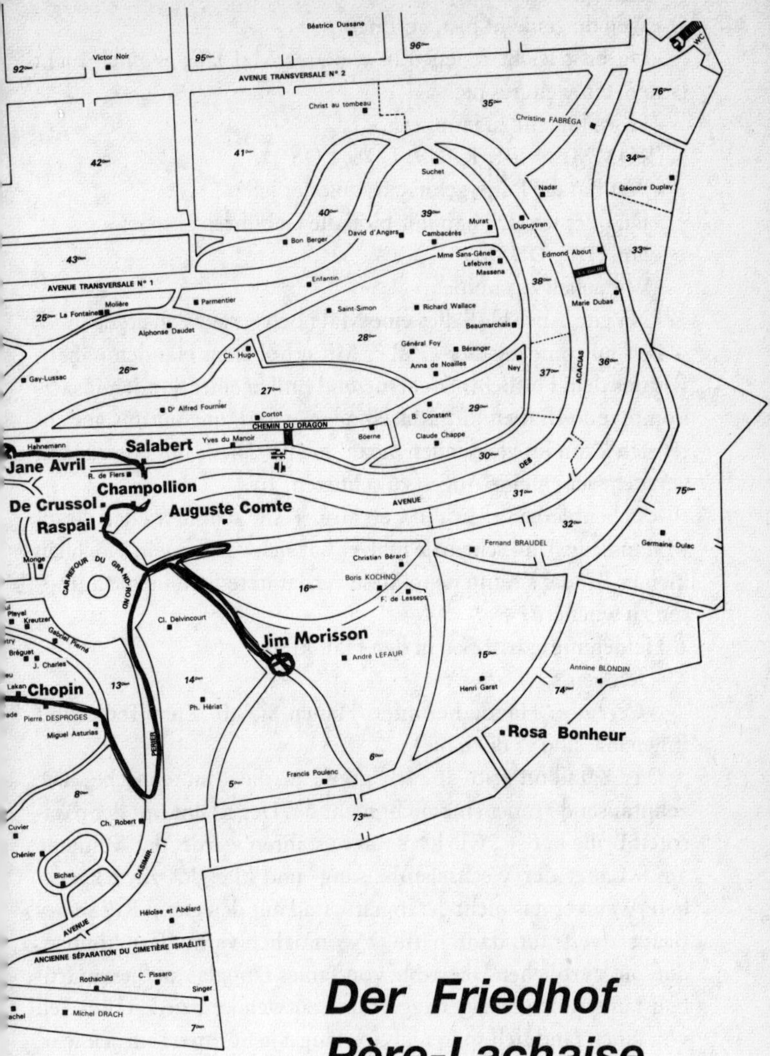

Der Friedhof Père-Lachaise

«Pourquoi moi?»

«Weil du gemeint bist, verflucht.»

«Du hast leicht reden. Ein weiteres Mal läßt er mich nicht laufen, ein weiteres nicht.»

«Hör bloß auf zu jammern.»

(KOMMEN SIE RAUS! LOS, LOS!)

«Wer hat die Bank geknackt, du oder ich?»

«Du oder ich. Ich hab mir bloß die Gebühren gespart.»

«Du. (DU, DU.)»

«Wir gehen zusammen.»

«Na gut. Aber bloß dies eine Mal noch», sagt Ben ergeben.

Ben hilft mir aus der Grube. Mit erhobenen Händen nähern wir uns dem Flutlicht. Drei Dutzend Bullen eines Sondereinsatzkommandos haben ihre Maschinengewehrläufe auf uns gerichtet. Ich kann im gleißenden Strahl nichts sehen; mit einer Hand versuche ich, meine Augen zu schützen.

«Stehenbleiben», brüllt Cercaire. «Ah, schon wieder dieser Malaussène. Und sehen Sie mal, er hat sich verdoppelt. Noch ein kleiner Bruder? Kann denn diese verdammte Familie nie aufhören zu wuchern?»

Heldenmutig tritt Ben in den Halbkreis.

– Ich war's.

– Cercaire: Hände herunter. Hauen Sie ab. Zum Teufel mit Ihnen. Sie sind es doch nie!

Das Bataillon tritt ab. Ich greife in die Manteltasche: Die zehntausend Francs sind nicht mehr da. Der Kleine mit der rosaroten Brille hat sie, wie ich später erfahren werde, der Madame am Schalter der Wechselstube sang- und klanglos zurückgegeben. Wenn er das nicht getan hätte und auf den guten Ruf seines Bruders vertraut, dann hätte er womöglich verhindern können, daß die sterblichen Überreste von James Douglas an diesem frühen Januarabend ausgebaggert und entwendet wurden. Ein Teil von ihnen fand sich später, als ich längst in Stuttgart zurück war, auf dem verschimmelten Fertig-Couscous in der Tempelgruft der Familie Bonheur. Ich strickte daraus jene Feuilleton-Meldung, für die ich beim *Tagblatt* schier gar das Zeitliche segnete:

STUTTGART (dpa/win) ROCKSTAR JIM MORRISON IN EINER COUSCOUSDOSE WIEDERENTDECKT – TEILE KONNTEN ERNEUT BESTATTET WERDEN – BEI DER BEERDIGUNG TROTZ STRENGSTER GEHEIMHALTUNG ÜBER 500 000 FANS. Der Einspalter endete mit dem Satz, der so gar nicht zur Knappheit der Meldung paßte und der letztendlich dann doch noch die Kündigung nach sich zog: ICH HÄTTE DIE DOSE MIT DEM FERTIG-COUSCOUS NICHT AUF DEN SCHALTER KNALLEN SOLLEN.

GÜNTHER GROSSER

James M. Cain: The Postman Always Rings Twice

Die Geschichte eines populären Romans

1

An einem milden Herbsttag Mitte November des Jahres 1931 betrat der Journalist James Mallahan Cain sein neues Büro an der Marathon Street in Hollywood. Sein neuer Arbeitgeber war die Paramount, eine ziemlich heruntergekommene Filmfirma, für die er Drehbücher schreiben sollte. Erst tags zuvor mit dem Zug aus New York angekommen, wußte Cain noch nicht so recht, was er von der Sache halten sollte. Für den Film hatte er zwar noch nie eine Zeile geschrieben, war aber den Spähern der Hollywoodfirmen durch seine beißenden Satiren im *New Yorker* und seine gewitzten Kolumnen für verschiedene Zeitungen aufgefallen. Er schrieb seit zehn Jahren für alle großen amerikanischen Magazine und Zeitungen, und obwohl man in Hollywood nicht besonders viel für die Ostküstenjournaille übrig hatte, blieb man auch im Falle Cains seinem Grundsatz treu: Vom Besten nur das Feinste.

Nach ein paar Tagen, die Cain damit zugebracht hatte, auf dem Studiogelände herumzuwandern und alte Freunde aufzusuchen, bekam er schließlich seinen ersten Auftrag: Er sollte an einem Remake von Cecil B. de Milles *Die zehn Gebote* arbeiten. Nach einem ersten Treatment wurde das Projekt fallengelassen, und er fing mit dem nächsten an. Zwei Wochen später mit dem übernächsten, und so weiter. Zuerst für 400 Dollar die Woche, später mal für weniger, manchmal auch für sehr viel mehr. Das Ganze sechzehn Jahre lang.

2

James M. Cain, 1933 in *Camera Obscura*, einem Essay über das Arbeiten in Hollywood: «Es gibt schlechtere Branchen als die konfektionierte Unterhaltung; und wenn man sich einmal klargemacht hat, daß man an Unterhaltung arbeitet, also an etwas, was heute abend zählt und morgen vergessen ist, dann verliert der Verdacht, daß man sich als Kunsthure verdingt, eine Menge von seinem Stachel.»

3

Daß er kein großer Drehbuchschreiber werden würde, begriff Cain jedoch ziemlich schnell. Trotzdem bosselte er weiter an Filmscripts herum, ließ sich ordentlich dafür bezahlen, schrieb regelmäßig Essays und Kolumnen und entschloß sich im Sommer 1932, es nebenher mit einem Roman zu probieren. Er war immerhin 40 Jahre alt, und langsam wurde es Zeit.

Auf die Idee zu diesem Roman war er an einer Tankstelle gekommen. «Da kam immer dieses Mädchen mit dem großen Busen an», erzählte er später einem Interviewer, «gewöhnlich, aber sexy; von der Art, bei der man auf komische Ideen kommt. Wir unterhielten uns immer, während sie meinen Tank füllte. Eines Tages las ich in der Zeitung, daß eine Tankstellenbesitzerin ihren Mann umgelegt hatte. Könnte das die mit dem Busen gewesen sein? Ich fuhr vorbei, und tatsächlich, die Tankstelle war zu. Ich stellte Nachforschungen an. Ja, sie war's – diese anregende, aber durch und durch gewöhnliche Frau.»

Im Oktober fing er mit der Geschichte an, legte sie mehrmals zugunsten anderer Projekte zur Seite und schloß sie neun Monate später ab. Sie erhielt den Titel *Bar-B-Que*.

4

Der junge Herumtreiber Frank Chambers taucht in einem Tankstellenimbiß bei Los Angeles auf und läßt sich, als er Cora, die Frau des Besitzers, zu Gesicht bekommt, als Aushilfe anstellen. Cora verliebt sich in Frank, Frank in Cora, und der Ehemann Nick entpuppt sich sehr schnell als störendes Hindernis. Nach einem ersten erfolglosen und mit knapper Not kaschierten Mordversuch in der Badewanne erschlagen sie Nick während einer Autofahrt. Mit der anschließenden Unfallinszenierung kommen sie vor Gericht nur durch, weil Staatsanwaltschaft und Verteidigung den Mordprozeß eher wie eine Pokerpartie handhaben und ihr Verteidiger dabei gewiefter vorgeht, indem er mehrere am Verfahren beteiligte Versicherungen gegeneinander ausspielt. Die beiden erhalten sogar noch zehntausend Dollar Versicherungsprämie, und Cora macht sich an die Neugestaltung ihres Tankstellenimbisses. Frank beginnt sich zu langweilen, fängt ein Techtelmechtel mit einer Raubtierdompteuse an, und Cora droht damit, ihn zu verraten. Als sie schwanger wird, heiraten die beiden. Bei einer nächtlichen Autofahrt kommt es zu einem weiteren Unfall, Cora stirbt, und dieses Mal ist Chambers dran. In der Todeszelle erzählt er einem Priester die ganze Geschichte…

Für seine Zeit war der Roman ein starkes Stück. Nur etwas über hundertfünfzig Seiten kurz, bargen der obsessive Drang, mit dem Cain seine Figuren auflud, die knappe, ungebügelte Sprache und die unheilvolle Atmosphäre, in der auch noch die belanglosesten Tätigkeiten etwas Vieldeutiges bekommen – die ganze hemdsärmelige Attitüde des Buches also – für die damalige literarische Öffentlichkeit jedoch alle Symptome eines Skandals.

Von der ersten Seite an wird das Buch beherrscht von Leidenschaft, Gier und jener bedenkenlosen Spielerlaune, mit der sich die Figuren auf ihre Ziele einlassen: Alles, was Cora und Frank unternehmen, verbreitet den Geruch des Sexuellen; Gewalt wird dabei zu einer Funktion jener Leidenschaft, mit der sich zwei

Leute Raum zum Atmen schaffen; Geld bleibt eine bedeutungslose Nebensache, was zählt, sind Verlangen und Erfüllung. Sogar die präzise durchkomponierten Kapitel um die Gerichtsverhandlung, wo vom kleinen Polizisten bis hinauf zum Richter jeder ganz genau weiß, daß auf Cora und Frank im Grunde genommen nichts anderes als der Galgen warten kann, sind geprägt von den skrupellosen Versuchen der Beteiligten, die anderen mit allen erdenklichen Mitteln auszustechen. Das Gesetz spielt dabei lediglich die Rolle einer elegant plazierten Schikane.

Die Dialoge des Romans lassen an Drastik und Deutlichkeit kaum etwas zu wünschen übrig; rough, tough, fast and dirty, wie ein Kollege Cains den Stil später bezeichnen sollte – für die dreißiger Jahre ein immenses Wagnis, das einige Kritiker auch prompt dazu veranlaßte, Cain als literarischen Schmutzfinken abzuqualifizieren. Um die Gespräche seiner Figuren so schneidend und scharf wie möglich halten zu können, verzichtete Cain fast völlig auf die üblichen ‹er-sagte›-, ‹antwortete-sie›-Halbsätze, ein Verfahren, das von vielen Kritikern als bedeutende literarische Innovation gepriesen wurde. Daß Cain die Geschichte aus der Sichtweise Franks erzählte – immerhin die eines Mörders –, erlaubte es ihm darüber hinaus, auch weit ausholende Schilderungen mit dem Flair der ungeschliffenen Umgangssprache zu versehen und seinen Lesern ein paar sinnliche Eindrücke zu verschaffen, die sie in Büchern nicht alle Tage geboten bekamen: den Staub der Straße, den Geruch verschwitzter Körper und den Geschmack frisch vergossenen Blutes.

Wenn Dashiell Hammett, wie Chandler behauptet, den Kriminalroman dorthin zurückgebracht hatte, wo er hingehörte, nämlich auf die Straße, dann war Cain derjenige, der mit diesem Roman den Leuten auf eben jener Straße die richtige Sprache beibrachte.

5

Cains New Yorker Verleger Alfred Knopf war von *Bar-B-Que* nicht besonders angetan, hielt das Manuskript für zu kurz, um als Roman veröffentlicht zu werden, und bemängelte den Titel. Er schrieb Cain, es müsse «noch eine Menge daran herumgedoktert werden», und es sei wohl nur eine Frage der Zeit, bis Cain sich an vielversprechendere Aufgaben machen werde, mit denen sich auch Geld verdienen lasse. Kurz, er sei nicht bereit, für *Bar-B-Que* die vertraglich garantierten 500 Dollar Vorschuß zu zahlen.

Cain kochte, verhandelte mit anderen Verlegern und schickte seinen Freunden an der Ostküste Kopien des Manuskripts. Die Reaktionen waren durchweg positiv; Walter Lippmann und H. L. Mencken zum Beispiel, zwei der bedeutendsten amerikanischen Journalisten, waren begeistert.

Dann kam Cain eine Frau zu Hilfe. Blanche Knopf, die Ehefrau seines Verlegers, hatte das Manuskript gelesen und stimmte ihren Mann um – eine erstaunliche Parallele zu den Vorgängen um Dashiell Hammetts ersten Roman *Rote Ernte*, der fünf Jahre zuvor ebenfalls erst nach langem Hin und Her und auf Drängen von Blanche Knopf von ihrem Mann verlegt wurde.

Cain akzeptierte den neuen Vertrag – 500 Dollar Vorschuß, 10 Prozent vom Ladenpreis für die ersten 2500 verkauften Exemplare, 12 Prozent bis 5000, von da an 15 Prozent – und ließ sich dazu überreden, einen neuen Titel zu finden. Er schlug *Black Puma* oder *The Devil's Checkbook* vor, Knopf selber war für *For Love or Money*.

Ende August saß Cain mit dem Drehbuchschreiber Vincent Lawrence zusammen, einem engen Freund, dem er den Roman gewidmet hatte. Lawrence erzählte ihm die nervenaufreibenden Vorgänge um die Publikation seines ersten Theaterstückes und wie er in Boston Tage damit zugebracht hatte, auf den Postboten mit der Antwort des Verlegers zu warten, wobei er die Entdekkung gemacht hatte, daß Postboten immer zweimal klingeln.

Cain horchte auf – in gewissem Sinne hatte der Briefträger für Frank Chambers auch zweimal geklingelt. Am nächsten Tag telegraphierte er den Titel seines Romans an Knopf: *The Postman Always Rings Twice.*

6

The Postman Always Rings Twice erschien Ende 1933 und wurde zu einem der sensationellsten Erfolge in der amerikanischen Verlagsgeschichte. Die frühesten Anzeichen, daß hier etwas Großes im Gange war, kamen bereits vom Buchvertrieb. Im Beiblatt für den Einzelhandel kommentierte die Firma: «Wenn dieses Buch kein Knüller wird, geben wir unseren Beruf auf.» Die Leute behielten ihre Jobs, denn Wochen später schwärmte die gesamte amerikanische Presse von Frank und Cora. Von Januar bis in den Sommer 1934 erschienen zwischen San Francisco und New York fast ausnahmslos begeisterte Kritiken des Romans. Franklin P. Adams von der *New York Herald Tribune*, einer der einflußreichsten Literaturkritiker der dreißiger Jahre, ging in seiner Begeisterung sogar soweit, neben der Rezension gleich das ganze erste Kapitel des Romans abzudrukken, und sorgte dabei für einen Kommentar, der jahrzehntelang mit zuverlässiger Regelmäßigkeit die Covers der jeweiligen *Postman*-Ausgaben zieren sollte: «Cain hat das fesselndste Buch geschrieben, an das ich mich erinnern kann, ein Buch, das man nicht mehr aus der Hand legen kann.»

In New York, Boston und London übernahmen Tageszeitungen das Buch als Fortsetzungsroman. Knopfs Hardcover-Ausgabe wurde ein Bestseller, 1936 erschien ein Paperback, herausgegeben von Menckens renommiertem Monatsmagazin *American Mercury*, und schließlich eine Taschenbuchausgabe bei *Pocketbooks*, wo man Cain 1950 den *Silver Kangaroo-Award* für eine Million verkaufter Exemplare verlieh.

7

Bereits einen Monat nach der Veröffentlichung des *Postman* wurde man in Hollywood auf den neuen Star aufmerksam, den man ja quasi im eigenen Haus sitzen hatte. Plötzlich erhielt Cain lukrative Angebote als Scriptwriter, und die MGM zeigte Interesse an einer Verfilmung des *Postman*. Cain unterschrieb einen Vertrag zur Abtretung aller Film- und Theaterrechte an MGM für die vergleichsweise bescheidene Summe von 25 000 Dollar – eine Entscheidung, die er sein Leben lang bedauern sollte.

Zu einer Verfilmung des Romans kam es allerdings erst zwölf Jahre später. Das Hays Office, die berüchtigte hollywoodinterne Zensurbehörde, sperrte sich eisern gegen eine Freigabe des Stoffes. Zuviel Sex, zuviel Leidenschaft und alles zusammen viel zu deutlich. Das dünne Taschenbuch drohte ja bereits die Moral der amerikanischen Leser und eventuellen Kinogänger zu unterminieren, was konnte da erst ein Film anrichten? Was dem Hays Office dabei am schwersten zu schaffen machte, war die suggestive Kraft der Leidenschaft, mit der Cain die Story in Bewegung hielt und die aus dem moralischen Mieder der zehn Gebote mindestens die zwei mächtigsten Korsettstangen, Mord und Ehebruch, umstandslos herauszubrechen vermochte.

«Das Hays Office sperrte sich bei der Originalstory hauptsächlich gegen die niedrige Einstellung der Charaktere», sagte der Regisseur des Films, Tay Garnett, als MGM sich zehn Jahre später entschloß, ein reichlich verwässertes Script des *Postman* zu produzieren. «Wir haben den Ton der Geschichte etwas angehoben. Man könnte vielleicht sagen, wir haben die Sache aus der Gosse, na ja: auf den Bürgersteig geholt.»

Der Film, den Garnett 1946 nach einem Drehbuch von Harry Ruskin und Niven Bush für den MGM-Produzenten Carey Wilson drehte, wurde im Vergleich zu Cains Roman eine reichlich unterkühlte Angelegenheit. Wilson war zwar stolz darauf, das Hays-Office umgestimmt zu haben, allerdings hatten sich die moralischen Maßstäbe Hollywoods ohnehin längst gewandelt.

Seit dem Ende des Krieges hatten Filmblut und Leinwandtod für viele Kinobesucher ihren Schrecken verloren, und die sogenannten *red-meat*-Filme wurden in Hollywood zu Dutzenden heruntergekurbelt. Bis zu jener Deutlichkeit, mit der Cain zum ersten Mal Frank und Cora aufeinander losläßt – «Ich biß sie. Ich wühlte meine Zähne so fest in ihre Lippen, daß mir das Blut in den Mund spritzte. Es rann ihr den Hals herab, als ich sie die Treppe hochtrug.» – wagten sich jedoch auch Wilson und Garnett noch nicht vor.

Lana Turner, die von MGM zum neuen Sexsymbol aufgebaut wurde, und John Garfield gaben zwar ihr Bestes, blieben aber fraglos weit hinter Cora und Frank zurück. Cain selber hielt nicht viel von dem Film.

Zwei andere Verfilmungen seines Romans, die bereits 1939 bzw. 1942 in Frankreich und Italien entstanden waren, bekam Cain nie zu sehen. Pierre Chenals ‹Le Dernier Tourant› verschwand in der Bedeutungslosigkeit der Filmarchive, die italienische Version dagegen schrieb Filmgeschichte.

Als der junge Regie-Assistent Luchino Visconti Anfang der vierziger Jahre auf die Suche nach einem geeigneten Sujet für seinen ersten eigenen Film ging, fand er unter seinen Papieren eine maschinengeschriebene französische Übersetzung des *Postman*, die ihm Jean Renoir einige Jahre zuvor gegeben hatte. Visconti nahm sich Cains Text vor, verlegte die Tankstelle samt Kneipe ins Po-Delta, machte aus Frank den Landstreicher Gino, aus Cora Giovanna und legte das Script der faschistischen Zensurbehörde vor, die ihm sofort Schwierigkeiten machte. Visconti stellte sich taub, drehte den Film und gab ihm den Titel *Ossessione*. Bei der ersten Vorführung in Rom schlug er wie eine Bombe ein, das Publikum tobte vor Begeisterung – ein derart realistisch gezeichnetes Bild des zeitgenössischen Italien hatte es im Kino noch nie gegeben. Was die Leute zu sehen bekommen hatten, sollte zum Auslöser für eine ganze Welle von Filmen werden, die unter dem Begriff ‹Neorealismus› zusammengefaßt wurden.

Da weder Visconti noch Chenal sich um die Filmrechte des Romans gekümmert hatte, sperrte MGM sich vehement gegen eine Zulassung der Filme in den USA. Erst 1975 – 33 Jahre später – gab man eine Genehmigung für eine einmalige Vorführung von *Ossessione* auf dem Filmfestival von New York.

1980 ließ MGM Cains Roman ein zweites Mal verfilmen. Das Drehbuch schrieb der Theaterautor David Mamet, als Kameramann verpflichtete man Ingmar Bergmans langjährigen Mitarbeiter Sven Nykvist, Regie führte Bob Rafelson, der mit Jack Nicholson schon mehrere Filme gedreht hatte. Nicholson nämlich spielte Frank Chambers, und entsprechend war der Film ganz auf ihn zugeschnitten. Rafelson lud die neue Version ordentlich mit Sex auf, Nicholson nahm die Chance wahr, sich mit Herzenslust an seiner Partnerin Jessica Lange zu schaffen zu machen, und spielte, wie so oft, hauptsächlich sich selber und weniger Frank Chambers. Das Ganze hüllte man in ein Ambiente aus Original-Werbeschildern, -Autos und -Kostümen der dreißiger Jahre, und Cora und ihr Mann hießen jetzt wieder Papadakis wie in Cains Roman und nicht mehr Smith wie in Garnetts Film – ein Name, den die deutsche Synchronisation damals merkwürdigerweise in Mill abgeändert hatte.

8

Bereits im Sommer 1934 begann Cain auf Veranlassung von MGM mit der Niederschrift einer Bühnenversion des Romans. (Bei MGM glaubte man allen Ernstes, mit einer erfolgreichen Broadway-Produktion den Roman am Hays-Office vorbeimanövrieren und unbehelligt verfilmen zu können.) Nach mehreren Textrevisionen und einem Probelauf in Philadelphia wurde das Stück am 25. Februar 1936 mit Richard Barthelmess und Mary Philips als Frank und Cora im Lyzeum-Theatre in New York uraufgeführt. Die meisten Kritiker verrissen die Aufführung, und nach 73 Vorstellungen wurde das Stück abgesetzt.

1953 versuchte sich eine Tourneetruppe um Tom Neal und Barbara Payton in Pittsburgh, Chicago und St. Louis erneut an dem Stück.

9

In den dreißiger Jahren soll es einen Popsong mit dem Titel *The Postman Always Rings Twice, The Iceman Walks Right In* gegeben haben.

10

Eine deutsche Übersetzung des Romans erschien erstmals 1950 im Rowohlt Verlag. Die Schriftstellerin Hilde Spiel und ihr Ehemann Peter de Mendelssohn hatten sie gemeinsam besorgt, ein Glücksfall, vergleicht man sie mit Übersetzungen anderer amerikanischer Kriminalromane aus den vierziger oder fünfziger Jahren, bei deren Lektüre man den Verdacht nicht los wird, daß die deutschen Übersetzer der Nachkriegszeit nicht nur schlecht bezahlt waren, was manche Nachlässigkeiten verständlich macht, sondern vor allem erheblichen Nachholbedarf besonders in Sachen Umgangssprache hatten. So fielen etwa die Romane Hammetts, Chandlers oder Ross MacDonalds regelmäßig übersetzerischen Notschlachtungen zum Opfer. Viele von Cains späteren Romanen erlitten dasselbe Schicksal, und erst 1989 entschloß man sich bei Goldmann, einige von Cains Romanen neu übersetzen zu lassen, so zum Beispiel *Double Indemnity*, Cains zweites Meisterwerk, das 1969 als ‹1000-Volt-Roman› unter dem schwachsinnigen Titel *Den Haien zum Fraß* für die Bastei-Lübbe-Taschenbuchserie ‹Razzia› von einem gewissen L. Overhoff zur Unkenntlichkeit verunstaltet worden war.

Hilde Spiel und Peter de Mendelssohn dagegen bewiesen Einfühlungsvermögen und schafften es, *The Postman Always Rings Twice* mit erstaunlich kühnen Wendungen aus der Umgangssprache zu übertragen. Sogar der Titel *Die Rechnung ohne den Wirt*, für den man sich damals entschied, trifft den Tenor der Geschichte um Cora und Frank. Besser jedenfalls als die spekulative Halbherzigkeit *Wenn der Postmann zweimal klingelt...*, mit der seit 1960 (und bis heute) bei Heyne eine Taschenbuchausgabe verlegt wird.

11

James M. Cain schrieb zwischen 1918 und 1977 zwanzig Romane, vier Theaterstücke, zwei Dutzend Short Stories und Hunderte von Artikeln, Essays und Kolumnen. Geboren 1892 als Sohn eines Collegeprofessors in Annapolis, Maryland, verfaßte er mit 22 ein paar Kurzgeschichten, die niemand haben wollte, und zog vier Jahre später nach Baltimore, um als Zeitungsreporter sein Geld zu verdienen. Im selben Jahr meldete er sich zur Army, wurde nach Frankreich verschickt, wo er – ganz Journalist – ein Frontblättchen herausgab. Zwischen 1919 und 1931 schrieb er sich mit beharrlicher Arbeit von Baltimore über New York, wo er es bis zum stellvertretenden Chefredakteur des *New Yorker* brachte, nach Hollywood und verdiente dort bis 1948 sein Geld mit ‹konfektionierter Unterhaltung›. Sein Name taucht allerdings im Vorspann von grade mal drei Filmen auf, während Hollywood im gleichen Zeitraum sieben seiner Romane verfilmen ließ, ohne daß er auch nur an einem der Drehbücher beteiligt gewesen wäre. 1948 zog er zurück an die Ostküste, arbeitete als freier Schriftsteller, konnte allerdings nie mehr an seine Erfolge der dreißiger Jahre anknüpfen und geriet fast völlig in Vergessenheit. Ende der sechziger Jahre wurde er von einer Reihe von jungen amerikanischen Schriftstellern wie Tom Wolfe, David Madden oder Joyce Carol Oates wiederentdeckt. 1977 starb er in Hyattsville, Maryland im Alter von 85 Jahren.

Er war viermal verheiratet, darunter mit der Hollywoodschauspielerin Aileen Pringle und der Opernsängerin Florence Macbeth.

12

Die englische Schriftstellerin Rebecca West in einem Brief an Cain: «Sie waren ein Narr, nicht in Frankreich auf die Welt zu kommen. Hätten Sie diese kleine Vorsichtsmaßnahme getroffen, die Intellektuellen würden Sie neben Gide und Mauriac stellen.»

13

Albert Camus gab bei mehreren Gelegenheiten zu, daß *The Postman Always Rings Twice* ihm als Vorbild für seinen Roman *Der Fremde* gedient habe.

14

James M. Cain hatte zeitlebens das offene Gesicht eines Mannes, dem man jenen sprichwörtlich gewordenen Gebrauchtwagen anstandslos abkaufen würde. Mit seiner mächtigen Nase und den dichten buschigen Augenbrauen wirkt er auf den meisten Fotos wie der grummelige Herr aus dem Nachbarhaus, der Bücher schreibt und überraschenderweise für die Kinder immer Bonbons in der Hosentasche hat. Also wie Nick Papadakis und ganz und gar nicht wie Frank Chambers. Es gibt allerdings eine Aufnahme Cains aus den vierziger Jahren, wo er mit Lana Turner an einem Restauranttisch sitzt und ein recht verschmitztes Grinsen aufgesetzt hat.

15

Es gibt gute und schlechte Kriminalromane, und es gibt eine Reihe von amerikanischen Kriminalschriftstellern, deren Handschrift auf fast jeder Seite ihrer Bücher ohne weiteres zu erkennen ist: Hammett, Chandler, Cornell Woolrich, Jim Thompson,

Patricia Highsmith, Charles Willeford, Joseph Wambaugh, Elmore Leonard. Diese Brillanz stilistischer Sicherheit hat James M. Cain mit einer Handvoll seiner Romane blindlings erreicht, Büchern wie *The Postman Always Rings Twice, Double Indemnity, Serenade, Career In C-Major, The Embezzler* oder *The Butterfly*. Mit vielen seiner späteren Romane wie *Sinful Woman* oder *The Magician's Wife* konnte er dagegen nicht mehr an diesen Standard anknüpfen. Die Erklärung dafür ist überraschend einfach: Cain beherrschte das Erzählen in der Ich-Form wie kaum ein anderer – und hatte offensichtlich enorme Schwierigkeiten, die Rolle des auktorialen Erzählers einzunehmen, ein Problem, über das er sich selber im klaren war, was ihn allerdings dazu veranlaßte, es regelmäßig mit grimmiger Energie erneut in Angriff zu nehmen. Sobald er jedoch versuchte, aus der Haut seiner Hauptfigur zu schlüpfen, Vorgänge, Umgebungen, Gefühle von außerhalb des Geschehens zu erzählen, wurden seine Sätze länger und länger, die Stories unübersichtlich, die Personen bekamen etwas Monströses und Unglaubwürdiges, kurz: Die Romane wirkten plötzlich überladen und schwerfällig. Und beinahe hätte Cain mit diesem Fehler seine literarische Karriere begonnen (und vermutlich in den Sand gesetzt): Den allerersten Entwurf für den *Postman*-Roman schrieb Cain noch in der dritten Person…

16

Wenn Dashiell Hammett und Raymond Chandler für den Kriminalroman das waren, was Miles Davis und Dizzy Gillespie für den Jazz – Künstler, die rigoros mit den alten Ideen und Stilvorstellungen aufräumten und neue Maßstäbe setzten –, dann war James M. Cain Thelonious Monk, jener merkwürdige Vogel in der Ecke, der dankbar all die neuen Ideen zur Kenntnis nahm, bloß um sie per waghalsiger Nuancen an den entscheidenden Stellen noch einmal auf den Kopf zu stellen. (Wenn man einmal davon absieht, daß Gillespie, Davis und Monk gute Freunde waren, wohingegen Chandler Cain nicht ausstehen konnte, ihn für einen ‹Proust in schmierigen Overalls› und ‹Abschaum der Literatur› hielt und Cain wiederum von Hammett keine zwanzig Seiten gelesen hatte.)

17

James M. Cain, 1934 in einem Brief an seinen Verleger Alfred Knopf: «Mir wäre es lieber, Sie würden mich nicht mehr als ‹tough› verkaufen. Ich habe mich bei den New Yorker Kritikern schon darüber beschwert, daß sie mich immer in die ‹hard-boiled›-Schublade stecken. ‹Tough› oder ‹Hard-boiled› wäre das letzte, was mir in den Sinn käme, und solch eine Abstempelung tut mir überhaupt nicht gut. Ich habe es nämlich auf was ganz anderes abgesehen. Mich bei den ‹tough young men› einzusortieren bringt bloß alles durcheinander.»

18

H. L. Mencken schreibt in seinem Monumentalwerk *The American Language*, daß die Verdrängung des Wortes ‹letter carrier› durch ‹postman› in der amerikanischen Umgangssprache zu einem großen Teil James M. Cains Roman zu verdanken sei.

Günther Grosser, geboren 1955 Lauffen / Neckar. Seit 1980 freier Journalist. Zahlreiche Veröffentlichungen in TAGESZEITUNG; STUTTGARTER ZEITUNG, SÜDDEUTSCHE ZEITUNG MAGAZIN, TIP, RIAS BERLIN, PFLASTERSTRAND etc. 1991 Gewinner des TAZ-Kurzgeschichten-Wettbewerbs.

ULRICH GENZLER

Kill For Fun – dem Serienmörder auf der Spur

I

Das ist nicht Torenwut;
es ist getan, eh sich erkühlt mein Blut
Macbeth

Vorbei sind die Zeiten des gepflegten englischen Countryhouse-Mordes, längst Vergangenheit die ausrechenbare ruchlose Tat aus Habgier, Eifersucht oder Angst vor Entdeckung. Heute sollte es schon ein blutrünstiger Psychopath, eine lüsterne Mordbestie sein, die ihre Opfer in kunstvoll-orgiastischen Zeremonien abschlachtet. Und viele, viele Leichen müssen her.

Morde unterliegen Moden – eine Binsenweisheit. Schaut man sich die Produktionen der amerikanischen Verlage an, dann sind es eindeutig die Serienkiller, die weit vorne liegen. Etwas überspitzt: Die Serienkiller haben knapp die Nase bzw. die Axt vorn, dicht gefolgt von den Kinderpornographen. An der Spitze unangefochten: Hannibal the Cannibal aus *Das Schweigen der Lämmer* von Thomas Harris, als Film und als Buch auch bei uns ein Bestseller.

Doch wer den Weg in die Buchhandlung oder ins Kino scheut, wird auch so gut versorgt: Interessiert, mit leichtem Schauder und mildem Entsetzen entnehmen wir beinahe täglich der Seite ‹Vermischtes› unserer Tageszeitung neue Schreckensmeldungen von der Serienkillerfront: daß der im August verhaftete vierunddreißigjährige Gelegenheitsportier Donald Leroy Evans in einer

Art Litanei Bluttat um Bluttat gesteht (bisher 60 Frauen seit 1977), daß im Kühlschrank von Jeffrey Dahmer, 31, vier Köpfe und ein Herz gefunden wurden, in einem Kochtopf ein Penis und im Schlafzimmer die Polaroid-Fotos, die alle Phasen der Verbrechen dokumentieren, daß vor dem Staatsgefängnis in Florida Volksfeststimmung herrscht, weil der Serienkiller Theodore Robert Bundy nach medienträchtigen Prozeßwochen inklusive Blitzheirat im Gerichtssaal schließlich auf dem Elektrischen Stuhl hingerichtet wird. Die Auflistung grauenerregender Taten und bizarrer Reaktionen darauf ließe sich endlos fortsetzen. Amerika scheint einen neuen Heldentypus geboren zu haben, der als Sprößling eines nicht gerade kleinen Stammbaums ganz die dunklen Seiten des amerikanischen Traums verkörpert.

Stellt sich die Frage, ob dieser Typus wirklich so neu ist, wie die momentan flächendeckende Bombardierung glauben machen will.

Natürlich halten nicht erst heute scheinbar sinnlose Blutorgien, rasende Gemetzel und Opfertaten des Bösen die Menschen in Atem. Und neu sind auch keineswegs der Schrecken und der Reiz, die von Gestalten ausgingen wie Gilles de Rais, einem Mitstreiter Jeanne d'Arcs, der mehr als 140 Kinder auf seinem Schloß massakriert haben soll, Jack the Ripper, der unerkannt blieb, als er im Herbst 1888 sechs Prostituierte tötete und danach grausam verstümmelte, oder Fritz Haarmann, der in den zwanziger Jahren seinen jungen männlichen Opfern die Kehle durchbiß und sie dann verspeiste. In Amerika dagegen häufen sich die Taten der Massenmörder in der jüngeren Geschichte: Ed Gein, der 1957 in Plainfield, Wisconsin, verhaftet wurde, baute aus den Knochen seiner Opfer Sessel und bekleidete Schaufensterpuppen mit der Haut ermordeter Frauen. Diesem Horror sollten weitere Greueltaten von Serienmördern wie John Wayne Gacy, Gary Heidnik, Charles Whitman, Richard Speck, Charles Starkweather und Henry Lee Lucas folgen.

Ed Gein markiert auch einen Meilenstein in der Geschichte der Überführung des Phänomens in die etablierten Kulturbereiche: Als Norman Bates wurde er (in allerdings stark abgeschwächter Form) zum Protagonisten von Alfred Hitchcocks *Psycho* (1961) und damit zum auch heute noch berühmtesten Psychopathen der Filmgeschichte. Hitchcock mutete dem Publikum damals einiges zu, indem er den Mörder zur einzigen möglichen Identifikationsfigur des Films machte und den Zuschauer gnadenlos in der Zange aus Angst und Sympathie zappeln ließ. *Psycho* aber war nicht nur wegweisend in der ambivalent-charismatischen Darstellung des Killers, sondern entpuppte sich auch ungewollt mit der fünfundvierzigsekündigen Mordsequenz unter der Dusche als Keimzelle des Splatterfilms mit seiner Ansammlung an durchgeschnittenen Kehlen und abgeschlagenen Köpfen, blitzenden Messern und schwingenden Äxten. Als wichtige Vertreter dieser maskenbildnerischen Meisterleistungen seien hier nur *Friday the 13th* von Sean S. Cunningham und *The Texas Chainsaw Massacre* von Tobe Hooper genannt, denen mittlerweile diverse Sequels gefolgt sind.

Ein anderer Bereich der populären Kultur hatte schon immer seine dunkle Seite, und lang ist die Reihe der Beispiele für die wechselseitige Beziehung von Rockmusik und Massenmord. Das reicht von Bruce Springsteens Stück auf seinem *Nebraska*-Album über den Serienmörder Charles Starkweather bis zu Hardcore Bands, die sich *Ed Gein's Car, Son of Sam* oder *Manson Youth* nennen. Charles Manson mit seiner eigenen Rockgeschichte, seiner besonderen Beziehung zu den Beach Boys *(Cease to Exist)*, seinem Kultstatus wäre ein eigenes umfängliches Kapitel des Teufelspaktes von Rock und Mord.

Auch die literarische Adaption von Serienmorden hat Geschichte. Jim Thompsons Roman *Der Mörder in mir (The Killer Inside Me)* von 1952 bringt mit Lou Ford ein frühes Beispiel für den hochgradig psychopathischen Charakter, der nach außen als Sheriff einer kleinen Stadt den biederen, braven Bürger verkörpert, in Wirklichkeit aber ein Killer ist, der seine Morde mit emotionsloser Präzision ausführt, getrieben von einem ‹inneren Dämon›. Thompsons in der Ich-Form geschriebener Roman operiert schon sehr stark mit Identifikationsangeboten an den Leser, der immer zwischen Abscheu und Sympathie schwankt.

Exemplarisch für die B-Fiction-Gattung der Serienkiller-Romane, die den Splattermovies im Filmbereich entsprechen, seien hier die Bücher von Jack Cannon erwähnt, die in Amerika in der ersten Hälfte der siebziger Jahre erschienen. Hinter dem Pseudonym verbirgt sich kein Geringerer als der Bestsellerautor Nelson DeMille, der in einem Interview mit dem Magazin Underground selbst sagt, daß er sich mit der Joe-Ryker-Serie seine traumatischen Vietnamerfahrungen von der Seele geschrieben hat. In *Bis aufs Blut (The Cannibal)* zum Beispiel knallt ein Ex-GI durch und wird zum Menschenfresser, der bei seiner Odyssee als Blinder Passagier nach New York dreißig Matrosen vertilgt und dadurch auf den Geschmack kommt.

Aber auch die A-Liga hat sich zunehmend dem Thema gestellt: Mit Beginn der achtziger Jahre treten Autoren an die Öffentlichkeit, in deren Werk psychopathische Gestalten stark und stärker im Vordergrund stehen: 1981 erschien *Red Dragon* von Thomas Harris, der direkte Vorgänger zu *Das Schweigen der Lämmer*, James Ellroy hat mit der brachialen und doch facettenreichen Darstellung von Psychopathen sein Thema gefunden, und auch Elmore Leonard, dessen *crime novels* schon sehr viel früher von einem breiten Spektrum psychopathischer Gangster bevölkert werden, wendet sich in seinem 1985 erschienenen Roman *Glitz* mit der Figur des Teddy Magyk einem Serienkiller zu, dessen Zwang, Frauen zu töten, nur von dem Bedürfnis unterbrochen wird, an dem Mann Rache zu üben, der ihn vor Jahren in den Knast gebracht hat.

Die Reihe der Beispiele für die Bedeutung des Serienkillers in allen populären Bereichen der Kultur ließe sich endlos fortführen, ein Phänomen also mit einer langen Geschichte. Neu ist allerdings die ungeheure Massierung des Themas in den Verlagsproduktionen. *Angel of Darkness, Confessions of Son of Sam, Buried Dreams – Inside the Mind of a Serial Killer, Thrill Killers – True Protrayals of America's Most Vicious Murderers* oder

Rules of Prey, egal ob *True Crime, Fact, Faction* oder *Fiction*, der Serienkiller ist all hier. Neu scheint auch der Grad der Brutalität in der Darstellung der Untaten zu sein, da werden genüßlich und immer aufs neue die Grenzpfähle der Tabuzonen nach hinten versetzt. Als zentrales Merkmal der aktuellen Entwicklung ist allerdings festzuhalten, daß die Gewaltwoge, die bereits seit Beginn der achtziger Jahre vorwiegend die amerikanische Öffentlichkeit überspült, von den Rändern her in die respektable Mittelzone vorgedrungen ist. Der Medienerfolg von *Das Schweigen der Lämmer* und die nicht abreißen wollende Diskussionswut im Feuilleton über ‹American Psycho› sind Ereignisse, die nicht mehr in einem ausgrenzbaren Genre-Ghetto stattfinden, sondern im lukrativen Zentrum des Kulturbetriebs. Deshalb ist viel, was mit Serienkillern zu tun hat, nicht neu, sondern wird nur neu und breit zur Kenntnis genommen.

II

> Ich wußte, ich würde es wieder und wieder tun müssen.
> *Martin Michael Plunkett*

Serienkiller handeln nach festen Regeln. Was auf den ersten Blick wie ein unkontrollierter Blutrausch aussieht, vollzieht sich nach einer genau umrissenen inneren Logik, die nachzuvollziehen natürlich intensivster Beschäftigung mit dem Täter und seinen verborgenen Motiven bedarf. Doch bei aller gebotenen Differenzierung haben die wissenschaftliche Aufarbeitung, zum Beispiel von Ronald M. Holmes und James D. Burger in ihrem Buch «Serial Murder», und die polizeipsychologischen Untersuchungen einer Vielzahl von Fällen, zum Beispiel der FBI-Akademie in Quantico, signifikante Gemeinsamkeiten erbracht, sowohl im Bereich der äußeren Kennzeichen als auch der entwicklungssoziologischen und psychologischen Hintergründe:

Im Zentrum steht natürlich der Wiederholungscharakter. Der Killer kann nicht anders, als es immer wieder zu tun. In der weit überwiegenden Mehrzahl werden Serienmorde außerdem unter vier Augen begangen, wobei sich Täter und Opfer fast immer fremd oder nur oberflächlich bekannt sind. Der Serienmörder hat das Bedürfnis zu töten, ohne daß Habgier und Leidenschaft im herkömmlichen Sinn der Antrieb wären und ohne daß das Opfer den Täter provoziert.

Auffallend ist dabei die Vorliebe für archaische Waffen, denn die Mörder töten meist mit Äxten, Messern, Hämmern oder den bloßen Händen, sehr viel seltener mit der Pistole. Der amerikanische Psychiater Park Dietz, der in seiner Studie über 130 Opfer von Serienmorden festgestellt hat, daß 58 Prozent von ihnen erwürgt wurden, meint dazu: «Erwürgen wird von den Tätern vorgezogen, für die der Tod etwas Intimes sein soll. Es erfordert Körperkontakt und vollzieht sich gewöhnlich Auge in Auge.»

Die Formen der sexuellen Befriedigung beim Töten scheinen ausgesprochen vielfältig zu sein, wobei nur etwa jeder zweite Serienmörder sein Opfer vergewaltigt. Die andere Hälfte befriedigt sich auf andere Weise. Dadurch können auch Verbrechen einen sexuellen Ursprung haben, bei denen sich keine offensichtlichen Spuren erkennen lassen.

Die verhältnismäßig geringe Aussicht der Polizei, Fälle dieser Art zu lösen, hat ihre Gründe: Da nach außen nachvollziehbare Mordmotive – wie Familienstreit, Habgier, Beseitigen von Zeugen – fehlen, läßt sich nie eine Brücke vom Opfer zum Killer schlagen. Die Findigkeit der Täter, die ihre überdurchschnittlich hohe Intelligenz ganz in den Dienst der Verschleierung ihrer Taten stellen, tut ein übriges. Oft können sie viele Jahre ihrer Mordlust nachgehen, ohne daß in ihrem Alltagsverhalten Auffälligkeiten entdeckt würden. Sie leben als der nette Nachbar oder zurückgezogene Kollege in ihren sozialen Zusammenhängen und zeigen nur unter ganz bestimmten Voraussetzungen ihre dunkle, unbekannte und ganz andere Seite. Dadurch versagen auch die auf kriminelle Milieus ausgerichteten polizeilichen Raster. Kein Wunder also, daß sich das Gefühl der Bedrohung angesichts der polizeilichen Ratlosigkeit zu massenhysterischen Phänomenen bei der Bevölkerung steigern kann.

Bei der entscheidenden Suche nach den Triebfedern, nach den Gründen und Motiven, die die dunkle Seite des Serienmörders bestimmen, fördern die Kriminalpsychologen John Douglas und Robert Ressler in ihren FBI-Untersuchungen bemerkenswerte Gemeinsamkeiten der von ihnen untersuchten Fälle zutage. Eine besondere Rolle in der seelischen Entwicklung scheint eine gestörte Mutterbeziehung zu spielen, und in der Hälfte aller Fälle verschwand der Vater der späteren Täter vor deren zwölftem Lebensjahr aus ihrem Leben. Außerdem gab die überwiegende Mehrzahl der Befragten an, in der Kindheit physisch, psychisch und sexuell mißbraucht worden zu sein. Das klingt fast zu einfach, um wahr zu sein, und den Kurzschluß, hier allein die Gründe für eine Zukunft als Serienmörder zu sehen, vermeiden auch die amerikanischen Wissenschaftler. Sie sprechen dagegen von einer ‹gefährlichen Chemie› dieser Faktoren, verbunden mit einem frühen antisozialen Hang zum Einzelgängertum und häufig bizarren sexuellen Neigungen.

Die zwangsläufig stark vergröbernden Raster der statistisch-soziologischen Kriminalpsychologie können nur sehr unzureichende Antworten auf die komplexen Fragen geben, die die Schreckenstaten der Serienmörder aufwerfen. Vielleicht ist die (Genre-)Literatur mit ihren Möglichkeiten der Differenzierung dem Phänomen eher gewachsen.

Als geradezu paradigmatische Studie eines Serienkillers läßt sich James Ellroys Roman *Stiller Schrecken (Silent Terror)* lesen. Ellroy erzählt die Geschichte des Killers Martin Michael Plunkett, besser, er läßt ihn selbst erzählen: über seine Kindheit in Los Angeles, seine Eltern, «die nicht die Leidenschaft (besaßen), mich zu mißhandeln oder zu lieben», den Verlust des Vaters, der auf Nimmerwiedersehen verschwindet, seine frühen machtorientierten Phantasien und ausgeklügelten ‹Gehirnfilme›, sein Einzelgängertum, seinen Selbsthaß und die «Sexbilder, die mich ohne Sinn und Verstand attackierten». Zwei Konstanten seiner Jugend werden ihn sein Leben lang nicht mehr loslassen: die Liebe zu Shroud Shifter, dem Bösewicht aus *Cougarman Comix*, der ihm immer als Leitfigur des Bösen erhalten bleiben wird, und der Haß auf seine Mutter, die er durch das heimtückische Vertauschen eines Medikaments dazu bringt, sich in der Badewanne die Pulsadern aufzuschneiden. «Während ich auf den Krankenwagen wartete, schöpfte ich mit beiden Händen das Blut meiner Mutter und trank es mit tiefen Zügen.» (Nur am Rande: Hier vermischen sich auf publikumswirksame Weise Obsessionen des Autors mit der Psychologie des Serienkillers.) Zunächst kann er noch mit ungeheurer Selbstdisziplin die in ihm keimende Mordlust in den Zwang, «zu beobachten und zu stehlen», kanalisieren, doch die sexuelle Befriedigung beim Beobachten von fremden Liebespaaren genügt ihm schon bald nicht mehr, und eines Tages schlägt er zu, mit seiner Axt. Obwohl der Leser eigentlich schon lange damit rechnen muß, trifft ihn die plötzliche Blutwoge wie ein Schock.

Auf der sich anschließenden ziellosen Reise des Mordens quer durch die USA kommt es zum aberwitzigen Zusammentreffen mit einem anderen Serienkiller *(Richmond Ripper meets Wisconsin Whipsaw)*, der hinter der perfekten Tarnung als aufrechter Cop dem zwanghaften Morden brünetter Frauen gefahrlos nachgehen kann. Zunächst nutzt der Polizist seine beruflichen Möglichkeiten, um sich schützend vor Plunkett zu stellen, doch als er selbst verhaftet wird, opfert er Plunkett, um sich vor dem elektrischen Stuhl zu retten.

Stiller Schrecken ist ein Roman der akribischen Recherche. Eine Fülle von Fakten, Protokollen und Untersuchungen ähnlich gelagerter Fälle fließt in die Horror-Odyssee des Marty Plunkett ein. Denn neben der beispielhaften Entwicklung des Killers erfahren wir auch alles über die Gesetze der Tat: In der Unmittelbarkeit der Ich-Erzählung werden wir mit dem Wiederholungszwang konfrontiert, mit der Bedeutung des Schlüsselreizes, der eruptiv zum Auslöser der Morde wird (bei Marty die blonden Haare), mit den Wurzeln, die dieser Reiz in traumatischen Erfahrungen der Kindheit hat, mit dem Zwang der Fixierung des Augenblicks durch Fotos, wie er bei vielen multiplen Mördern belegt ist, mit der perfekten generalstabsmäßigen Vertuschung der Tat und mit der oft nur kurzfristigen sexuellen Erlösung im Blutrausch.

Bei aller kompositorischen Raffinesse läuft Ellroy Gefahr, durch diese Verdichtung der Detailfülle Plunkett zu einem Modell-Killer zu machen, bei dem hinter vielen Attributen und Handlungen unfreiwillig die Recherche hervorschaut. Das tut dem Werk als Roman nicht gerade gut, als Anschauungsmaterial aber findet das Buch nicht seinesgleichen. Deshalb, weil *Stiller Schrecken* auf vielen verschiedenen Ebenen und fast spielerisch die gesellschaftlichen Dimensionen der Serienmorde zeigt. Das beginnt mit dem authentischen Rahmen, in den die Fiktion eingebunden ist: Martin Michael Plunkett schreibt aus dem Gefängnis heraus seine Memoiren, die nach Fertigstellung durch einen literarischen Agenten versteigert und als große Verlagsveröffentlichung erscheinen sollen. Damit spielt Ellroy auf den wahren Fall des Serienmörders David Berkowitz an, besser bekannt als Son of Sam, dessen ‹offizielle Autobiographie› kurz nach seiner Verurteilung zu dreißig Jahren Zuchthaus im Fachorgan Publishers Weekly angekündigt wurde, inklusive Honorarprognosen in zweistelliger Millionenhöhe. Als Folge dieser Affäre, die großes Aufsehen erregte, wurde im Staate New York schließlich das sogenannte ‹Son-of-Sam›-Gesetz erlassen, das verurteilten Straftätern untersagt, von der Medienauswertung ihrer Verbrechen zu profitieren. Der Killer als lohnende Investition der Informationsindustrie – ungeachtet des Ausgangs dieser Episode wird die Hemmungslosigkeit der Auswertung des realen Schreckens in der Medienwelt am Ende des zwanzigsten Jahrhunderts deutlich. Und Serienmörder stehen in der Publikumsgunst an der Spitze; nur so können Rekordhonorare zustande kommen.

Ellroys Roman, formal einer solchen Biographie entsprechend, ist durchsetzt mit einer authentischen Ebene der Presseauszüge, die Plunketts Geschichte kommentierend unterstützen, ergänzen, manchmal auch vorantreiben. Hier werden die Aufklärungsversuche der Polizei festgehalten, hier werden Hintergründe über die vorher namenlosen Opfer vermittelt und Aufklärungshinweise eines gewissen Martin Michael Plunkett vorgestellt. Der Täter selbst nimmt teil an der Suche nach ihm. Ellroy hat hier einem Aspekt Rechnung getragen, der im Zusammenhang mit realen Fällen immer wieder erwähnt wird: dem extremen Interesse des Mörders an seinen Verfolgern und die Sucht nach Öffentlichkeit. Der Bonner Psychologe Rolf Degen weist in *Psychologie heute* darauf hin, «daß auch die Gier nach Bekanntheit und Publizität ein wichtiges Motiv des Handelns ist» und «sich manche Serienmörder sogar aktiv in die polizeilichen Ermittlungen einmischen, was ihnen erneut den Rausch der Macht und der Dominanz beschert». Ted Bundy zum Beispiel erkundigte sich ständig bei seinen Verfolgern nach dem Fortgang der Ermittlungen, und einige Täter haben sogar die verscharrten Leichen wieder ausgebuddelt und zwecks besserer Auffindbarkeit «präsentiert», um nicht um ihre «Show» betrogen zu werden.

Die Öffentlichkeitsgier des Mörders ist wichtiger Aspekt der Zeitungsausschnitte in *Stiller Schrecken*, die vielfältigen Reaktionen der Bevölkerung auf die Mordserien ein anderer. Das reicht von Lynchmob-Aktionen bis zu einem Phänomen, in dem die ganze Ambivalenz im öffentlichen Umgang mit den Serienmorden deutlich wird: der Namensgebung. Poetische Ausdruckskraft äußert sich in den Namen, die den Killern angehängt werden: Richmond Ripper, Aspen Assassin, Vegas Vulture, Wisconsin Whipsaw, Sexecutioner wird gestabreimt oder prägnant verkürzt. Natürlich stehen die realen Wortschöpfungen den fiktiven eines James Ellroy in nichts nach. Das unbekannte Böse wird domestiziert, indem es benannt wird, und ist der griffige Name erst einmal gefunden, haben alle Ängste und Schrekken, aber auch alle dunklen Reize und geheimen Sehnsüchte einen Bezugspunkt, an dem sie sich entfalten können.

Doch wie geheim sind die Sehnsüchte wirklich? Verweist

nicht die fast liebevolle Titulierung auf eine Form der Heldenverehrung, die sonst allenfalls im Sport zum Zuge kommt? *The Serial Killer is the Murderer as Superstar*, nannte der britische Autor John Williams seinen Beitrag in der Zeitschrift *Face*, in dem er das dämonische Charisma beschreibt, das legendären Mördern wie Ted Bundy, Ed Gein, Henry Lee Lucas und Charles Manson Fan-Post und Heiratsanträge bescherte. Und Oliver Huzly weist im Nachwort zu *Stiller Schrecken* darauf hin, daß die Serienmörder «einen verborgenen Nerv der amerikanischen Seele (berühren). Amerika ist besessen von seinen Serienmördern; es erkennt intuitiv, daß der Serienmörder die finale, wenn auch pervertierte Form des klassischen Helden ist».

Schaut man sich den gigantischen Erfolg von Hannibal the Cannibal in Buch und Film an, dann verbietet es sich, das Phänomen bequemerweise als ureigenes amerikanisches Spezifikum abzutun. Dem Charisma des genialen Monsters Hannibal Lecter in «Das Schweigen der Lämmer» als letztem Vertreter hemmungsloser Individualität in einer Massengesellschaft kann man sich nur schwer entziehen, auch wenn der Verstand Schranken einbaut, weil nicht sein kann, was nicht sein darf.

So gesehen ist Marty Plunkett in *Stiller Schrecken* das Opfer seines radikalen Anspruchs auf Freiheit. Der Anthropologe Elliot Leyton weist in seiner Studie über Serienmörder *Hunting Humans* auf den Zusammenhang zwischen den eruptiven Taten des Mörders einerseits und der tiefgreifenden Krise andererseits hin, die alle Industrienationen, aber besonders Amerika erfaßt hat: eine industrielle und soziale Krise, die sich in den kulturellen Formen fortsetzt und den idealen Grundgedanken der unbegrenzten Freiheit zu einem schmerzlichen, aber folgerichtigen Ende führt. Der amerikanische Traum von der unbegrenzten Freiheit, der anderswo kaum weniger intensiv geträumt wird, hat alle Möglichkeiten der Realisierung, die zum Beispiel im *Go west* noch gegeben waren, eingebüßt. Aus dem Elend der persönlichen Situation oder der sozialen Demontage gibt es kein Entfliehen mehr. Es bleibt nur noch die Wahl zwischen Unterordnen oder Untergehen.

Der Serienmörder aber nimmt die ideale Freiheit wörtlich, und er zieht den radikalen Schluß, daß er sie sich nehmen muß, wenn sie ihm verweigert wird. Auch Marty Plunkett agiert nach dieser kompromißlosen Prämisse, und der erste Mord wird als Akt der Befreiung gefeiert, der ihn aus «einer schrecklichen Kette von Konflikten – innere Schlachten, geschlagen von den Puzzlesteinen meiner erwachenden Triebe» befreit. Er baut sich ein eigenes, weitgehend autarkes Wertsystem, das einem in sich geschlossenen, logisch funktionierenden Denken entspringt. Die Angst vor der Entdeckung hat hier nichts mehr mit etablierten Schuldkategorien zu tun, sondern nur mit dem Horror vor einem erzwungenen Mord-Entzug im Gefängnis.

Ein wichtiger Aspekt der Tat- und Tätercharakterisierung ist bei Ellroys akribischer Recherche allerdings bezeichnenderweise untergegangen, und dieses Fehlen ist ein weiteres Symptom dafür, daß Ellroy letztlich dazu neigt, seine Killerhelden zu charismatisieren und ihrem Heldentum Vorschub zu leisten: Allenfalls Tragik im Scheitern wird ihnen zugestanden, nicht aber *Langeweile.* Nur in der ziellosen Odyssee Plunketts wird so etwas wie Monotonie sichtbar, die dann aber gleich wieder durch Highlights wie das Aufeinandertreffen der beiden Killer aufgefangen wird. Langeweile aber ist es, die als Antriebskraft für die realen Taten immer wieder genannt wird und auch eine Vielzahl der Mörderpersönlichkeiten (entgegen ihren Bildern in der Öffentlichkeit) charakterisiert.

Sehr intensiv setzt sich gerade mit diesem Aspekt der Engländer Derek Raymond auseinander in seinem Roman *I Was Dora Suarez* (deutsch: *Ich war Dora Suarez, Black Lizard Bücher*). Langeweile kann geradezu als Schlüssel funktionieren, um an die beiden höchst gegensätzlichen Arten der Killer-Darstellung heranzukommen: auf der einen Seite der hochintelligente, smarte, gutaussehende Marty Plunkett, dessen «brillantes Gedächtnis» und «absolute Offenheit» den Leser in den zweifelhaften Genuß einer atemberaubenden dreihundertseitigen Autobiographie eines Modell-Killers kommen lassen. Auf der anderen Seite der namenlose psychopathische Killer bei Derek Raymond, der mit seiner Axt ein Massaker in einem Apartment in London anrichtet, bei dem zunächst die junge Dora Suarez, dann die sechsundachtzigjährige Betty Carstairs Opfer seiner ungehemmten Vernichtungswut werden. Hier gibt es keine faszinierenden Intelligenzleistungen und keine Brillanz des Erinnerns, hier gibt es nur stumpfsinniges Unvermögen, ungezügelten Selbsthaß – und Langeweile: «Er erkannte ein Problem nicht als Problem, genau wie die Bewohner einer Irrenanstalt, die aus diesem Grund in der Anstalt sind. Sie selbst sind das Problem, und es ist für sie zu groß, um es zu lösen – diese Sucht, diese undefinierbare Traurigkeit, der plötzliche Verlust der Gefühle oder der wilde Wunsch zu töten oder die Nase eines anderen abzureißen oder in einen überfüllten Zug zu scheißen. Nun, wenn man keine Ahnung hat, was ein Problem ist, dann ist es äußerst unwahrscheinlich, daß man es lösen kann. In diesem Fall zeigte der Killer das klassische Syndrom der Langeweile: Er klammerte sich buchstäblich an das Leben, indem er sich an sein Leben erinnerte – oder besser, indem er sich genau an die Gegenwart und überhaupt nicht an die Vergangenheit erinnerte. Das bot ihm, aber nur ihm, die Illusion des Lebens. Jeder, der herausfand, daß es in Wahrheit nichts weiter als eine Illusion war, mußte verschwinden, und das war der Moment, in dem der Reißverschluß der Sporttasche aufgezogen wurde.» Der Killer ist kein verkappter Held, kein charismatisches Monster, hier wird jeder voyeuristische Ansatz im Keim erstickt, jede sich regende Sympathie für den Täter verweigert, übrig bleibt einzig Banalität und Gewöhnlichkeit. «Langeweile und Killer sind fast das gleiche. Langeweile und Verzweiflung erklären die meisten Morde.» Damit wird der Mörder bei Raymond vom Podest des Besonderen heruntergestoßen; statt dessen öffnet uns Raymond die Augen für die Opfer und bricht die automatische Distanz zu dem, was anderen angetan wird, schonungslos auf.

III

Tote Menschen sind alle auf dem gleichen Level.
Charles Starkweather

Sexuelle Motive liegen den meisten Greueltaten der Serienmörder als Antriebsfeder zugrunde. Um aber die Pathologie der Killer besser in den Griff zu bekommen, haben die amerikanischen Wissenschaftler eine Typisierung erarbeitet, eine Art Katalog ohne Anspruch auf Vollständigkeit, der die verschiedenen Formen des *Serial Killers* genauer umreißt und der auch Bereiche erfaßt, in denen die Sexualität nur eine untergeordnete Rolle spielt. Neben dem *hedonistischen* Killer, der seine Opfer allein um des Nervenkitzels willen abschlachtet, und dem *machtorientierten* Killer, dessen Kick darin besteht, Macht und Kontrolle über ein vollkommen hilfloses Opfer auszuüben, werden noch der *visionäre* und der *missionarische* Killer genannt.

Der visionäre Typus fühlt sich durch Eingebungen, Stimmen und Visionen zum Morden gedrängt. Das bekannteste Beispiel für einen solchen Täter ist David Berkowitz, der seine Morde an mehreren Liebespärchen in den siebziger Jahren als ‹Son of Sam› auf Befehl eines 6000 Jahre alten Mannes (Sam) begangen haben will. James Ellroy bezieht sich, wie bereits erwähnt, in seinem Roman *Silent Terror* auf dieses ‹Vorbild›, wenn er Marty Plunkett auf Befehl der Comic-Figur Shroud Shifter agieren läßt, was so weit getrieben wird, daß Plunkett nach den Morden wie Son of Sam den Opfern die Initialen SS in die Haut schneidet.

Der missionarische Typus ist von dem Trieb beseelt, eine bestimmte Gruppe auszulöschen, weil er sie für das Übel der Menschheit verantwortlich macht. Das können Prostituierte, Homosexuelle oder Landstreicher sein, in Marcel Montecinos Roman *Kalt wie Gold (Crosskiller)* sind es die Juden: Ein haßbeseelter Rechtsradikaler zieht zunächst nur als Sprayer antisemitischer Wandschmierereien seine Spur durch Los Angeles, bald jedoch beginnt er seine Parole ‹Kill The Jews› wörtlich zu nehmen. Er beginnt einen Mordfeldzug, der allerdings durchaus nicht auf die «jüdische Verschwörung» begrenzt bleibt, da auch persönliche Rechnungen beglichen und gewaltsame Sexualphantasien befriedigt werden. Hier ist die Fiktion genauer als die wissenschaftliche Aufarbeitung, indem die Beschränktheit eng gefaßter Typenkataloge offengelegt wird. Deutlich wird, daß es wohl die hochbrisante Mischung der Motivbereiche ist, die die Serienmorde charakterisiert, wobei zweifelsfrei bestimmte dominante Merkmale benannt werden können.

Marcel Montecino fügt den antisemitischen Killer in das differenzierte Bild einer aus den Fugen geratenen großstädtischen Zivilisation ein. Damit verweist er nachdrücklich auf zwei Aspekte der gesellschaftlichen Dimension multipler Mörder: erstens auf ihr Entstehen aus dem anonymen Gewaltpotential krisengeschüttelter urbaner Zusammenhänge, wenn der Serienmörder den allgegenwärtigen sozialen Ungerechtigkeiten mit dem letalen Egalitarismus «tot sind alle gleich» begegnet. Und zweitens auf die besondere Art der Reaktionen von Menschen, die täglich mit unkontrollierbarer großstädtischer Gewalt konfrontiert sind.

In diesem Kontext hat der Serienmörder auch die Funktion, die durch die massiv und hautnah erlebten alltäglichen Exzesse der Brutalität geschürten Ängste zu kanalisieren. Er wird zum Repräsentant für alles Schlechte in der Zivilisation und lenkt von den tatsächlichen gewaltproduzierenden Machtstrukturen ab, indem er zum beherrschenden Thema der Medienberichterstattung wird. An diesem Punkt der Public-Relation-Auswertung überschneiden sich in Montecinos Roman dann zynischerweise die Interessen der jüdischen Gemeinde und des Ku-Klux-Klans, die beide versuchen, den *Crosskiller* für ihre Zwecke als PR-Waffe einzusetzen.

In der gebrochenen Figur des aggressiven, schießwütigen, auf der Flucht vor den Dämonen seiner eigenen Vergangenheit befindlichen Polizisten Jack Gold, der sich dem Terror des Psychopathen stellt, führt Montecino schließlich einen zentralen genreimmanenten Aspekt des Serienmörders im Kriminalroman vor. Endgültig vorbei scheinen die Zeiten des Detektivs, der mit seiner überlegenen Kombinationsgabe in der Schlußszene die Fährten der Schuld ordnet. Das Image des Poirotschen Ermittlers hat in der Geschichte des Kriminalromans schon viele Risse bekommen, der Serienmörder versetzt ihm endgültig den Todesstoß. Was helfen Intelligenz, Beobachtungsgabe, Schnelligkeit und Mut angesichts eines Gegners, der mit äußerer Logik nicht zu fassen ist, der sich einen geschlossenen Kosmos eigener Gesetze schafft, der sich mit seinen Taten scheinbar ganz aus dem Regelzusammenhalt der menschlichen Gemeinschaft herauskatapultiert? Aussichten auf einen Fahndungserfolg kann sich nur der noch erhoffen, der instinktiv erkannt hat, daß er beim Serienkiller mit den dunklen Seiten seiner eigenen Seele zu kämpfen hat.

IV

Ein heiliger Krieg. Und ich mache keine
Gefangenen!
Bella

Der typische Serienmörder ist männlich und 20 bis 40 Jahre alt; zu diesem Ergebnis kommt jedenfalls die amerikanische Studie der FBI-Akademie in Quantico. Und die weit überwiegende Zahl der Opfer sind Frauen. Nur eine «Gesellschaft, die den Frauenhaß so total verinnerlicht hat, ihm ständig neue Nahrung gibt und ihn ermutigt, kann einen Mörder vom Typ eines Peter Sutcliffe hervorbringen», meint die britische Krimi-Autorin Joan Smith im Vorwort der Essay-Sammlung *Misogynies*. Sie nimmt dabei auf die Mordserie des Yorkshire Rippers Peter Sutcliffe Bezug, der Ende der siebziger Jahre in Nordengland elf Frauen umbrachte und verstümmelte. Und sie fährt fort: «Ich lebe in einer Kultur, die nicht nur sexistisch ist, sondern auch manchmal tödlich sein kann.»

Helen Zahavi hat als Reaktion ein kraß gegenläufiges Szenario entworfen. In ihrem Roman *Schmutziges Wochenende (Dirty Weekend)* führt Bella einen heiligen Krieg. Sie macht Schluß damit, immer nur Opfer und damit gleichzeitig auch schuldig zu sein: «Du bist das, was wir lammfromm nennen. Und beim Anblick eine Lamms bekommen manchmal sogar die Zuschauer gute Lust, Mörder zu werden... Du bist die wandelnde Verlockung, Bella. Du verlockst sie mit deiner Schwachheit.» Bella erwacht und begreift, daß man Täter werden muß, wenn man nicht ewig Opfer bleiben will. Sie ermordet Männer, und sie geht nicht gerade zimperlich vor: «Bellas Gerechtigkeit ist nicht die biblische Gerechtigkeit. Niemals könnte sie ein Auge für ein Auge und einen Zahn für einen Zahn nehmen. Bei solch schlapp-schlaffer Gleichmacherei würde ihr höchstens das Kotzen kommen. Sie will ein Auge für einen Zahn und ein Leben für ein Auge», so die Autorin.

Sie erschlägt und überfährt, erschießt und erstickt. Das aber erfordert einiges an Legitimation. Helen Zahavi operiert hier mit einer Umkehrung der Täter-Opfer-Konstellation: Die Leichen in ihrem heiligen Krieg sind die eigentlichen Täter. «Was sie begehren, müssen sie besitzen. Was sie nicht besitzen können, müssen sie penetrieren. Was sie nicht penetrieren können, müssen sie zerstören.» Die Furie aber hat die Opferrolle abgestreift und gönnt sich jetzt sogar den Rausch der Macht über Leben und Tod. «Sie hatte nicht gewußt, daß man sich so lebendig fühlen konnte.»

Am Schluß trifft sie dann unter dem Pier von Brighton auf einen männlichen Serienkiller. Es kommt zum Kampf der Gladiatoren. Schon scheint sie der männlichen Technik unterlegen zu sein – sie verharrt im Stahlgriff des Gegners, gleich wird er sie wie alle Opfer schlitzen, da kann sie den unerwarteten und entscheidenden Schlag setzen: Sie penetriert ihn mit ihrem glänzenden Klappmesser, stößt und stößt und stößt. Der männliche Lustmörder hat letztlich keine Chance gegen die Kämpferin des Heiligen Krieges, gegen die Mörderin mit missionarischem Auftrag.

Helen Zahavi legt keinen großen Wert auf psychologische Fundierungen und differenzierende Charakterisierungen. «Schmutziges Wochenende» ist ein Buch der holzschnittartigen Hervorhebung, auf einen groben Klotz gehört eben auch ein grober Keil. Hier geht alles ruck, zuck, hier wird ein Exempel statuiert, bei dem die Köpfe rollen.

Ein Mann hat versucht, dem Thema der weiblichen Verstrikkung in Serienmorde eine völlig andere Dimension abzugewinnen: In David L. Lindseys komplexem Roman *Abgründig (Mercy)* werden die Geschlechterrollen im Fokus von Täter und Opfer neu gefaßt. Carmen Palma, die einzige Frau in der Männerwelt des Houstoner Morddezernats, wird auf eine Mordserie angesetzt, bei der die Opfer attraktive, blonde, erfolgreiche Frauen sind, die immer im gleichen schrecklichen Zustand vorgefunden werden: mit Bißwunden übersät und «aus erstaunten, lidlosen Augen in die Ewigkeit blickend». Außerdem sind die Opfer alle aufwendig geschminkt. Carmen Palma versucht sich zusammen mit dem Serienmord-Spezialisten Special Agent Grant und dem Rüstzeug der bereits erwähnten FBI-Studie dem Täter zu nähern. Dabei werden die Ergebnisse der Untersuchungen ausführlich referiert und diskutiert, und auch in einem signifikanten Erfahrungswert orientiert sich die Polizei ganz an der Studie: «...daß Sexualmorde ausschließlich eine Männerdomäne sind. Weibliche Sexualmörder hat es nie gegeben. Alle anderen ja, aber keine *sexuell motivierten* Morde von Frauen. Also eliminieren wir von Anfang an die Hälfte der Bevölkerung.» Eine axiomatische Annahme mit Folgen. Es werden Persönlichkeitsdiagramme des Täters erarbeitet, es werden Hypothesen über den Tathergang erstellt, mögliche Opfer-Täter-Relationen entwickelt, aber immer bleibt ein ungeklärter Rest. Und die Mordserie geht weiter. Zunächst verhalten, doch dann immer dringender beginnt Carmen Palma die Möglichkeit eines weiblichen Täters in ihren Ermittlungshorizont miteinzubeziehen. In der lesbischen Sado-Maso-Szene stößt sie auf Verhaltensmuster, die ihren heterosexuellen Pendants genau entsprechen. Bei ihren

Recherchen muß sie sich permanent gegen die festgefahrenen Fronten des männlichen Polizeiapparates zur Wehr setzen, für den nicht sein kann, was sich nicht schon einmal ereignet hat. Als schließlich die Täterin gestellt wird, bestätigt sich die Annahme, daß Kindesmißbrauch der rote Faden dieser Fälle war, sowohl bei den Opfern, die alle als Patienten des Psychiaters Dr. Broussard sich von ihren Traumata zu befreien suchen, als auch bei der Täterin, die bei den sado-masochistischen Praktiken das vereinbarte, die Torturen beendende Codewort mißachtete und in der Todesqual der Opfer ihre eigene kindliche Ohnmacht nachvollzog und rächte.

Lindsey bleibt mit seiner Konstruktion den empirischen und psychoanalytischen Erklärungsansätzen der bisherigen Untersuchungen verhaftet, erweitert sie aber überzeugend um den entscheidenden Punkt der potentiellen weiblichen Täterschaft. Er läßt die Frauen in der Rolle der Opfer und damit auch die gesellschaftlichen Determinanten unangetastet. Seine Ergänzung der möglichen Täter um die unbeachtete «zweite Hälfte» erweist sich im Licht der radikal wachsenden Zahl der ungeklärten Fälle als zumindest so plausibel, daß die Frage Carmen Palmas an ihre männlichen Kollegen erlaubt sei: «Aber glauben Sie, daß Sie dieses Phänomen wirklich definitiv ausgeschöpft haben?»

V

> Ich will doch nur, daß man mich liebt.
> *Patrick Bateman*

«Wir leben in schrecklichen Zeiten», sprudelt es völlig unkontrolliert aus dem Mund von Patrick Bateman am Schluß des lakonisch überschriebenen Kapitels *Versuch, Girl zu kochen und zu essen* in Bret Easton Ellis' Roman *American Psycho*. Bateman als Prototyp dieser schrecklichen Zeiten zu bezeichnen wäre ein Euphemismus. Denn er wendet den völligen Verlust der ihm mitgegebenen Fixpunkte – «Prinzipien, Unterschiede, Entscheidungsfreiheit, Moral, Kompromisse, Bildung, Einheit, Gebet» – und sein Leiden an diesem Verlust auf ihm eigene Weise. Pat Bateman verbringt den lieben langen Tag damit, sich immer wieder aufs neue in seine Designer-Klamotten zu werfen, in den angesagtesten Restaurants einen Tisch zu ergattern, geile «Hardbodies» anzumachen, über die gewinnträchtigsten Junk Bonds und seine neue Clinique-Peeling-Lotion zu reflektieren, im *Xclusive* Fünferserien zu je zehn Wiederholungen an den Beinmaschinen hinzulegen, seine Platin-Am-Ex-Card als Koksunterlage zu benutzen – mit einem Wort, Bateman ist ein Wall-Street-Yuppie, wie er im Buche steht. Ein Faible jedoch unterscheidet ihn von seinen Kollegen, mit denen er endlosen Small talk über Modefragen, Fickfleisch, den Fisher Account und das Hauptthema, wer ist wer, führt: Er mordet. Und zwar möglichst sadistisch und möglichst oft. Während der Leser im ersten Teil des Buches bei den schier endlosen Männer-Vogue-Litaneien allenfalls angesichts der latenten, nur mühsam gezügelten Gewalttätigkeit Batemans und seiner unorthodoxen Einkaufsgewohnheiten – hier mal ein Set Schlachtermesser, da mal eine Axt – hellhörig wird, bricht sich im zweiten Teil eine unglaubliche Lawine aus Blut, Knochen, Hirnmasse, Sadismus und Bestialität Bahn. Zunächst werden Penner auf offener Straße geblendet, gemetzelt und geschlachtet, dann wird ein Kollege genüßlich mit der Axt erschlagen, schließlich werden Prostitutierte und Bekannte im orgiastisch-sadistischen Blutrausch hingerichtet. Und niemand interessiert sich dafür. Das Leben geht weiter, *business as usual.* Nur Bateman kann in dieser Welt der völligen Ignoranz seine Fassade allein durch die ständige Bedröhnung mit Valium, Xanax, Halcion, Nuprin, Sominex, Ecstasy und natürlich Koks aufrechterhalten, während die Metzeleien immer ungehemmter werden.

Bei aller Verselbständigung der Gewalt ist sich der Held immer bewußt, in welcher Tradition er steht: Ed Gein, Son of Sam, Bruce Boyner und Ted Bundy, die berühmten Serienkiller der amerikanischen Geschichte, gehören, zusammen mit Charles Manson, zu seinen Lieblingsthemen, mit denen er bei *Harry's* seine gelangweilten Kollegen nervt. Doch Bateman unterscheidet sich von seinen ‹Vorgängern› in einer zentralen Bestimmung: Seine Morde sind wahllos. Während die genannten Serienkiller auf genau umrissene Schlüsselreize hin, nach engen Regeln und einem unbezähmbaren Wiederholungszwang aktiv wurden, liefert Bateman ein buntes Potpouri aus missionarischem Ausradieren des «Abschaums», konventionellem Kollegenmord und hedonistischem Lustmord. Gemeinsamer Nenner sind allein das Stillen seines Blutdurstes und die Sucht nach Empfindung, die scheinbar nur noch in gesteigerter Brutalität zu erfahren ist. Dahinter steht der zum Scheitern verurteilte Versuch, mit dem Bolzenschußgerät die scheinbar uneinnehmbare Fassade der Wallstreet-Yuppie-Welt zu zertrümmern, die gleichzeitig jedoch seine lebensnotwendige Aura ist.

Dieses Szenario erweckt den Eindruck eines Versuchsaufbaus, der die Figuren in synthetischer Flachheit verharren läßt. Sicher, der Roman handelt von der Kultivierung der Oberfläche, die sich auch durch Batemans Taten nicht zerstören läßt. Diese Thematisierung der Oberfläche aber müßte nicht in Oberflächlichkeit ausarten; tut sie aber.

Diese Oberflächlichkeit betrifft auch den Protagonisten als Killer, dessen wahlloses Agieren einer populären Konzeption des Serienkillers frönt, die etliche tatsächliche Grundmuster im Handeln des multiplen Mörders ignoriert. Denn tatsächlich gibt es eine wichtige Übereinstimmung im Aktionismus der realen Vorbilder: Auch wenn die Beweggründe des Killers von außen nur schwer nachzuvollziehen sind, so gehorcht er doch einem sogenannten intrinsischen Motivsystem, das in der Tiefe seiner Seele verankert ist und sich psychologisch ergründen läßt. Der Außenstehende kann sich oft keinen Reim auf das Handeln machen, und doch gibt es für den Mörder selbst einen Sinn und eine innere Logik. Indem Ellis diese fundierende Ebene ausblendet, verweist er zumindest in den Metzelszenen auf Handlungsmuster des Splatterfilms, der den Killer und Psychopathen auf eine populäre Horrorauswahl seiner schlimmsten Eigenschaften reduziert und diese Attribute aus reinem Selbstzweck ins Extreme steigert, um dem Zuschauer ein Höchstmaß an Torturen bieten zu können.

Entgegen den Intensionen des Splatterfilms mündet dieses Vorgehen bei Ellis allerdings in einen weiteren Versuchsaufbau, den der Autor auf der Rückseite der deutschen Ausgabe freimütig erklärt: «So kam ich auf die Idee, diese absurde Trivialität mit extremer Gewalt zusammenzuführen. Wenn die Leute angewidert oder gelangweilt sind, werden sie etwas über ihre eigenen Grenzen als Leser herausfinden. Ich möchte ihre Selbstzufriedenheit herausfordern, provozieren... Teilweise handelt *American Psycho* vom Exzeß – immer dann, wenn die Leser denken, mehr Gewalt oder noch eine Beschreibung oberflächlichen Verhaltens nicht mehr ertragen zu können, wird noch mehr passieren – und ihre Antwort darauf ist es, was mich interessiert.» Doch warum soll man sich diesem wenig lustvollen Versuch stellen, wenn man es doch dem Helden gleichtun und *Friday the 13th* in der Videothek ausleihen kann?

So ist das Buch, das am lautesten mit dem Serienkiller hausieren geht, eigentlich kein Buch zum Thema. Hier ist der Serienkiller nichts weiter als eine plumpe Metapher für den gierigen Materialismus der Yuppie-Ära. *American Psycho* ist ein langweiliges Buch über einen gelangweilten Menschen, der mit seinen banalen Möglichkeiten seiner eigenen Banalität nicht entfliehen kann, und es ist ein Buch über Gewalt, die, sei es eher zufällig oder weil es Mode ist oder weil der Serienkiller einfach Höchstleistungen an totem Menschenfleisch garantiert, einem multiplen Mörder angehängt wird.

VI

> Wenn irgendwelche Leute in mir ein Monster sehen, dann ist das etwas, dem sie sich in sich selber stellen müssen.
> *Ted Bundy*

Das Gefühl, nur im Vernichten eines anderen Menschen ganz zu sich selbst zu kommen, der Zwang, immer wieder im Blut des anderen die eigene sexuelle Befriedigung zu suchen, die Lust, auch die letzten Grenzen niederzureißen, die Sucht nach der extremsten Form der Intimität, wenn es nur noch Täter und Opfer gibt – viele der tief verborgenen Antriebsfedern des Serienmörders in der Literatur zeigen in ihrer Unabdingbarkeit eine verblüffende Verwandtschaft zu radikalen Kunsttheorien des 20. Jahrhunderts: Der multiple Mörder lebt in der extremsten Form des Egoismus das, was der schaffende Mensch in der Sublimierung der Kunst sucht; Ted Bundy und Hannibal Lector führen metzelnd und häutend aus, was dem wilden antibürgerlichen Impuls im Werk eines George Bataille, Henry Miller oder Rolf Dieter Brinkmann zugrunde liegt: das lodernde Verlangen, endlich eins zu sein. Hierin liegt ein großes Faszinosum des Serienmörders als des finalen Fighters für die Freiheit des Menschen und kompromißlosen Executors einer enthemmten Welt.

Dieser höchst gefährliche Reiz geht mit der medialen Gewaltüberflutung eine teuflische Verbindung ein. Wenn der tägliche Schrecken per Nachrichtensendung in die Wohnzimmer schwappt, wenn die fiktive Präsenz des Todes als Ketchup-Schlacht per Video allgegenwärtig ist, wenn gleichzeitig die akute Bedrohung in den amerikanischen Großstädten erschreckende Ausmaße annimmt, dann muß die Schraube des Gewaltkitzels mächtig angezogen werden, um überhaupt noch Wirkung zu zeigen. Und mit jeder neuen Umdrehung wird der Horror unwirklicher, wird die reale Gewalt unrealistischer.

Doch worin genau besteht die Faszination des Serienmörders, der zum Filmhelden und Bestseller-Protagonisten wird?

Gerade die kenntnisreiche psychologische Auslotung des dämonischen Charakters in der Literatur spielt mit einer Seite unserer Seele, deren Existenz wir nicht wahrhaben wollen und deren Abgründe nur schwer für uns zu fassen sind. Die eruptiven Taten des Serienmörders, die uns wie aus einer fremden Welt erscheinen, rühren an das in uns schlummernde Gewaltpotential. Dabei entsteht ein schillerndes Amalgam aus Angst, Erregung und dem beruhigenden Gefühl, in relativer Sicherheit zu sein. Denn für den wahren Genuß muß eine Bedrohung vorhanden sein, darf aber eine gewisse Grenze der Konkretheit nicht überschritten werden. Wo hingegen der reale Schrecken zu nahe kommt, wird aus dem lustvollen Schauder nackte Angst.

«Das Ende des Detektiv-Romans ist der unbestrittene Sieg der Ratio – ein Ende ohne Tragik, aber verquickt mit jener Sentimentalität, die ein ästhetisches Konstituens des Kitsches ist. Kein Detektiv-Roman, in dem nicht der Detektiv das Dunkel lichtete und die banalen Fakten ohne Lücke erschlösse.» So konnte sich Siegfried Kracauer noch 1925 zum Thema äußern. Heute bleibt zu konstatieren: kein Sieg der Ratio weit und breit, kein gelichtetes Dunkel, allenfalls etwas Kitsch. Und das hoffnungspendende Gefühl, daß der Detektiv-Roman und seine vielfältigen Ableger mit den Anforderungen gewachsen sind.

Erwähnte Romane zum Thema Serienmörder

Jim Thompson: Der Mörder in mir (The Killer Inside Me), Ullstein 1982
Jack Cannon: Bis aufs Blut (The Cannibal), Goldmann 1989
Thomas Harris: Das Schweigen der Lämmer (The Silence of the Lambs), Heyne
Thomas Harris: Roter Drache (Red Dragon), Heyne
Elmore Leonard: Glitz (Glitz), Heyne
James Ellroy: Stiller Schrecken (Silent Terror), Ullstein
Marcel Montecino: Kalt wie Gold (Crosskiller), C. Bertelsmann Verlag

Helen Zahavi: Schmutziges Wochenende (Dirty Weekend), Goldmann
David L. Lindsey: Abgründig (Mercy), Scherz
Bret Easton Ellis: American Psycho (American Psycho), Kiepenheuer & Witsch

Bücher zum Thema

Tim Cahill, Buried Dreams, Inside The Mind of a Serial Killer, New York 1986
Ronald D. Holmes/James D. Burger: Serial Murder, Newbury Park, 1988
Elliot Leyton: Hunting Humans. The Rise of the Modern Multiple Murderer, London 1986
Joel Norris: Serial Killers. New York 1988
Robert K. Ressler/Tom Shachtman: Whoever Fights Monsters, New York 1992
Robert K. Ressler et al: Sexual Homicide, Lexington 1988
Joan Smith: Misogynies. Frauenhaß in der Gesellschaft, München (dtv) 1992
Weitere einschlägige Literatur findet sich unter der Rubrik «Mayhem» im Katalog «Amok» des gleichnamigen Versenders in Los Angeles.

Ulrich Genzler, geboren 1956, ist verantwortlicher Lektor u. a. für die Krimi-Reihe im Goldmann Verlag. Er lebt in München.

MICHAEL KOGLIN

Dreierwette

An den Hauptstarter, Start frei in zwei Minuten. Noch zwei Minuten bis zum Start.»

Die Stimme aus dem Lautsprecher dröhnte in seinen Ohren. Carl zog die Wettscheine aus der Innentasche seines Jacketts und überflog die angekreuzten Felder. Nur jetzt keinen Fehler machen. *Schwarzer Steward* mußte als erstes Pferd die Ziellinie passieren, die vier Favoriten hatte er für die Dreierwette dazukombiniert. Die Eventualquoten, die unten als Leuchtziffern auf der Totalisatoranzeige erschienen, signalisierten einen Gewinn von mindestens 4000 Mark. Nur wenige Wetter trauten *Schwarzer Steward* einen Sieg zu.

Carl schaute zu Paul hinüber, der mit hochgeschobener Brille über der Rennzeitung brütete. Der würde diesen Tag nicht so schnell vergessen. Den Tag, ab dem er nicht mehr so großkotzig im Altersheim mit seinem Wettglück prahlen konnte. Und auch Lydia würde endlich begreifen, daß Paul nichts anderes war als ein Schaumschläger. Ein Prahlhans, ein Aufschneider, ein Windhund.

Paul kritzelte ahnungslos in seinem Programmheft, kreiste Startnummern ein, unterstrich die Namen von Trainern. Mit der linken Hand lockerte er seinen Kragen.

«Du mußt dich beeilen», sagte Carl.

«Ja, ja. Was hältst du von *Windwärts*?»

«Keine Chance gegen *Kaktusblüte*.»

«Aber *Windwärts* ist schon einssiebzehn die Meile gelaufen und dann die Gewinngelder. Ansteigender Formspiegel.»

Carl zuckte mit den Achseln.

Paul tappte im dunkeln. Natürlich würde er nicht diesen winterlahmen *Windwärts* tippen. Nein, das war einer seiner dummen Tricks. Aber auf den *Schwarzen Steward* war er bislang auch nicht gekommen.

Paul kreuzte die Felder auf dem Wettschein an und verdeckte die Karten mit der anderen Hand. Geheimniskrämerei.

Lächerlich fand Carl das. Ein lächerliches Ritual, das er sich hier auf der Bahn jeden Donnerstag und Sonntag bieten lassen mußte. Genau wie Pauls beutefrohes Grinsen, wenn er mit einem Gewinn vom Schalter zurückkam. Dann tänzelte er geradezu mit zwei Bechern auf die Tribüne, schüttete sich den Kaffee über die Hände. Einverstanden, der Mann hatte sich nicht im Griff, nur, mußte er deshalb tänzeln? Und dann die Prahlerei mit seinem Wettrekord.

Paul konnte sich seinen Gewinn von 2000 Mark an den Hut stecken. Zwei Jahre war das her, doch noch immer redete er davon, langweilte Lydia und schaute sie dabei an wie ein liebeskranker Kanarienvogel.

Auf der Bahn trottete *Windwärts* vorbei, zog den Sulky, als schien ihm das ganze Rennen lediglich eine lästige Pflicht zu sein. Ohne Spannung und Nervosität, ohne Aufregung und Angst.

Das Pferd musterte neugierig die Zuschauer, die unten an der Bahn standen und die Tagesform der Starter taxierten. Paul biß sich auf die Oberlippe.

«Keine Chance», sagte Carl. «Vielleicht *Schwarzer Steward*?»

Paul würde nicht auf ihn hören.

«Wohl einer deiner speziellen Geheimtips, was? Seit Monaten kein Sieg, der tritt doch nur als letzter im Feld die Löcher zu.» Pauls Brille rutschte auf die Nase.

Du wirst dir deinen beschissenen Rekord krümelweise von der Oberlippe kauen, dachte Carl und hob das Fernglas.

Hinten bei den Ställen prüften Fahrer, die nicht an diesem Rennen beteiligt waren, die Bahn. Sie schlugen ihre Fußspitzen in den feuchten Sand des Geläufs und verständigten sich gestikulierend über die Bodenfestigkeit. Nein, *Schwarzer Steward* würde das Rennen machen. Sollte Carl doch die erfolgreichen Trainer ankreuzen, die Bestzeiten vergleichen oder die bisher eingelaufenen Gewinngelder berechnen, auf das Wesentliche würde er nicht kommen: Es regnete.

Schwarzer Steward war das Pferd, das bei diesem Wetter nicht zu schlagen war. Ein Regenpferd. Jahrelang hatte er die Sieger nach ihrer Witterungsform eingeschätzt. Nicht, daß alle Pferde davon abhängig waren, aber warum sollte man das Feld der Starter nicht neben den Allwetterpferden in Regen-, Wind- oder Sturmpferde einteilen, seinen Wettschein nach Frostlahmen und Hitzekranken ausfüllen? Traf bei Regen ein Pferd wie *Schwarzer Steward* auf ein Feld von Schönwettergäulen, dann war der Gewinn so gut wie sicher. Er hatte nur warten müssen.

Auch Lydia hatte er von seiner Idee erzählt. «Das ist ja eine richtige Geheimwissenschaft, wie?» hatte sie gesagt und ihm zugezwinkert.

«An den Hauptstarter, der Start ist frei. Start frei.»

Paul stopfte das Programm in die Tasche und hastete durch die Schwingtür zu den Wettschaltern im Innenraum der Tribüne.

Auch Carl erhob sich von seinem Platz. Auf der Bahn trabten die Pferde an den Startwagen heran. *Schwarzer Steward* war wie immer nervös, warf den Kopf zur Seite, sprang an, ruckte den Sulky unwillig rückwärts. Der Fahrer ließ die Zügel auf den Rücken des Pferdes klatschen. Die grüne Vier auf dem Pferderücken leuchtete im Flutlicht der Bahn. Diese Vier würde Paul das Genick brechen, mit Hilfe dieser Vier würde er heute abend zusammen mit Lydia eine Flasche Champagner trinken. Echten, versteht sich. Klar, auch Paul würde er ein Glas anbieten. Anstoßen auf den neuen Rekord.

Pauls Platz war noch leer. Hinter der Glasscheibe, an der sich der Nieselregen zu größeren Tropfen sammelte, die dann lange Fäden nach sich ziehend hinunterglitten, formierten sich die Gespanne.

Der Startwagen fuhr an.

Die Pferde fielen in einen lockeren Trab und gruppierten sich hinter ihre Startnummern auf der quergestellten Leiter. Der Wagen passierte die 2100-Meter-Marke und beschleunigte. Die Leiter klappte zusammen.

Ein schrilles Klingeln signalisierte den Start der Pferde. Auf der Tribüne erlosch das Licht. Das Gemurmel erstarb, und das Grau des Hamburger Himmels breitete sich über die Stuhlreihen und Stehplätze.

Mit dem Schwung der Pferde, die sich mühten, den davonfahrenden Wagen einzuholen, versuchten die Fahrer ihren Gespannen in dem enger werdenden Feld eine freie Spur zu erkämpfen.

Carl drehte sich um. Nichts zu sehen von Paul. Wie sollte er es ihm sagen? Am besten, er würde ohne großes Gerede Kaffee holen und ihm dann wortlos und lächelnd die Scheine zeigen. Viertausend Mark in Hundertern, das würde dem großkotzigen Paul das Maul stopfen. Nein, besser, er holte Bier. Paul vertrug kein Bier. Und sagen würde er ganz beiläufig: «Wir haben einen neuen Rekord.»

Carl tastete nach seinen Wettscheinen. Das Bündel pulsierte vor seinem Herzen.

Bereits vor der ersten Kurve trabte *Schwarzer Steward* an die Spitze und bestimmte das Tempo. *Kaktusblüte* folgte, *Attika* war im vorderen Feld zu sehen, und *Tacco* kam nicht frei. Noch 2000 Meter zu traben. Kein Problem für *Tacco*, und *Schwarzer Steward* würde sich die Spitzenposition ohnehin nicht mehr nehmen lassen. Nicht bei Regen. *Kaktusblüte* sprang an. «Disqualifiziert die Sechs, rot», schnarrte der Lautsprecher das Urteil der Rennrichter. Es wurde direkt über Funk aus dem neben dem Feld auf einer Innenbahn fahrenden Kleinbus auf die Stadionlautsprecher gegeben.

Carl setzte sein Fernglas vor die Augen. Es hatte keinen Sinn, jetzt noch auf Paul zu warten. Der würde sich den Rennverlauf unten im Parterre anschauen. Vielleicht aß er eine Bratwurst, vielleicht hatte er jemanden getroffen. Hauptsache, er kam rechtzeitig zur Auszahlung. Zur Abrechnung. Carl lächelte.

«Lydia, wir müssen aufpassen, daß Carl nicht seine ganze Rente verzockt.»

Carl hörte das Lachen von Lydia, und ein paar andere an den Nebentischen hatten ebenfalls mitgelacht.

Und dann hatte Paul wieder von seinem Rekord geredet und wie er sein Geld gebunkert hatte. «Gebunkert», sagte er, wenn er abends das Geld herumzeigte, und «gebunkert» sagte er, wenn er Lydia die Scheine wie eine Trophäe auf den Tisch warf. Gebunkert! Das hier war doch kein Schützengraben in den Ardennen, dies war die Rennbahn! Und dann sagte Lydia: «Aber Paul, da können Sie bald das ganze Altersheim kaufen, nicht wahr?» Und Paul sagte: «Eine Reise könnten wir schon unternehmen. Hätten Sie nicht Lust?»

Damit würde heute Schluß sein. Endlich würde auch Lydia begreifen, welche schlappe Natter sich da an ihren Abendbrottisch geschlichen hatte.

In schneller Fahrt bog das Feld in die Zielgerade.

Schwarzer Steward trabte unbehindert mit einer Länge an der Spitze. Rhythmisch setzte das Pferd seine Beine auf den schweren Boden, zog mit den Vorderläufen seinen Körper und stieß mit den Hinterläufen kraftvoll ab. Die sich anspannenden Muskeln und Sehnen arbeiteten wie ein rundlaufender Mechanismus, eine unsichtbare Hand schien das Pferd anzuheben. Kein Zeichen von Ermüdung.

Windwärts hing ein Schleimfetzen aus dem Maul, die Augen waren aufgerissen. Ein Blender war dieses Pferd, schwach auf der Lunge, vertrug die kalte feuchte Luft nicht. Vielleicht ein Tip für Frühlingswetter, und dann auch nur mit Rollschuhen. Nach hundert Metern blieb dem Gaul doch der Sauerstoff weg!

«Setz du nur deinen *Windwärts*», murmelte Carl.

Knapp fünftausend Mark in Hundertern blätterte die Frau am Wettschalter auf den Zahlteller.

«Sie können auch einen Scheck haben.»

«Nein, besser so», sagte Carl.

Er rollte die Scheine zu einem Bündel und steckte sie in die Hosentasche. Auf der Tribüne hatten die Wetter die nächste Seite in ihrem Programmheft aufgeschlagen. Paul war immer noch nicht zu sehen.

Von draußen flimmerte ein blauer Schein über die Sitze. Carl trat an die Scheibe heran und schaute durch das Fernglas. Unten rollte ein Krankenwagen durch das Tor auf den Vorplatz. Mitten durch eine Menschentraube, die sich nur widerwillig teilte und den feuchtglänzenden Asphalt freigab. Der Wagen hielt. Die Sanitäter sprangen heraus, zogen eine Trage aus der hinteren Tür und hoben sie durch die Menschenmenge. Ein dritter Sanitäter schaffte seinen Kollegen mit schlenkernden Armen Platz.

Und dann tauchte Paul in Carls Fernglas auf. An seinem Arm hing ein Schlauch, der zu einer Flasche führte, die von einem der Weißkittel hochgehalten wurde. Friedlich sah Paul aus, friedlich und entspannt. So, als hätte er sich nur zu einem Schläfchen auf die Trage gelegt. Immer noch schlug das Blaulicht hinauf bis zur Tribüne.

Auf den Milchglasscheiben des Krankenwagens zuckten Schatten. Dann stieg einer der Sanitäter aus, öffnete die Fahrertür und schaltete das Blaulicht aus. Langsam rollte der Wagen durch das Haupttor.

«Der gibt keinen Wettschein mehr ab», sagte einer neben Carl, und ein anderer erwiderte: «Schon der zweite Herzinfarkt in diesem Monat. Das Wetter.»

Durch den Lautsprecher wurden die Besucher um Verständnis für die kurze Unterbrechung der Rennveranstaltung gebeten. Carl griff in die Hosentasche und schloß das Geldbündel in die Faust.

«Hat sich gelohnt», sagte er zu einem blassen jungen Mann, der neugierig von seinem Programmheft aufsah.

«Bei mir auch», sagte der und grinste, und noch bevor Carl sein Geldbündel herausziehen konnte, hielt der ihm sechs glattgestrichene Tausendmarkscheine unter die Nase.

«Das zweite Rennen.»

«Das ist Betrug», sagte Carl. «Betrug.»

Der junge Mann schien ihn nicht zu verstehen.

«Nein, nein», sagte er. «Der Rennverlauf war völlig in Ordnung, da wurde kein Pferd zurückgehalten.»

«Betrug ist das», schrie Carl.

Der junge Mann zuckte die Achseln und steckte die Tausender in die Tasche.

«Ich werd's beweisen.»

Der Mann wendete sich ab.

«Kommen Sie mit, ich werde es beweisen.»

Carl schlug ihm die Zeitung aus der Hand und zerrte ihn zur Treppe. Auch sein Programmheft fiel auf den Boden.

«Du kommst jetzt mit, du wirst Lydia die Wahrheit sagen. Gleich jetzt. Von Angesicht zu Angesicht», schrie er.

«Knapp fünftausend, die Quote war knapp fünftausend. *Schwarzer Steward* hat gewonnen, dann *Tacco* und *Attika* auf den Plätzen. Und es war das fünfte Rennen. So kommst du mir nicht davon. So nicht. Wir machen das erst mal schriftlich.»

Der Mann schaute verwirrt, ließ sich dann aber doch von Carl zu den Wettschaltern stoßen.

«Wer weiß, was du nachher beim Essen wieder herumlügst. Ich kenn dich doch. Ich habe gewonnen.»

An der Treppe riß der Mann die Arme hoch.

«Ist ja gut, Mann, ich habe gar nicht gewonnen. Ist ja gut.»

«Nein, jetzt machen wir reinen Tisch. Lydia muß endlich wissen, was für ein Kerl du bist», sagte Carl.

Der junge Mann klammerte sich an das Treppengeländer. Carl zerrte an seinem Arm, der Mantel zerriß. Mit beiden Fäusten schlug er auf sein Handgelenk, und als der junge Mann losließ, rammte er ihn mit angewinkelten Ellenbogen die Treppe hinunter.

Der Kopf des Mannes schlug auf die Stufen. Verdreht blieb der Körper auf dem Treppenabsatz liegen, die Augen schauten ungläubig und starr hinauf zu Carl. Auf dem Terrazzo bildete sich eine Blutlache.

Carl streckte ihm das Geldbündel entgegen.

«Sauberes Geld ist das», schrie er, «die Quote war fünftausend. *Schwarzer Steward* hat gewonnen. Und es war das fünfte Rennen, das fünfte. Diese Dreierwette geht auf mich, hörst du?»

Michael Koglin, geb. 1955 in Büdelsdorf, lebt und arbeitet als freier Journalist und Autor in Hamburg. Er verfaßte vielbeachtete Museumsführer, erhielt den Hamburger Kurzgeschichten Preis 1989 und den Hamburger Literaturförderpreis 1990. «Dreierwette» wurde im Story-Wettbewerb der Hamburger Kulturbehörde ausgezeichnet. Zur Zeit arbeitet er an seinem ersten Kriminalroman.

CELIA DALE

Runter in den Süden

Stellen Sie sich vor, was ich gerade in der Zeitung lese! Ein paar Zeilen, unten auf der Innenseite, so klein, daß ich sie um ein Haar übersehen hätte. TOD IM GEFÄNGNIS stand da und darunter: «Frank Wisbey, 1961 für den Mord an seiner Ehefrau Edna zu lebenslanger Haft verurteilt, ist tot. Er starb in der Strafvollzugsanstalt Hackenfield im Alter von 55 Jahren.»

Hat mir einen ganz schönen Schock versetzt, das kann ich Ihnen flüstern. So was, nach all den Jahren. Klar, wir müssen alle mal sterben, und ohne diese Gesetzesänderung hätte man den guten Frank ohnehin schon damals aufgeknüpft. Kein schöner Gedanke, egal, woran er schuld gewesen sein soll, das wünscht man nicht mal seinem schlimmsten Feind, so oder so.

Jedenfalls mußte ich mich erst mal setzen auf den Schreck hin, hatte auf einmal ganz weiche Knie. Nach 'ner Weile bin ich dann wieder hoch, hab mir 'ne Tasse Tee gemacht, und wie ich den so trinke, ist mir auf einmal klar, was ich tun muß. War mir natürlich immer schon klar, aber jetzt hab ich irgendwie ein ganz mulmiges Gefühl. Wirklich, irgendwie ein ganz komisches Gefühl.

Am nächsten Morgen hab ich Mr. Harding dann gesagt, ich müßte ein paar Tage freihaben wegen einer dringenden Angelegenheit. Natürlich war er nicht besonders begeistert, brummelte irgendwas, aber zum Schluß blieb ihm nichts anderes übrig, als klein beizugeben. Ich bin die beste Schreibbüro-Chefin, die er je gehabt hat, und das weiß er genau. Ich habe diese dummen jungen Dinger im Griff, als wär's nichts, ein paar sind sogar schon über sechs Monate bei uns, und bessere gibt es woanders auch nicht. Ich verlange eine ganze Menge, und ich passe auf, daß sie's auch bringen. Sie sind nicht besonders helle, diese jungen Dinger, und sie fügen sich, wenn man ihnen mit einem Lächeln beibringt, wer das Sagen hat. Und ich lächle immer. Egal, wie's drinnen aussieht – ob mir vielleicht gerade die Galle überläuft –, ich lächle.

In der Mittagspause bin ich also zum Reisebüro und hab meine Fahrkarte nach London abgeholt. Am nächsten Tag sollte es losgehen, und – offengestanden – ich konnt's kaum erwarten. Ich war schon Jahre nicht mehr da unten im Süden gewesen – wirklich ewige Zeiten –, und so eine kleine Abwechslung tut doch jedem mal gut, vor allem, wenn man so fleißig arbeitet wie ich. Und ehrlich gesagt, ich kann mir 'ne Menge Gegenden denken, wo ich lieber wohnen würde als hier im Norden, im Industriegebiet, wie es immer heißt. Man muß aber auch sagen, die Leute sind hier schwer auf Draht und kümmern sich ansonsten nur um ihren eigenen Kram. Alles in allem hab ich's nicht bereut, mich hier niedergelassen zu haben. Ich habe eine gute Stellung und eine nette Wohnung, ein bißchen außerhalb der Stadt, direkt an der Buslinie. Die Wohnung ist picobello gepflegt, ein richtiges Schmuckkästchen, das kann ich Ihnen sagen, und ich habe es fabelhaft bequem gehabt in den letzten Jahren, weil mir niemand alles verdreckt, mich genervt oder sich ständig in alles eingemischt hat. Und deswegen bin ich ja auch hierhergekommen.

Ich hab also meinen Koffer gepackt, die Wohnung noch mal gründlich geputzt (nicht, daß sie's nötig gehabt hätte, aber ich mag's eben, wenn alles proper aussieht) und am nächsten Morgen den Zug nach London genommen. Bißchen aufgeregt war ich schon, das will ich gern zugeben, aber ich laß mich von meinen Nerven nie kleinkriegen, wenn ich mir irgendwas fest vorgenommen habe.

Es ist auch nicht das Reisen, was mich nervös macht – so blöd bin ich nun auch wieder nicht –, obwohl ich eigentlich nicht so viel herumgekommen bin wie andere Leute heutzutage. Ich war mal mit dem Wagen in Schottland und bin sogar mit dem Flugzeug zum Urlaub nach Irland – natürlich vor diesem ganzen Theater –, und ich war kein bißchen nervös da oben in der Maschine. Man braucht sich nur diese albernen Weiber von Stewardessen anzusehen, mit ihren aufgedonnerten Frisuren, den falschen Wimpern und den lackierten Fingernägeln – was die können, kann ich schon lange! Nein, was mich nervös machte, war der Gedanke, dahin zurückzugehen. Ja, wirklich, ich muß sagen, ich war tatsächlich nervös.

Natürlich war das gar nicht nötig, völlig klar. Mitten in der Woche war fast kein Mensch unterwegs, höchstens ein paar Geschäftsleute, und der Zug war auch einigermaßen sauber. Hab mir einen kleinen Imbiß gegönnt, im Speisewagen, und das Essen war nicht annähernd so miserabel, wie die Leute immer behaupten. Eigentlich sogar recht gut, und wie diese Kellner kein bißchen verschütten – einfach toll. Anschließend hab ich ein kleines Nickerchen gemacht. Es war schon dunkel, als wir in London ankamen – pünktlich auf die Minute! Wenn Sie mich fragen, ist die Bahn nicht halb so schlecht, wie die Leute immer behaupten.

Egal. Ich hab dann den Bus genommen vom Hauptbahnhof (mein lieber Schwan, der hat sich vielleicht verändert, seit ich zum letztenmal hier war!), mir ein Zimmer gesucht in einem netten kleinen Hotel in der Nähe, hab den Hut, den Mantel und die Schuhe ausgezogen, mich der Länge lang aufs Bett gepackt – und da lieg ich nun und laß mir die ganze Geschichte noch mal durch den Kopf gehen. Bis jetzt, müssen Sie wissen, hab ich ja mehr oder weniger automatisch gehandelt. Nachdem ich diesen Artikel gelesen, mich vom ersten Schock erholt und meinen Entschluß gefaßt hatte, hab ich mir einfach einen Plan gemacht und den auch durchgeführt, wie ich das immer mache. Aber jetzt, wo ich bis morgen früh nichts zu tun habe, geht mir das plötzlich im Kopf rum, immer wieder munter im Kreis, wie vor elf Jahren, als ob ich noch mal die Zeitung lesen würde, von dem Prozeß und was dabei alles herausgekommen ist.

Frank Wisbey arbeitete damals in der Buchhaltung bei einer dieser großen Fabriken im Süden von London. Gar nicht weit weg war's schon richtig ländlich, genau richtig für 'ne kleine Autotour am Wochenende, und in der Nähe lag auch eines dieser großen Rieselfelder, wie es immer heißt, was in Wirklichkeit natürlich Kläranlagen sind, nicht besonders schön, natürlich, aber sie sind einem auch nicht weiter aufgefallen. Frank und seine Frau hatten ein eigenes Haus, eine dieser Doppelhaushälften aus den 20er Jahren, mit einem netten Stück Garten vorn und hinten. Wirklich kein übles Haus, weil nämlich der hintere Teil des Gartens auf einen Wanderweg stieß, der an den übrigen Gärten entlangführte zu einem Freizeitpark, es war also offenes und unbebautes Gelände, man konnte dort Kricket spielen und Fußball, es gab einen Kinderspielplatz und einen Teich, dessen Wasser von einem ziemlich verdreckten alten Bach kam, eigentlich mehr eine Art Graben. Trotzdem eine recht nette Wohngegend, kein Mensch wäre auf die Idee gekommen, daß die Autobahn sozusagen direkt vor der Haustür lag – Sie kennen ja solche Ecken.

Die Wisbeys hatten keine Kinder. Sie hielt das Haus sauber und kümmerte sich um den Garten, und die beiden waren wirklich das anständigste und solideste Paar, das man sich nur vorstellen konnte. Frank war ein paar Jahre jünger als seine Frau.

Ja, und dann ist sie mit einem Mal verschwunden. Die Nachbarn bemerkten plötzlich, daß sie nirgendwo mehr zu sehen war, und als sie sich bei ihrem Mann nach ihr erkundigten, erklärte er, sie sei zu Besuch bei ihrer Tante. Man fand das ziemlich merkwürdig, weil man noch nie was von diesem Tantchen gehört hatte, und dann fingen allmählich die Gerüchte an, daß man den Herrn Ehemann gesehen hatte. Mit einer anderen Frau. Mit einem dieser jungen Dinger aus seiner Firma. Lange Haare und – also die Mini-Röcke waren zwar kaum erst aufgekommen, aber sie lief natürlich damit rum. Halb so alt wie er, verrückt auf heiße Musik und den ganzen anderen Quatsch.

Dann rückten ein paar Leute damit heraus, daß sie ihn schon vor dem Verschwinden seiner Frau mit der anderen gesehen hatten – natürlich nur im Dunkeln, in den Anlagen unten am Teich, oder in seinem Auto, das er ein paar Ecken weiter in einer Seitenstraße geparkt hatte. Jetzt fiel auf, daß sie zu ihm ins Haus ging und ein bißchen zu lange blieb. In den ersten Wochen fuhr ihr Wagen abends vor und nachts wieder weg, und nach etwa einem Monat war sie plötzlich bei ihm eingezogen. Natürlich ging das

Gerede jetzt erst richtig los, na, und um die Sache kurz zu machen – schließlich stand die Polizei vor der Tür.

Er bestritt die Sache nicht, konnte es ja auch schlecht, denn das Mädchen hatte sich schließlich bei ihm breitgemacht, frech wie Oskar, und jede Menge Leute hatten die beiden schon vorher zusammen gesehen, die Nachbarn und auch seine Kollegen aus der Firma. Aber von seiner Frau wollte er angeblich nichts mehr gehört haben. Nein, geschrieben hätte sie nicht. Ihre Kleider? Nein, soweit er wisse, hätte sie die auch nicht mitgenommen, ihr Postsparbuch oder das bißchen alten Schmuck von ihrer Mutter auch nicht. Nur die Sachen, die sie angehabt hatte.

Komisch, meinten die Polizisten. Hatten Sie vielleicht eine Meinungsverschiedenheit?

Nun ja, sagte er, wir hatten schon einen kleinen Wortwechsel. Blieb ihm auch gar nichts anderes übrig, als das zuzugeben, schließlich wußte die Polizei ja schon Bescheid über das Mädchen. Ob seine Frau vielleicht hinter diese Geschichte gekommen wäre, wollten sie wissen. Nein, antwortete er, er habe es ihr selbst gesagt und eine Scheidung verlangt, weil er mit der anderen auf und davon und sie heiraten wollte. Ich bitte Sie, mit diesem Mädchen – halb so alt wie er! Die wahre Liebe, die große Leidenschaft, die herzergreifende Romanze und dieser ganze Blödsinn. Einfach geschmacklos, wirklich. Sein Anwalt machte eine Riesenaffäre daraus bei der Gerichtsverhandlung, aber das hat dem sauberen Pärchen auch nicht besonders viel Sympathien verschafft.

Wie denn seine Frau diese Sache aufgenommen hätte, fragte die Polizei. Ganz ruhig, antwortete er. Sie hätte nur gesagt, daß sie das überdenken müßte und ihn gefragt, ob er auch genau wüßte, was er da täte. Das wüßte er, hatte er gesagt, und darauf hatte sie geantwortet, na schön, und sie wüßte genau, daß sie ihn ganz bestimmt nicht freigeben würde. Dann würde er eben trotzdem mit dem Mädchen fortgehen, hatte er gesagt, und sie hatte gemeint, daß alle noch einmal darüber nachdenken sollten. Nein, einen richtigen Ehekrach hatte es nicht gegeben, sagte er, sie hätte ihn aber gefragt, ob er seine Meinung geändert hätte, als er am nächsten Tag von der Arbeit kam. Das hätte er nicht, war seine Antwort gewesen, und sie hatte weiter nichts mehr gesagt. Am darauffolgenden Tag, als er abends nach Hause kam, war sie dann plötzlich verschwunden gewesen – keine Nachricht, nichts, einfach verschwunden.

Ja, also die Polizei fand das natürlich sehr verdächtig. Ehefrau vermißt, Geliebte blutjung – da glaubt doch kein Mensch mehr an Zufall, oder? Jedenfalls suchten sie alles ab, das Haus, den Garten, die Freizeitanlagen – und in dem Weiher fanden sie dann ihre Zahnprothese.

Nicht gerade ein angenehmes Thema, aber bei der Gerichtsverhandlung ist das ja alles haarklein besprochen worden, und die Presse hatte ihren Knüller. Es war keine Vollprothese, nur ein Teilstück für den Unterkiefer, und der Zahnarzt bezeugte, daß es von ihr war. Außerdem fand man noch einen ihrer Schuhe und einen Armreif, den sie oft getragen hatte. Und im Garten, unter dem Komposthaufen, entdeckten sie dann ein paar Stücke Unterwäsche.

Danach haben sie natürlich den ganzen Laden von unten nach oben gekehrt, das können Sie sich ja wohl denken. Haben alles durchgekämmt und durchs Sieb passiert, jeden Zentimeter Garten umgegraben, mit Hunden herumgeschnüffelt und was weiß ich noch alles – den ganzen Fußweg und den Sportplatz rauf und runter, sogar bis hin zu den Kläranlagen. Aber gefunden haben sie nichts mehr.

Trotzdem haben sie ihn natürlich eingebuchtet. Das mußten sie ja wohl. Auch ohne die Leiche war die ganze Sache doch wohl klar, oder? Sie haben's natürlich nicht so gern, wenn sie keine Leiche finden, aber es hat schon reichlich Fälle gegeben, wo's auch ohne ging, man kennt das ja. Jedenfalls sind sie sich ihrer Sache wohl ziemlich sicher gewesen, sonst hätten sie's bestimmt nicht riskiert, ihm den Prozeß zu machen. Waren alles Indizien, versteht sich, aber schließlich sah ja 'n Blinder, was da Sache war. Diese Kläranlage, die haben sie regelrecht auseinandergenommen, aber – ja, also, das ist vielleicht doch kein so angenehmes Thema, oder? Auf alle Fälle haben sie da nichts weiter gefunden. Ist ja auch kein Wunder, wenn man die Umstände bedenkt.

Sie haben einen Riesenwirbel gemacht um den Fall, und sein Anwalt hat sich mächtig ins Zeug gelegt, das muß man ihm lassen. Hat immer betont, was für ein feiner Kerl dieser Wisbey doch war, bei allen beliebt, freundlich und so herzensgut, daß er nicht mal 'ner Fliege was zuleide tun könne. Dann hat er versucht zu beweisen, daß seine Frau so was wie 'ne Schreckschraube war, die pausenlos an dem Haus herumgenörgelt und ihn angekeift hat, daß er nicht rauchen und gefälligst seine Schuhe abtreten soll – und die außerdem keine Kinder haben wollte. Aus dem Mädchen machte er die ganz große Nummer, wie gesagt – echte Romantik und dieser ganze Quatsch, und wie sie die Geschichte ihrer Liebe nur deshalb an die Revolverblätter verkauft hat, um die Gerichtskosten bezahlen zu können. Und daß sie immer zu ihm gestanden hat, weil sie fest an seine Unschuld glaubte. Der Staatsanwalt machte der Rührstory bald ein Ende. Wisbey hatte keine Chance, so wie sie die Anklage aufgebaut hatten – obwohl ich sagen würde, daß sich die Geschworenen ziemlich viel Zeit gelassen haben mit dem Urteil. Einer hat später in einem Interview noch gesagt, er wäre immerhin froh, daß man die Angeklagten jetzt nicht mehr hängen ließ.

Ja, das war eigentlich alles. Er bekam lebenslänglich, und sie bekam nichts. Nicht einmal ihn, obwohl sie doch all die Jahre auf ihn gewartet hatte, zu ihm gestanden hatte und was da sonst noch für 'n Blödsinn verzapft worden ist. Inzwischen ist sie wohl Ende dreißig – bißchen spät für 'n neuen Anlauf, vor allem ohne ihn. Normalerweise wär er so in ein bis zwei Jahren draußen gewesen, das ist ja jetzt so üblich. Lebenslänglich ist auch nicht mehr das, was es mal war, leider Gottes.

Ich glaube aber, daß sie jetzt das Haus hat. Es war ja seins, wissen Sie, und ich hab da nie Ansprüche gestellt. Konnt ich ja wohl auch nicht, oder? Von mir aus soll sie's haben, vielen Dank, mir geht's bestens, in meiner Wohnung für mich allein, keiner, dem ich den Dreck wegfegen muß und der mich hinter meinem Rücken vor der ganzen Nachbarschaft blamiert. Dem es völlig egal ist, daß ich ihm die besten Jahre meines Lebens gegeben habe, das Haus immer tipptopp gehalten und auf meinen guten Ruf geachtet habe – und der dann einfach auf und davon geht mit einem dummen, jungen Huhn, einem Mädchen, das seine Tochter hätte sein können, mit Seufzern und Tränen, großen Sprüchen und Sex... einfach widerlich.

Die falschen Zähne hatte ich doppelt, als Reserve, wissen Sie. Es war alles ganz einfach. Die Dinger waren alt und saßen nicht so gut wie die Prothese, die ich in den Teich geworfen habe, zusammen mit den anderen Sachen, aber ich hab dann da oben im Norden einen guten Zahnarzt gefunden, und der hat mein Gebiß wieder auf Vordermann gebracht, nach ein oder zwei Jahren, als der Fall längst vergessen war. Hab nur das Haushaltsgeld mitgenommen und einen Mantel, den ich so gut wie nie getragen hatte. Dann hab ich meinen Ehering ins Pfandhaus getragen, mich auf den Zug geschwungen, und keine Menschenseele hat mich gesehen. Am nächsten Tag hab ich meine Frisur 'n bißchen verändert, mir die Brille aufgesetzt, und niemand hat mehr einen Blick auf mich verschwendet. Kümmern sich eben um ihren eigenen Kram, die Leute da oben im Norden. Das war Wochen, bevor überhaupt jemand wußte, daß ich weg war, außer Frank natürlich, und der hielt den Mund, logisch.

Hab eigentlich nie vorgehabt, noch mal zurückzugehen. Sollen ruhig schmoren, die beiden, hab ich mir gedacht. Aber morgen werd ich zu unserem Haus gehen und sehen, ob sie noch da ist. Gedächtnisverlust, werd ich ihr sagen, daß ich mich einfach an nichts mehr erinnern konnte. Schließlich kann kein Mensch das Gegenteil beweisen.

Bin gespannt, was sie für 'n Gesicht machen wird.

Celia Dales erster Roman erschien 1943. Seitdem hat sie zehn andere geschrieben. Bisher ist sie ein Geheimtip geblieben. Jetzt werden ihre Bücher bei der Knaur-Taschenbuchreihe veröffentlicht.

BERND JOST

Gewalt hinter ehrbaren Gesichtern

Eine Hommage an Julian Symons zu seinem 80. Geburtstag

Wer ihn kennt, hält es kaum für möglich: Julian Symons wurde am 30. Mai 1992 achtzig Jahre alt. Und er selber kann sich mit dieser Tatsache auch nicht anfreunden. Er ist einfach zu jung geblieben. Ob er nun lebhaft über die neusten Entwicklungen des Kriminalromans diskutiert, mit Eleganz und sicherem Urteil das Werk eines Kollegen analysiert oder mit Witz und Ironie Anekdoten aus der Geschichte des berühmten Detection Club erzählt, nie hat man das Gefühl, es mit einem alten Mann zu tun zu haben.

Um seine Geistesgegenwart und seine intellektuelle Brillanz können ihn viel jüngere Männer beneiden. Er, der heute der Papst des Kriminalromans ist – wenn man so einen kirchlichen Titel in einem so weltlichen Zusammenhang benutzen darf, und erst recht bei einem Menschen, der immer der Rationalität verpflichtet war –, hat, was nur wenige wissen, als Lyriker angefangen und dann als Literaturkritiker gearbeitet. In seiner Autobiographie erzählt er, daß er seinen ersten Kriminalroman 1930 wegen einer witzigen Wette mit einem anderen Lyriker geschrieben hat. Er ließ das Manuskript dann sechs Jahre in seiner Schublade liegen, bevor er es einem Verleger anbot. Niemand hätte damals vermuten können, daß Symons einer der bedeutendsten englischen Kriminalromanautoren werden würde. Aber schon mit seinem vierten Roman «Der 31. Februar» wich er von dem üblichen Schema des Detektivromans ab und zeigte, was ihn wirklich interessiert, nämlich die menschliche Natur. Er erklärte: «Was mich in unserer Zeit am meisten fasziniert, ist die Gewalt hinter ehrbaren Gesichtern, der Beamte, der plant, wie man Juden am effektivsten tötet, der Richter, der leidenschaftlich für die Einführung der Todesstrafe plädiert, der ruhige, gehorsame Junge, der aus Vergnügen tötet. Das sind extreme Fälle, aber wenn man die Gewalt zeigen will, die hinter den unauffälligen Gesichtern lauert, die die meisten von uns der Welt präsentieren, in welchem Genre kann man das besser tun als im Kriminalroman?»

Schon in diesem frühen Buch, «Der 31. Februar», 1950 erschienen, geht es nicht um einen verwickelten Mordfall, sondern um psychische Gewalt. Die Frau des Werbetexters Anderson ist unter merkwürdigen Umständen zu Tode gestürzt. Es kommt zu einem Gerichtsverfahren, in dem aber Tod durch Unfall festgestellt und Anderson von jedem Verdacht befreit wird.

Doch jemand ist mit dem Urteil nicht einverstanden und macht sich daran, Anderson makabre Streiche zu spielen, die immer bösartiger werden. Meisterhaft beschreibt Symons, wie Anderson langsam unter dem psychischen Druck zerbricht. Wie bei einem konventionellen Detektivroman bietet Symons einen überraschenden Schluß, doch damit ist die Welt nicht wieder in Ordnung, sondern erst recht aus den Fugen.

Symons hat immer zwischen der «detective story» und der «crime novel» unterschieden. Bei der Detektivgeschichte ist der brillante Detektiv die Hauptfigur. Er läßt sich durch die noch so geschickten Manöver und Tricks des Täters nicht bluffen und entlarvt den Mörder in einem theatralischen Finale.

In der «crime novel», also im Kriminalroman, geht es nicht um die Auflösung eines geschickt konstruierten Rätsels, sondern vielmehr um die Darstellung von sozialen oder psychologischen Umständen, die einen gewöhnlichen, durchschnittlichen Menschen dazu bringen, einen Mord zu begehen. Der Detektivgeschichte geht es allein um die Unterhaltung des Lesers, der Kriminalroman dagegen möchte in der Form einer spannenden Handlung etwas demonstrieren. Auf eine Kurzformel gebracht, in der Detektivgeschichte zählt der raffinierte Plot, im Kriminalroman stehen die Charaktere und ihr soziales Umfeld im Zentrum. Die Detektivgeschichte hat ein ziemlich starres Schema, der Kriminalroman eine Bandbreite, die immer wieder neue Variationen zuläßt.

Julian Symons hat immer die gesellschaftliche Situation seiner Figuren in den Blickpunkt gerückt. Ganz besonders deutlich wird das in seinem Roman «Entscheidung im Kreuzverhör» (The End of Solomon Grundy): Solomon Grundy ist auf einer Party bei einer jungen Frau zudringlich geworden. Als sie ein paar Tage später ermordet aufgefunden wird, ist es für alle Leute der exklusiven Vorortsiedlung klar: Solomon ist der Mörder. Die eben noch hilfreichen und freundlichen Nachbarn werden zu schlimmen Verleumdern. Symons schildert mit ironischer Präzision diese Ansammlung von Neureichen und Emporkömmlingen. Sozialkritik kommt in deutschen Kriminalromanen häufig sehr schwerfällig daher. Bei Symons werden die Porträts der Bewohner dieser Bessere-Leute-Gegend zu einem hohen Lesevergnügen, bei dem Heuchelei, Machtgier, Doppelmoral, eheliche Langweile und erstarrte Beziehungen erbarmungslos entlarvt werden.

Oft hat Symons in seinen Romanen Menschen dargestellt, die mit der Monotonie und den beengten Verhältnissen ihres Lebens nicht fertig werden und so in eine Phantasiewelt flüchten.

So John Wilkens in «Ein irres Lachen» (The Colour of Murder). Um seiner unglücklichen Ehe zu entkommen, redet Wilkens sich ein, die attraktive Sheila wäre in ihn verliebt. Er folgt ihr auf Schritt und Tritt, sogar in ihren Urlaubsort. Als Sheila erschlagen aufgefunden wird, ist Wilkens sofort verdächtig. Und das Schlimmste ist, daß er selbst auch nicht mehr Fiktion und Realität auseinanderhalten kann.

Wie Solomon Grundy in «Entscheidung im Kreuzverhör» gerät Wilkens in eine Maschinerie, auf die er keinen Einfluß mehr hat und die ihn am Ende zerstört.

Diesen Roman zeichneten seine Kollegen aus der Crime Writers' Association mit dem Gold Dagger für den besten Kriminalroman des Jahres aus.

Auch Arthur Brownjohn in «Wenn ich einmal tot bin» (The man whose dreams came true) hält sein Leben als unterwürfiger Ehemann nicht aus. Um diesem grauen Leben zu entfliehen, baut er sich eine völlig neue Identität als der selbstbewußte dynamische Major Easenby Mellon auf. Im Gegensatz zu Wilkens verliert er sich nicht in seinem Spiel, sondern benutzt geschickt seine verschiedenen Persönlichkeiten, um ein Verbrechen zu begehen. Er hat auch Erfolg. Doch am Ende holt das Schicksal in einer ironischen Wende auch ihn ein.

Das Thema Masken und das Spielen mit anderen Identitäten ist ein durchgehendes bei Julian Symons. Die Welt in seinen Romanen ist eine Gesellschaft, in der Konformität und oberflächliche Respektabilität die obersten Werte sind, und in der Individualität keinen Platz hat. Spontaneität, Kreativität und spielerisches Handeln werden mißbilligt. Deswegen legen sich viele Figuren in Symons Romanen eine Art Maske zu, die für ihre Umgebung akzeptabel ist, die aber ihre wirklichen Bedürfnisse und Eigenheiten erstickt. Um diesen Druck etwas zu erleichtern, schaffen sie sich einen Ausweg, indem sie sich eine Phantasiewelt aufbauen. Allmählich wird dann diese Phantasiewelt stärker als die normale Realität und löst eine Katastrophe aus. Gewalt ist in Symons Romanen nicht etwas Fremdes, das in eine geordnete und friedliche Umgebung tritt – wie so oft in den klassischen Detektivgeschichten der dreißiger Jahre. Gewalt – sei sie nun psychisch oder physisch – ist normaler Bestandteil einer Gesellschaft, die natürliche Impulse und Bedürfnisse unterdrückt. Hinter den freundlichen Fassaden der genormten Ein-Familienhäuser, hinter den biederen Durchschnittsgesichtern lauern Brutalität und irrationales Verhalten.

Julian Symons beschäftigt sich in seinen *crime novels* mit den gleichen Themen und Problemen, die auch der ‹normale› moderne Romanautor behandelt. Er schildert die moderne westliche Gesellschaft als eine Welt, in der das Individuum keinen Platz hat, Kommunikation unmöglich ist, und Verhalten von Regeln definiert wird, die jede Rebellion gegen den allgemeinen Standard ausschließen. Er beschreibt das Schicksal von denen, die sich nicht anpassen wollen oder können, und gibt die Verantwortung für ihre Tragödien einer Umwelt, die die menschliche Psyche deformiert.

Doch Symons hat nicht nur als Autor großen Einfluß auf die Entwicklung des Kriminalromans genommen. Mindestens ebenso wichtig ist seine Funktion als Kritiker. Er schreibt regelmäßig Rezensionen für mehrere wichtige Zeitungen. Außerdem ist er der Verfasser des einzigen wirklich ernstzunehmenden historischen Überblicks über das Genre: «Am Anfang war es Mord» (Bloody Murder), der zum ersten Mal 1972 erschien und 1985 in einer überarbeiteten Fassung wieder herauskam. Leider ist von der überarbeiteten Fassung nie eine deutsche Ausgabe erschienen. Und eigentlich wäre wieder eine auf den neuesten Stand gebrachte Ausgabe fällig. Erstaunlich an diesem Buch ist nicht nur Symons große Belesenheit auf diesem Gebiet, sondern die Qualität seines Urteils. Er schreibt mit gleicher Objektivität über die psychologischen Romane von Patricia Highsmith wie über die hard-boilded Thriller von Dashiell Hammett.

Er kann die verwickelten Puzzles von Ellery Queen ebenso genießen wie die realistischen Romane von George V. Higgins. Nie machen ihn die eigenen Vorlieben blind für die Qualitäten eines Autors, der vielleicht andere Vorstellungen von der Funktion des Kriminalromans hat als er. Auf sein Urteil kann man sich verlassen. Und das ist gerade auf diesem Gebiet nicht die Regel, da sehr häufig Kritiker und Fans literarische Kriterien durch persönlichen Geschmack und Begeisterung ersetzen.

Symons Interesse an Literatur war eben nie nur auf das Genre Kriminalliteratur begrenzt. Von seinen Anfängen als Lyriker und Kritiker von «ernsthafter» Literatur habe ich schon gesprochen. Es ist ein Glücksfall, daß ein Mann mit einer so breiten literarischen Bildung sich dem Kriminalroman zugewandt hat, einem Gebiet, auf dem zu häufig Dilettantismus und Mangel an Unterscheidungsvermögen herrschen.

Zwischen seinen Romanen hat er vielbeachtete Biographien von literarischen Persönlichkeiten geschrieben, so von Dickens, Edgar Allan Poe, Conan Doyle und dem englischen Historiker und Essayisten Thomas Carlyle. Er hat Lyrikanthologien herausgegeben, eine kritische Untersuchung von wahren Kriminalfällen verfaßt, Fernsehspiele und Hörspiele geschrieben und – auf gar keinen Fall zu vergessen – Stories. Von 1974–1977 war er der Herausgeber der renommierten Kriminalromanreihe der *Penguin Books*. Das ist nicht alles, was er gemacht hat, aber wir wollen es damit genug sein lassen.

Von seinen Kollegen ist er im Laufe der Zeit mit Preisen bedacht worden. Die Amerikaner haben ihn zweimal mit dem Edgar ausgezeichnet und dann mit dem Grand Master Award, die Engländer haben ihn auch zweimal mit einem Dagger belohnt und er erhielt den Diamond Dagger für seine Verdienste um die Kriminalliteratur. Wer hätte ihn mehr verdient als er.

Hat er sich nun endlich zur Ruhe gesetzt und ruht sich jetzt auf seinem beträchtlichen Lebenswerk aus? Natürlich nicht. Gerade hat er seinen neuesten Roman beendet, und der wird wieder anders sein wie jeder Roman anders war als sein Vorgänger. Und spannend. Denn eins hat Julian Symons nie vergessen: Ein Kriminalroman muß vor allen Dingen fesseln und bei aller Ernsthaftigkeit des Themas und der moralischen Absicht des Autors den Leser unterhalten. Genau das hat Julian Symons immer erreicht.

JULIAN SYMONS

Der Traum ist besser

1. Andrew Blood's Aufzeichnungen

Ich denke über das Elend der Vergangenheit nach und darüber, wie friedvoll doch die Gegenwart ist. Ich denke an die Frauen, die mein Leben fast zum Scheitern gebracht hätten, an Jean und Olga, und schließlich an Helen, die mir endlich Glück gebracht hat.

In der Rückschau scheint mein Leben nur aus einer Kette von Fehlschlägen und Demütigungen zu bestehen, die ich das Bedürfnis habe, zu Papier zu bringen. Helen ist heute da. Sie sitzt drüben am anderen Ende des Raums, und ich erzähle ihr von meinen Absichten, denen sie mit der ihr eigenen heiteren Gelassenheit zustimmt. Jean und Olga waren beide leicht reizbar, aufbrausend und voller Arglist, und ich hatte geglaubt, alle Frauen – außer meiner Mutter – seien von Natur aus so veranlagt, aber Helen hat mich eines anderen belehrt. Sie erinnert mich an die Verse von Edgar Allan Poe:

Helen, thy beauty is to me
Like those Nicean barks of yore,
That gently, o'er a perfumed sea,
The weary, wayworn wanderer bore
To his own native shore.

Helen hat mir Frieden gegeben. Es ist nicht meine Schuld, daß dieser Frieden nur durch Arbeit und Blut erreicht wurde. Und zumindest letzteres mag angemessen sein, denn mein Name lautet immerhin Andrew John Blood.

Mein Vater war Inspektor beim Fiskus, was mitunter auch mit dem Begriff Steuereintreiber gleichgesetzt wird, obwohl er natürlich keineswegs persönlich die Steuern einforderte, sondern lediglich dafür verantwortlich war, die Höhe der zu zahlenden Steuer zu ermitteln und dem Schuldner eine entsprechende Zahlungsaufforderung zukommen zu lassen. Ein duchaus ehrenwerter, aber nicht besonders angesehener Beruf, weshalb mich meine Mitschüler auch ständig gehänselt haben. Die Kombination von meinem Namen und der Beschäftigung meines Vaters brachte mir den Spitznamen «Blutsauger» ein.

«Paßt auf, kommt ihm nicht zu nahe, sonst saugt er euch das Blut aus! Sein Vater macht es genauso. Er verdient sein Geld damit!» riefen sie mir hinterher und machten dazu schmatzende Geräusche, so daß ich oft genug in Tränen aufgelöst nach Hause rannte, wo mich meine Mutter tröstete und mir versicherte, man habe mich nur ein bißchen aufziehen wollen.

Mich meinem Vater anzuvertrauen, wäre sinnlos gewesen. Er interessierte sich nur für zwei Dinge im Leben: seine Arbeit und seine Briefmarkensammlung. Er war spezialisiert auf Marken des neunzehnten Jahrhunderts aus Chile, Peru und Ekuador und führte eine rege Korrespondenz auf diesem Gebiet. Einmal, als ich gerade eine Zeichnung machte, stieß ich aus Versehen die Ausziehtusche um und ruinierte damit etliche Seiten seiner Sammlung. Er ließ sich seine Verärgerung nicht anmerken, aber danach begann er mich zu meiden und versuchte, so wenig wie möglich mit mir zu tun zu haben. Ich bin ein sehr gefühlvoller Mensch – tatsächlich sind meine Gefühle von größter Unschuld und Lauterkeit –, aber ich empfand nicht die geringste Regung, als mein Vater eines Tages völlig geistesabwesend (wahrscheinlich waren seine Gedanken gerade mit irgendeiner peruanischen Sondermarke beschäftigt) vom Gehsteig auf die Fahrbahn geriet, von einem Lastwagen erfaßt und auf der Stelle getötet wurde. Nach der Beisetzung teilte mir meine Mutter mit, als einziger Mann im Hause sei es nun meine Pflicht, für sie zu sorgen. Ich war dreizehn Jahre alt.

Meine Mutter – was könnte ich über sie sagen? Vor mir auf

dem Schreibtisch, an dem ich arbeite, steht ihr Bild in einem alten Silberrahmen. Ihr Kopf schaut ein wenig zur Seite, mit diesem nachdenklichen und scheuen Gesichtsausdruck, den ich so gut an ihr kenne. Man hat mir immer nachgesagt, große Ähnlichkeit mit ihr zu haben und ein hübsches Kind zu sein, aber mir selbst ist das damals nicht aufgefallen, vermutlich, weil wir uns in jenen Jahren ständig so nahe waren.

Ich war ein Einzelkind, und sie machte immer einen Riesenwirbel um mich, sorgte dafür, daß ich sauber angezogen war, sie kochte und wusch, räumte mein Zimmer auf und machte mein Bett. Selbst als ich meinen ersten Job als Lehrling im Konstruktionsbüro einer großen Firma erhielt (ich war schon immer gut gewesen im Anfertigen akkurater Zeichnungen), brauchte ich nie einen Teller zu spülen, ein Jackett aufzuhängen oder meine Schuhe wegzuräumen. Mutter hatte zwar erklärt, daß ich für sie sorgen müssen nachdem mein Vater von uns gegangen war, aber gemeint hatte sie offensichtlich, daß sie nun genügend Zeit hatte, um sich mehr um mich zu kümmern. Wir waren immer zusammen und brauchten niemanden sonst.

Wir lebten in einer Kleinstadt im Südosten Englands. Unser Haus war ungefähr vierzig Jahre alt, hatte nach vorne hinaus ein Erkerfenster und neben dem Wohn- und Eßzimmer noch drei Schlafräume – ein Ebenbild der übrigen Häuser in unserer Straße, die alle um die nämliche Zeit erbaut worden waren. In dieser Umgebung verbrachte ich die ersten dreißig Jahre meines Lebens.

Wenn ich an diese Zeit zurückdenke, die mir heute in so weiter Ferne zu liegen scheint, kann ich nicht behaupten, besonders unglücklich gewesen zu sein. Die Arbeit in meinem Konstruktionsbüro machte mir Spaß, und ich hatte mir einen kleinen Wagen gekauft, um mit meiner Mutter gelegentliche Spritztouren zu unternehmen, in irgendwelchen Landgasthöfen zu Abend zu essen oder mit ihr zu einer Theateraufführung in die Stadt zu fahren. Sie liebte gutes Theater.

Manchmal, wenn ich nachts in meinem Zimmer allein war, schrieb ich Gedichte an Mädchen. Mädchen, die nur in meiner

Vorstellung existierten, ideale Wesen wie bei Edgar Allan Poe. Sie hatten nicht die geringste Ähnlichkeit mit den eher gewöhnlichen Geschöpfen, die mir von meinem Arbeitsplatz her vertraut waren, mit ihrem ständigen Gekicher und ihren anzüglichen Witzen. Sie waren zwar durchaus nicht schlimmer als die Männer, nur hatte ich von Mädchen etwas Besseres erwartet.

Im Alter von siebendunddreißig Jahren lernte ich Jean kennen.

Meine Mutter ging gerne auf den Wohltätigkeitsbazar der Konservativen Partei, der alljährlich im Sommer auf dem Besitz von Lord und Lady Ampleton stattfand. Die Stände wurden gewöhnlich auf dem weitläufigen Hauptrasen errichtet, der zu beiden Seiten von breiten Alleen gesäumt war, auf denen man auf und ab spazieren oder sich in einen der schmaleren Seitenwege wenden konnte, die zu verschwiegenen Gartenlauben oder kleinen Wasserfällen führten.

Es war wirklich ein bezaubernder Ort. Mutter rechnete natürlich auf meine Begleitung, traf aber gleich nach unserer Ankunft auf Bekannte, darunter auch Mrs. Wilson, die Sekretärin des Parteivorstands. Mir war klar, daß sie mindestens eine halbe Stunde lang beschäftigt sein würde, und ich nutzte die unverhoffte Freiheit, um ein wenig umherzuwandern. Ich wandte mich in einen der baumbestandenen Parkwege und blieb plötzlich stehen angesichts des Bildes, das sich mir am anderen Ende der Allee bot.

Der Weg führte ein wenig bergan, und genau auf der Spitze dieses kleinen Hügels stand ein Mädchen, dessen Umrisse sich klar gegen den blauen Himmel abhoben. Sie war von schlanker und feiner Gestalt, hatte goldblondes, schulterlanges Haar und – da sie den Blick abgewandt hatte – ein äußerst feingezeichnetes, edles Profil. Ich machte keine Anstalten, mich ihr zu nähern, für den Augenblick hatte ich nur den Wunsch, die Vollkommenheit dieses Bildes in mich aufzunehmen. Doch da setzte sie sich plötzlich in Bewegung und kam auf mich zu, wobei sie überraschenderweise lächelte und mit der Hand winkte. Als uns nur noch wenige Meter voneinander trennten, sprach sie mich mit meinem Namen an und erklärte, sie heiße Jean Merton.

Sie lachte, ein dunkles, melodiöses Lachen. «Sie werden mich nicht kennen, aber ich habe schon viel von Ihnen gehört. Ich bin die Nichte von Mrs. Wilson.»

Aus der Nähe betrachtet, fehlte ihr die Vollkommenheit, die ich von fern in ihr gesehen hatte, aber ihr Charme und ihre Lebhaftigkeit wirkten überwältigend. Ihre Augen tanzten vor Vergnügen, und sie erklärte mir frei heraus, wie erfreut sie sei, endlich meine Bekanntschaft zu machen.

«Meine Tante wollte mich schon mitschleppen zu Ihnen nach Hause, aber mir war klar, daß das schrecklich peinlich gewesen wäre. So ist es etwas anderes. Kommen Sie, helfen Sie mir bei meinen Einkäufen. Ich habe versprochen, etwas Honig und Marmelade mitzubringen. Und dann brauch ich noch das eine oder andere für meine kleine Schwester Nancy. Sie ist ganz versessen auf Schmuck, möglichst grell und glitzernd.» Damit nahm sie mich bei der Hand, als sei es die natürlichste Sache der Welt, und genauso kam es auch mir vor.

Wir erstanden ein halbes Dutzend Dinge auf dem Bazar, darunter einen einäugigen Elefanten, von dem Jean sagte, sie müsse ihn unbedingt haben, weil er so mitleiderregend aussehe, und als wir schließlich wieder auf Mrs. Wilson und meine Mutter stießen, war mir klar, daß ich mich verliebt hatte. Wenn Sie das für lächerlich halten sollten, fehlt Ihnen vermutlich der Sinn für die Zauberkraft der Schönheit. Ich hatte inzwischen die verschiedensten Dinge über Jean erfahren – daß sie als Sekretärin arbeitete, daß sie vier Jahre jünger war als ich und dergleichen mehr –, aber das alles war ganz ohne Belang. Wichtig war nur, daß sie das schönste Wesen war, das ich je gesehen hatte, und daß ich für immer mit ihr zusammensein wollte.

Etwas in dieser Art sagte ich auch zu meiner Mutter, als wir wieder zu Hause waren. Sie hörte mir zu, und ihr Lächeln ging allmählich in ein Stirnrunzeln über. Als ich meine Rede beendet hatte, meinte sie: «Andrew, du bist jetzt siebenundzwanzig... mit wieviel Mädchen hast du dich inzwischen getroffen?»

«Mit keiner. Mir hat keine gefallen.»

«Dein Vater ist zu früh gestorben, als daß er dir ein paar Dinge hätte sagen können, die du wissen müßtest. Und ich selbst war vielleicht zu selbstsüchtig. Ich hoffte immer, wir blieben zusammen, bis...» Ihre Stimme schwankte, und ich versicherte ihr, daß ich sie selbstverständlich nie verlassen würde, aber sie sprach unbeirrt weiter:

«Du bist weltfremd, mein Junge, du bist ein Träumer. Das war immer so, und ich möchte dich auch gar nicht anders. Nach allem, was ich von Jean Merton gehört habe, bin ich nicht so ganz sicher, ob sie für dich die Richtige ist. Vielleicht gibt es für dich überhaupt keine Richtige. Vielleicht wirst du feststellen müssen, daß die Mädchen nicht so sind wie in deinen Träumen, daß im Traum immer alles viel besser ist.»

Ich hörte ihr kaum zu. Ich hatte mich bereits mit Jean für den kommenden Abend zu einem Konzertbesuch verabredet.

In den darauffolgenden Tagen ging ich mit Jean ins Konzert, in eine Wanderausstellung, die in unserem Rathaus stattfand, und ins Kino – in einen Film mit Woody Allen, den sie unbedingt sehen wollte. Nach der Vorführung gingen wir zum Abendessen ins «Venezia», das nach allgemeiner Auffassung beste Restaurant der Stadt. Ich erinnere mich nicht mehr, was ich gegessen und getrunken habe. Haften geblieben ist nur Jeans Anblick, wie sie mir gegenüber am Tisch gesessen hat, ihr Lachen, das Spiel ihrer Finger, als sie ihre Ansicht zu dem Film darlegte, ihr Haar, das golden schimmerte, bei Tage während des Besuchs der Kunstausstellung oder jetzt, im gedämpften Licht des Restaurants «Venezia».

Ihr Elternhaus lag ein wenig außerhalb der Stadt, aber sie wohnte nicht dort, sondern in einem kleinen Appartementblock nahe beim Zentrum. Als ich sie an diesem Abend nach Hause brachte, lud sie mich noch auf ein Glas zu sich ein, mit der Bemerkung, sie habe noch eine gute Flasche Cognac. Ich antwortete, daß ich bereits einen Sherry und etwas Wein genossen hätte.

«Stell dich nicht so an, Andrew. Komm trotzdem einen Moment herein.»

Das Appartement war klein, es bestand aus einem Wohnschlafraum mit Einbauküche und einem Bad. Jean schenkte den Cognac ein, kam zu mir und setzte sich neben mich.

«Andrew?»

«Ja?»

«Du magst mich doch, nicht wahr? Also, wenn du mich magst, dann küß mich.» Ich legte meinen Arm um sie, unsere Lippen fanden sich, und sie preßte ihren Mund fest auf meinen.

«Ich glaube allmählich, du magst mich doch nicht», murmelte sie. Ich war bislang fast stumm gewesen, aber bei diesen Worten lösten sich meine Hemmungen. Die Bezeichnung «mögen», erklärte ich ihr, sei ganz unpassend, sie sei für mich der leibhaftige Ausdruck von Schönheit und Schönheit sei ein Gegenstand der Verehrung und Anbetung. Sie fuhr mir mit den Fingern durchs Haar, meinte, ich sei ein seltsamer Junge und sie habe nie jemanden kennengelernt wie mich.

Ich fühlte mich wie betäubt, als ich in dieser Nacht nach Hause fuhr, und am darauffolgenden Abend bat ich Jean, meine Frau zu werden.

Wir hatten den größten Teil des Abends an der Bar im Foyer des *County Hotels* verbracht, denn Jean liebte es, in Bars oder Pubs herumzusitzen. Sie behauptete, diese Orte hätten eine wunderbare Atmosphäre, und sie war ganz versessen auf einen Drink namens Whisky Sour, der in der Tat sehr einladend aussah, aber meiner Meinung nach einen ziemlich merkwürdigen Geschmack hatte. Ich fand, daß sie zuviel trank und auch zuviel rauchte.

Sie war an diesem Abend äußerst nervös, zündete sich eine Zigarette nach der anderen an, um sie dann halbgeraucht wieder auszudrücken. Ich erkundigte mich, was denn mit ihr los sei, und sie antwortete, daß sie ihre Arbeit als langweilig empfinde und manchmal den Eindruck habe, sie keinen Tag länger mehr aushalten zu können.

An diesem Punkt hakte ich ein. Die Worte kamen wie von selbst. «Warum willst du es nicht einfach lassen?»

«Wie meinst du das?»

«Nun, gib die Arbeit auf und heirate mich.»

Ich lege den Stift aus der Hand, um mir diese Kulisse – so

grundverschieden von dem bescheidenen Zimmer, in dem ich mich zur Zeit befinde – noch einmal deutlich vor Augen zu führen. Das gedämpfte Licht in der Bar, die abgeblendeten roten Wandleuchten. Die leise Musikuntermalung vom Band. Jeans Gesicht, ein wenig unscharf, was ihre Schönheit noch unterstrich. Ihr Blick ging über mich hinweg, als sehe sie auf unsere ferne gemeinsame Zukunft. Sie sagte kein Wort, und mir genügte es, diesen Augenblick so lange wie möglich dauern zu lassen.

Plötzlich vernahm ich die Stimme eines Mannes an meinem linken Ohr. «Wer ist das denn?» sprach sie.

«Hallo, Jerry», sagte Jean. «Jerry Wilson – das ist Andrew Blood. Andrew hat mich gerade gefragt, ob ich ihn heiraten will.» Der Mann gab eine Art verächtliches Schnauben von sich. «Und ich habe ja gesagt.»

«Laß den verdammten Blödsinn.» Der Mann zog die Hände aus den Taschen. Sie waren groß und behaart wie die Pfoten eines Affen. Dann überschütete er Jean noch mit einem Schwall obszöner Worte, die ich hier nicht wiedergeben möchte, und verschwand von der Bildfläche.

Nach diesem Vorfall hätte ich die Wahrheit bereits erkennen müssen, obwohl ich sie in ihrem vollen Umfang natürlich nicht ahnen konnte. Jean gab an, daß sie den Mann von früher her kenne und ihn wirklich für einigermaßen widerwärtig halte. Außerdem bekräftigte sie noch einmal, daß sie einverstanden sei, mich zu heiraten.

«Du machst einen schweren Fehler», erklärte meine Mutter, als ich ihr alles erzählte. «Ich sage das nicht nur, weil du mir fehlen wirst. Aber sie ist einfach nicht die Richtige. Ich könnte dir Dinge erzählen...»

Natürlich weigerte ich mich, diese Dinge zu hören.

Wir kauften den Verlobungsring, einen schlichten, mit Brillanten besetzten Reif, und ich wurde ihren Eltern vorgestellt. Ihr Vater war Landwirt und offensichtlich recht wohlhabend. Beide Eltern waren durchaus höflich, schienen die Neuigkeiten jedoch mit einiger Zurückhaltung aufzunehmen, was ich als Zeichen von Desinteresse wertete.

Ich habe mich nie sonderlich um andere Menschen bemüht oder gar das Bedürfnis nach Freunden verspürt, da ich stets mit meinem Leben zu Hause zufrieden war, dennoch teilte ich meinen Arbeitskollegen mit, daß ich mich verlobt hatte. Es gab die üblichen Glückwünsche, gewürzt mit der Sorte anzüglicher Scherze, die mir zuwider sind, aber ich ließ sie über mich ergehen. Der Abteilungsleiter ließ mich zu sich rufen, beglückwünschte mich und erklärte, man sei mit meiner Arbeit sehr zufrieden und werde mein Gehalt erhöhen. Außerdem ließ er mich wissen, daß die Belegschaft und er selbst darauf hofften, recht bald die Bekanntschaft meiner Zukünftigen zu machen. Ich erinnere mich nicht mehr, was ich zur Antwort gab. Ich hatte nicht den Wunsch, irgend jemandem von diesen Leuten Jean vorzuführen. Mein Privatleben hatte nichts mit meiner Arbeit zu schaffen.

Die Verlobung wurde im Lokalblatt annonciert, wir sahen uns nun fast an allen Abenden, und am Sonntag kam Jean häufig zum Mittagessen zu uns nach Hause. Meine Mutter war eine ausgezeichnete Köchin und gab sich bei diesen Anlässen besondere Mühe. Sie war überaus höflich zu Jean, aber ich fühlte wohl, daß das alles rein oberflächlich war.

Mehr als einmal sagte Jean zu mir, daß meine Mutter sie nicht leiden könne.

«Sie will ihn auf keinen Fall verlieren, ihren Jungen, ihren süßen Kleinen. Außerdem findet sie, daß ich zuviel rauche – ich sehe geradezu, wie sie meine Zigaretten zählt.» Ich beteuerte natürlich, daß das nicht der Fall war, obwohl ich wußte, daß durchaus etwas Wahres darin steckte. «Im übrigen erwartet sie, daß man ihr für jedes Essen, das sie kocht, die dicksten Komplimente macht. Ich kann schließlich auch kochen, verstehst du? Du wirst schon sehen, ich werde morgen ein Abendessen für uns machen.»

Das tat sie auch. Jeder Gang des Menüs war nach Originalrezepten eines Meisterkochs zubereitet und mit irgendwelchen komplizierten Saucen und Dressings versehen. Mir war Mutters einfache, bürgerliche Küche bei weitem lieber, aber selbstverständlich behauptete ich, alles sei wundervoll. Danach setzten wir uns auf Jeans Sofa. Ich küßte sie, und binnen weniger Augenblicke machte sie mir eindeutige Angebote, die ich wiederum besser nicht zu Papier bringe, begleitet von entsprechenden körperlichen Zugriffen. Möglichst zartfühlend versuchte ich ihr klarzumachen, daß ich auf derartige Dinge nicht aus sei und sie auf jeden Fall nicht billige vor der Eheschließung.

Sie lag zurückgelehnt und starrte mich ungläubig an. Ich bemerkte wohl, daß sie wütend war, aber der Zorn machte sie nur schöner denn je. Schließlich meinte sie, daß ich wohl besser nach Hause gehen sollte, und ich verließ sie.

Danach hörte ich eine Zeitlang nichts mehr von ihr. Ich telefonierte mit ihrem Büro und erfuhr, daß sie eine Woche Urlaub genommen hatte. Ich rief in ihrer Wohnung an, aber dort meldete sich niemand.

Nachdem die Woche verstrichen war, rief sie mich an und sagte, sie wolle mich sehen. Wir trafen uns im Foyer des *County Hotels*, wo ich ihr meinen Antrag gemacht hatte. Bei meiner Ankunft saß sie bereits an der Bar, vor sich einen Whisky Sour. Daneben eine kleine Schachtel, die sie mir zuschob.

«Ein Ring. Mit Dank zurück», sagte sie. «Verlobung aufgelöst.»

Ich starrte sie ungläubig an.

«Es war ein Fehler. Ich hätte nie ja sagen sollen. Möchtest du wissen, warum ich es doch getan habe? Du wirst es kaum glauben in diesen Zeiten, wo es doch die Pille gibt – aber vielleicht hast du nie etwas von einer Pille gehört, wenn ich bedenke, wie du dich aufführst –, jedenfalls war ich schwanger von Jerry. Er hat das Kind nicht gewollt, ich aber schon, jedenfalls glaubte ich das. Deshalb hab ich ja gesagt, als du plötzlich aufgetaucht bist. Ich wollte versuchen, dich in dem Glauben zu lassen, das Kind sei von dir, aber dazu hast du mir nicht viel Gelegenheit gegeben, nicht wahr? Ich glaube zwar eigentlich nicht, daß ich damit durchgekommen wäre, aber das spielt jetzt ohnehin keine Rolle mehr. Ich hatte inzwischen eine Abtreibung, und Jerry und ich werden heiraten.»

Ich nahm den Ring und betrachtete ihn nachdenklich, während ich Tränen in meinen Augen aufsteigen fühlte. Keine Tränen des Selbstmitleids, sondern des Bedauerns angesichts des Verlust von soviel Schönheit. Unterdessen leerte Jean ihr Glas.

«Du solltest wissen, daß ich es am Ende doch nicht getan hätte. Du gefällst mir, die Art, wie du aussiehst, aber im Grunde brauchst du niemanden, außer deiner Mutter.»

Das war das Ende. Ich teilte meiner Mutter mit, die Verlobung sei gelöst, und sie antwortete, sie sei erfreut, denn es sei zu meinem Besten. Mit dem ihr eigenen bewundernswerten Taktgefühl verlor sie nie wieder ein Wort über die Angelegenheit. Den Verlobungsring gab ich zurück, für die Hälfte des Kaufpreises. Die Kollegen im Büro machten allerhand dumme Witze, die ich einfach überhörte und die nach einer Weile schließlich verstummten. Wie ich schon sagte, habe ich keine engeren Freunde.

Mutter und ich richteten uns wieder in unserem alten Leben ein. Manchmal sagte sie, daß die Richtige eines Tages schon kommen werde und hoffentlich erst nach ihrem Ableben. Mitunter fügte sie noch hinzu, daß dieser Zeitpunkt möglicherweise nicht mehr fern sei, und ich bat sie dann, so etwas nicht zu sagen, achtete aber nicht sonderlich auf diese Äußerungen.

Eines Tages dann, knapp zwei Jahre nach der Trennung von Jean, fand ich Mutter tot vor, als ich von der Arbeit nach Hause kam. Offenbar hatte sie schon länger ein Herzleiden gehabt, von dem sie mir nie erzählt hatte. Sie war am Nachmittag nach oben in ihr Zimmer gegangen, um ein wenig zu ruhen, wie sie das in letzter Zeit häufiger getan hatte, und war sanft und schmerzlos entschlafen.

Ich war wie betäubt, und in den folgenden Wochen und Monaten wurde mir erst so recht bewußt, wie sehr ich in allem von meiner Mutter abhängig gewesen war. Ich wußte, daß ich mein Leben radikal ändern mußte, verkaufte das Haus und entledigte mich des gesamten Mobiliars sowie der meisten Dinge, die Mutter gehört hatten. Bei manchen Sachen, beispielsweise bei ihrem Schmuck, brachte ich das allerdings nicht über mich.

Es war eine schreckliche Zeit, und ich fühle mich außerstande, mehr darüber zu schreiben.

Unser Arzt machte sich große Sorgen um mich und meinte, ich solle eine Weile verreisen, um mich von dem Schock zu erholen. Ich befolgte seinen Rat und fand Helen. Aber auch darüber will ich an dieser Stelle nichts sagen. Bei meiner Rückkehr kaufte ich mir eine Wohnung und führte dort ein zufriedendes Dasein. Mit Helens Hilfe habe ich gelernt, zu kochen, zu waschen und zu bügeln, und durch sie ist meine Wohnung in einem Zustand, auf den sogar meine Mutter stolz gewesen wäre. Meinen Arbeitskollegen gegenüber verlor ich nie ein Wort über Helens Existenz. Nach meinem Gefühl war das besser so.

Auf diese Weise vergingen Wochen und Monate. Was in meinem Bericht wie eine plötzliche Änderung klingt, entwickelte sich in Wirklichkeit ganz allmählich. Ich erholte mich von meinem Schock, von Jeans Verrat und von Mutters Tod, wie jemand, der langsam von einer schweren Krankheit genest und Tag für Tag ein wenig kräftiger wird. Und mit Helens Hilfe fand ich auch meine heitere Gelassenheit wieder, so daß die Vergangenheit ausgelöscht war, als habe sie nie stattgefunden.

Und dann trat Olga in mein Leben – Olga Kreisky aus Mitteleuropa.

Olgas Eltern waren kurz vor Kriegsausbruch als Flüchtlinge in dieses Land gekommen, und obwohl Olga hier geboren worden war, sprach sie mit einem deutlich fremdländischen Akzent. Sie hatte einiges Fachwissen in Architektur und kam als Konstruktionszeichnerin zu uns. Sie war eine kräftige, üppige Frau – üppig in einem Sinn, den man üblicherweise als «mütterlich» bezeichnet, obwohl meine Mutter beispielsweise schmal und zartgliedrig war, wie ich es bin.

Ich vermute, daß Olga ungefähr in meinem Alter gewesen sein muß, obwohl sie mit ihrem Umfang etwas älter wirkte. Ich kann mir nicht vorstellen, warum sie für mich irgendein besonderes Interesse hätte entwickeln sollen, aber tatsächlich war genau dies vom ersten Augenblick an der Fall. Sie setzte sich in der Kantine zu mir an den Tisch, erklärte, ich würde zu wenig essen, meinte, daß ich besser den Eierkuchen oder die überbackenen Makkaroni hätte nehmen sollen, und ich antwortete dann, daß ich nicht besonders hungrig sei und mir sowieso nicht viel machen würde aus kohlehydratreicher Kost.

«Aber Sie sind so dünn, And-rew» – von Anfang an nannte sie mich bei meinem Vornamen, wobei sie liebevoll auf den einzelnen Silben verweilte – «Sie sollten etwas Fleisch auf die Knochen bekommen. Bestimmt liegt es daran, daß Sie zu Hause selbst kochen. Das ist nicht gut. Ein Mann, der sich allein versorgt, bekommt nie etwas Anständiges zu essen.»

Sie erzählte mir, daß sie mit ihrer Schwester zusammen wohne, die allerdings bald heiraten würde. «Dann bin ich auch auf mich gestellt, aber nur keine Sorge, ich werde mir auch weiterhin meine guten Suppen machen, meine Schnitzel und meine Nachspeisen. Sie müssen wirklich mal vorbeikommen, Andrew, dann mache ich für Sie meine Spezialität – Wiener Schnitzel. Danach werden Sie ganz bestimmt keinen Hunger mehr haben, das können Sie mir glauben.» Sie lachte herzhaft, und ihre vollen Backen bebten.

Meine Mutter hat mich stets zur Höflichkeit ermahnt, und ich hoffe sehr, nie meine guten Manieren vergessen zu haben. Ich erklärte also, daß meine Verdauung etwas schwach sei und ich sehr vorsichtig sein müsse, worauf sie antwortete, sie kenne viele spezielle Gerichte für die Gesundheit, die sie gleichfalls zubereiten könne. Ich verzichtete fortan auf den Besuch der Kantine, wodurch ich aber keineswegs von Olga befreit war. Ständig trat sie zu mir an den Zeichentisch, um zu sehen, was ich gerade arbeitete, lehnte sich an mich, daß ich den Druck ihres Busens fühlte, pries mein Können und die Sorgfalt meiner Zeichnungen.

Sie achtete darauf, daß sie zur gleichen Zeit wie ich das Büro verließ, und beim erstenmal machte ich törichterweise den Fehler, ihr vorzuschlagen, sie in meinem Auto mitzunehmen. Das Ergebnis war, daß sie mich vor ihrer Haustür hereinbat, damit ich ihre Schwester kennenlernte. Sie stellte mich ihr vor mit den Worten «Mein lieber Freund An-drew», worauf Nadia, die Schwester, erklärte, sie habe schon viel von mir gehört. Wie war das möglich, wenn es doch gar nichts zu hören gab? Ich zog die Konsequenzen und fuhr nicht mehr mit dem Wagen zur Arbeit.

Dann äußerte Olga den Wunsch, meine Wohnung zu sehen, mit der Bemerkung, sie sei sicher, daß dort die Hand einer Frau vonnöten sei. Ich vermied es, ihr auch nur meine Adresse zu geben, ich wußte, es würde niederschmetternd für sie sein, dort auf Helen zu treffen. Im Büro hatte ich allerhand «Frotzeleien» – ich glaube, so nennt man das heute – wegen Olga auszustehen. Ich sagte nichts dazu, statt dessen reagierte ich mit äußerster Gleichgültigkeit sowohl auf diese Witzbolde als auch auf Olga selbst, die mir allerdings mit der Sturheit eines Nilpferdes weiter nachstellte. Sie begann, Pasteten und Sandwiches mit ins Büro zu bringen, und bestand darauf, zu Mittag mit mir zu teilen. Ich wußte nicht, wie ich das ablehnen sollte, ohne grob werden zu müssen, und war drauf und dran, ihr von Helen zu erzählen, die für mich kochte, was immer ich wünschte – aber ich hielt mich eben noch zurück.

Der nervliche Druck wurde immer stärker, so daß ich schon in Erwägung zog, die Stelle zu wechseln, aber ich fürchtete, daß Olga mir überallhin folgen würde. Ihr fettes, rundes Gesicht, ihre gewaltigen Euter, ihre ganze Körperfülle wurden zu einer regelrechten Heimsuchung. Nachts hatte ich Alpträume, in denen mich ihre Fleischmassen niederdrückten, während ich mich wand und vergeblich versuchte, ihr zu entkommen. Aber das war nichts gegen den Alptraum, der sich dann in Wirklichkeit abspielte.

Ich war soeben von der Arbeit zurück und freute mich auf einen gemütlichen Abend zu Hause mit Helen. Auf ein Steak mit Salat, etwas Käse und Kaffee, anschließend ein oder zwei Stunden vor dem Fernseher. Als es klingelte, machte Helen die Tür auf, und das war ein Fehler, denn draußen wartete Olga, beladen mit Paketen in braunem Papier. Es war dunkel in der Diele, so daß sie zunächst nicht wahrnahm, eine Frau vor sich zu haben.

«An-drew, ich war ein ganz böses Mädchen», sagte sie, «du wolltest mir deine Adresse nicht geben, und sie stand auch nicht im Telefonbuch, aber ich habe sie dann doch von der Buchhaltung bekommen. Bestimmt bist du nicht mehr böse, Andrew, wenn du siehst, was ich uns zum Essen mitgebracht habe. Räucherlachs, Würstchen mit Nudeln, eine Spezialität aus Ungarn und…»

Plötzlich stellte sie fest, daß sie zu Helen sprach, und sie begann zu lachen.

Dieses Lachen brachte unvermutet mein Blut in Wallung. Wenn sie nicht gelacht hätte, hätte ich mich wahrscheinlich damit begnügt, sie einfach fortzuschicken, aber da war dieses fette europäische Lachen, dieses Lachen einer Kuh, und es richtete sich direkt gegen meine arme Helen. Ich zerrte Olga in die Diele und dann zur Küche, wobei sie ihre Einkäufe fallen ließ. Schließlich standen wir in der Küche. Ich griff das Messer, mit dem ich eben die Steaks zurechtgeschnitten hatte, und pflanzte es in dieses fette Geschöpf, das sich erdreistet hatte, Helen zu beleidigen.

Ich weiß nicht mehr, was ich noch alles mit diesem Messer tat. Bis zu dieser Tat war ich ein geistig völlig normaler Mensch gewesen, und das bin ich auch heute, aber in jenen Augenblicken war ich wohl zugegebenermaßen von Sinnen. Zweifellos verrückt, aber auch bis zum Äußersten provoziert. Damit will ich meine Handlungsweise nicht entschuldigen, aber sicher wird mir jeder zugestehen, daß ich dazu in extremer Weise herausgefordert wurde. Als alles vorbei war und die Schreie endlich aufgehört hatten, blickte ich auf dieses Ding am Fußboden und sah nur Blut, überall Blut. Ich empfand es wie eine Fügung, wie etwas, mit dem ich meinem Namen gerecht geworden und seine Bestimmung erfüllt hatte. Ein paar Eier aus Olgas Einkaufstüten lagen zerbrochen am Boden, und das Gelb der Eidotter vermischte sich mit dem roten Blut. Als die Polizei auftauchte, war ich gerade dabei, diese Schweinerei zu beseitigen.

Soviel zu den Ereignissen, die mich in diesen Raum gebracht haben. Ich habe sie auf Empfehlung von Dr. Glasser zu Papier gebracht, und ich möchte hinzufügen, daß ich froh bin, mich von der Welt zurückgezogen zu haben. Und dankbar für die Möglichkeit, hier leben und Helens Besuche empfangen zu dürfen.

2. Der hintergründige Doktor Glasser

Das Sprechzimmer von Dr. Glasser war ein geräumiges Quadrat, an dessen weißgestrichenen Wänden zahllose gerahmte Zertifikate hingen und die herausragenden Fähigkeiten des Psychiaters bekundeten. Der Doktor selbst war ein hochgewachsener Mann mit einer Habichtsnase und einem edlen, graubehaarten Schädel. In seinem Blick und auch in seinen Gesten lag etwas Spöttisches, als erscheine ihm die Welt noch absurder als erwartet.

Sein Besucher, ein kleiner rundlicher Mann mit kindlich unschuldigen Augen hinter seiner goldgefaßten Brille, hörte auf den Namen Johnson und war Vizepräsident der Liga zur Reform des psychiatrischen Gesundheitswesens. Er legte die mit säuberlicher und eleganter Handschrift bedeckten Papiere aus der Hand und bemerkte: «Sehr interessant. Von bemerkenswerter Klarheit, will mir scheinen.»

«Ja, Andrew ist tatsächlich ganz klar und vernünftig. Ein klassischer Fall, wie aus dem Lehrbuch.» Dr. Glasser spitzte seine Finger und schaute zur Decke hoch, als wolle er eine Vorlesung halten. «Das Kind, das vom Vater nicht beachtet wird und sich deshalb total an die Mutter bindet. Jede Frau, die ihm begegnet, wird nicht als reale Person wahrgenommen, sondern in Beziehung zur Mutter gesetzt. In Anbetracht des Inzesttabus kommt der Sexualakt mit einer beliebigen Frau nicht in Betracht, sie muß erst nach dem Bilde der Mutter geschaffen werden. Die unglückliche Erfahrung mit Jean hätte sich mit jeder Frau wiederholt, die eine sexuelle Beziehung wünschte. Aus den genannten Gründen ist der Sexualakt für Andrew negativ besetzt und erfüllt ihn mit Schrecken.»

Mr. Johnson rutschte mit einem Ausdruck des Unbehagens auf seinem Stuhl hin und her. «Ich verstehe. Aber mir geht es darum...»

Wenn Dr. Glassers Redefluß einmal in Gang war, ließ er sich nicht so leicht stoppen. «Er lehnt den Sexualakt ab, mit aller Gewalt. Die Verletzungen, die er der armen Olga Kreisky beibrachte, waren äußerst brutal, weit schlimmer, als es in seinem Manuskript zum Ausdruck kommt. Er hat sie nachgerade verstümmelt.»

«Sehr betrüblich. Aber das ist lange her.»

«Sechs Jahre.»

«Wie Sie wissen, werden nach Ansicht unserer Liga viel zu viele Patienten in Heimen verwahrt, obwohl sie eindeutig in der Lage wären, ein völlig normales Leben zu führen. Soweit ich weiß, fertigt Andrew immer noch technische Zeichnungen an, nicht wahr?»

«In der Tat. Und sie sind ausgezeichnet.»

«Demnach ist er also offenkundig imstande, seiner Arbeit nachzugehen. Seinem Krankenblatt zufolge war seine Führung in diesem Hause beispielhaft. Wenn man ihn nun entlassen würde, unter der Bedingung, mit dieser Helen zu leben, die man wohl als eine Art Mutterersatz bezeichnen dürfte und der er allem Anschein nach völlig ergeben ist – wäre er dann wirklich eine Gefahr für das Allgemeinwohl? Aber lassen Sie mich zuerst wissen – würden Sie mir zustimmen, daß Helen für ihn einen Mutterersatz darstellt?»

Der Arzt richtete seinen ironischen Blick auf Mr. Johnson und antwortete: «Das würde ich.»

«Und würde er eine Gefahr für andere sein?»

«Vielleicht nicht.»

Mr. Johnson nahm seine Brille ab, polierte die Gläser und fragte ernst: «Nur vielleicht? Sie haben zugegeben, daß seine Führung hervorragend war.»

«Habe ich.»

«Warum sollte man ihn dann nicht entlassen?»

«Nehmen Sie nur einmal an, daß irgend jemand anderes Helen zu nahe treten könnte.»

Mr. Johnson war einigermaßen bestürzt. «Warum sollte das passieren? Helen war ihm die ganze Zeit über bemerkenswert treu – sie ist ihm offensichtlich ganz ergeben. Ich ersehe aus den Unterlagen, daß sie ihn regelmäßig besucht. Vielleicht sollte man die beiden heiraten lassen.»

Dr. Glasser stieß einen Seufzer aus. «Kommen Sie, Mister Johnson, wir werden Ihrem beispielhaften Patienten einen Besuch abstatten.»

Sie verließen das Sprechzimmer, nahmen den Lift, gingen einen langen Gang hinunter, an dessen Ende sich im rechten Winkel ein weiterer anschloß. Zu beiden Seiten dieses Korridors lagen Türen, die mit Namensschildern versehen waren. Türen mit Schlüssellöchern, aber ohne Klinken. In einem zwischen beiden Fluren gelegenen Raum saßen vier Pfleger beim Kartenspiel. Mit einigem Unbehagen bemerkte der kleinwüchsige Mr. Johnson, daß die Männer sehr groß und kräftig waren. Dr. Glasser forderte einen aus der Gruppe auf, sie zu begleiten. Mit einem Schlüssel aus dem von seinem Gürtel baumelnden Bund schloß er eine der Zimmertüren auf und sprach: «Hallo, Andrew, Besuch von Doktor Glasser.»

Die Männer betraten ein kleines, einfach möbliertes Wohnzimmer, an dessen Wänden verschiedene Zeichnungen hingen, überwiegend Darstellungen von Maschinenteilen, aber auch ein Portrait von Dr. Glasser sowie zwei Skizzen einer Frau, von der Mr. Johnson annahm, daß es sich um Helen handelte. Der Mann im Lehnstuhl senkte das Buch, in dem er gelesen hatte. Er war von kleiner Gestalt, und sein Gesicht hatte zarte, fast puppenhafte Züge. «Guten Tag, Doktor.»

«Andrew, das hier ist Mister Johnson von der Liga für die Reform psychiatrischer Einrichtungen. Ihr Manuskript hat ihm sehr gefallen.»

«Tatsächlich? Das freut mich wirklich.» Ein Lächeln ging über die feinen Züge. «Sie müssen wissen, es ist alles wahr, jedes Wort. Man hat mich provoziert, aber ich habe etwas sehr Schlimmes getan. Für einen Moment war ich völlig von Sinnen, obwohl ich jetzt vollkommen klar bin und es jahrelang war. Schauen Sie, was ich gerade lese.» Er hielt das Buch hoch. «Ein Buch von Jane Austen, mit dem Titel ‹Persuasion›. Ich lese gerne von der Vergangenheit, alles war damals viel zivilisierter als heute.»

Mit der ihm eigenen Ernsthaftigkeit fragte Mr. Johnson:

«Was würden Sie davon halten, entlassen zu werden? Würde Ihnen das gefallen?» Andrew Blood dachte einen Augenblick nach und nickte dann. «Würden Sie einen Job annehmen und von Ihren zeichnerischen Fähigkeiten Gebrauch machen?» Wieder ein Nicken. «Und würden Sie mit Helen zusammenleben, sie vielleicht sogar heiraten wollen?»

Ein Hauch von Unsicherheit, von plötzlicher Angst, zog über die zarten Züge. Fragend blickte Andrew Blood zu Dr. Glasser, der leise sagte: «Falls Helen gerade hier ist, Andrew, würden wir Sie gerne begrüßen.»

Der Ausdruck der Unsicherheit verwandelte sich in ein strahlendes Lächeln. Andrew sprang auf und lief zu einem angrenzenden Zimmer. Der Pfleger sagte etwas und schien ihn aufhalten zu wollen, aber Dr. Glasser hielt ihn zurück. Nach zwei, höchstens drei Minuten – die Mr. Johnson allerdings weit länger vorkamen – erschien eine seltsame Gestalt auf der Türschwelle.

Sie war klein und schmal und trug eine graue, dauergewellte Perücke. Darunter das Gesicht von Andrew Blood, weißgepudert wie der Tod und mit grellrotem Lippenstift beschmiert wie die Maske eines Clowns. Die Gestalt trug ein mehlfarbenes Damen-Twinset, eine Kette aus imitierten Perlen und Schuhe mit hohen Absätzen. Sie trippelte geziert durch das Zimmer, die beringte Hand zum Kuß ausgestreckt und zwitscherte in hohem Falsett: «Schön, Sie zu sehen. Wie geht es Ihnen?»

Die Erscheinung selbst war schon grotesk genug, aber es waren die Worte und die Fistelstimme, die Mr. Johnson letztlich um seine Fassung brachten. Er war außerstande, das Lachen zurückzuhalten, er schüttelte sich geradezu, daß es durch das Zimmer hallte, und obwohl er sich schließlich die Hand vor den Mund hielt, gluckste dieses tolle Lachen immer wieder hervor.

Einen Augenblick später lag er bereits am Boden, zwei Hände fuhren kratzend durch sein Gesicht, legten sich würgend um seine Kehle, und eine schrille Stimme stieß wüste Beschimpfungen aus. Bevor es dem Arzt und dem Pfleger mit vereinten

Kräften endlich gelang, den tobenden Patienten von seinem Opfer loszureißen, war Mr. Johnsons Gesicht bereits übel zugerichtet.

Zurück im Sprechzimmer, goß Dr. Glasser seinem Besucher einen Whisky ein und entschuldigte sich für den Vorfall. «Vergeben Sie mir, daß ich Ihnen diese kleine Enttäuschung bereiten mußte. Ich hätte Ihnen vielleicht sagen sollen, daß Andrew und Helen eine Person sind, aber ich hielt es für überzeugender, die Dinge direkt in Augenschein zu nehmen. Natürlich habe ich nicht damit gerechnet, daß Sie lachen würden. Damit haben Sie Helen beleidigt und Andrew wütend gemacht. So wie damals, als Olga Kreisky Helen ausgelacht hat.»

«Und Helen ist…»

«Wohl kaum die Helen von Edgar Allan Poe, wie Sie von ihrem Erscheinungsbild her vielleicht angenommen haben. Nein, Helen war der Name von Andrews Mutter. Sie war der Mittelpunkt seines Lebens, und als sie starb, hat er sie einfach neu belebt. Und die Sachen, die er trug, stammen aus ihrem Nachlaß. In seinem Manuskript hat er selbst gesagt, daß er sich nicht dazu durchringen konnte, sich von allem zu trennen. Und da er ein kleiner, zartgebauter Mann ist, passen ihm die Sachen einigermaßen… Ich sagte Ihnen bereits, daß es sich um einen klassischen Fall handelt. Nicht um den eines Transvestiten, sondern um einen Fall von Persönlichkeitsaustausch, der nur bei Personen auftritt, die sich den körperlichen Aspekten des Lebens nicht stellen können. Seine Mutter hatte das begriffen. Als sie ihm sagte, daß es für ihn vielleicht nie die Richtige geben würde, muß sie geahnt haben, daß er zu denen gehört, für die der Traum besser ist als die Realität.»

RUDI KOST

Steckbriefe

Jakob Arjouni

geboren 1964
in Frankfurt
lebt in Berlin
schrieb u. a. Happy birthday, Türke (1987), Mehr Bier (1987), Ein Mann, ein Mord (1991)

> Ich pulte mir einen Rest Hackfleisch aus den Zähnen, holte das Bastelwerk von der Wand und betrachtete es. (Happy birthday, Türke)

Er hat den Ton drauf, und so stimmen wir denn in den Jubelchor ein: Hurra, der Enkel von Phil Marlowe und Sam Spade ist geboren! Und das bei uns! In Deutschland! Aber, erhebt sich da schon die warnende Stimme von Jochen Schmidt: «Es ist schon ein Jammer mit den Talenten des deutschen Kriminalromans: kaum haben sie Erfolg, steigt er ihnen schon zu Kopf.» In der Tat war Jakob Arjounis Start fulminant (wobei man zunächst, auch das gehört zum Jammer, gar nicht so recht mitbekommen hat, daß es ihn überhaupt gibt). Er schickt den Privatdetektiven Kemal Kayankaya durch die Frankfurter Unter- und Halbwelt. Wie der Name vermuten läßt: ein Mensch türkischer Abstammung; die Deutschen schimpfen ihn Kanacke. Aber er ist bei einer deutschen Familie aufgewachsen, insofern Deutscher, und den Türken will es nicht in den Kopf, daß er kein Wort Türkisch spricht. Eine geniale Figur, der Katalysator für all die Vorurteile und Abneigungen, die deutsche Spießer ihren ausländischen Mitbürgern so gerne angedeihen lassen. Kemal Kayankaya steht im Niemandsland zwischen den Kulturen, ein wahres Kind unserer Zeit, und er kompensiert das, indem er saufend und rüpelnd und prügelnd durch Frankfurt zieht. Dahinter steckt mehr als bloß die augenzwinkernde Erfüllung einer vielgeliebten Krimi-Formel. Warum ist Arjouni besser als die deutschen Kollegen, die sich auch schon an Privatdetektiven versucht haben? Weil er sich keinen Deut um die Logik seiner Plots kümmert, sondern sich auf Stimmungen und Atmosphären konzentriert. Der ungehobelte Charme seiner Bücher schliddert immer haarscharf an der Grenze zum Comic-Strip entlang, und genau hier liegt die Gefahr. Der unbekümmerte Umgang mit den Klischees wird zur Routine, die Satire rutscht ins Plakative, der Ton wird zu laut. Aufgepaßt, Kemal!

Linda Barnes

geboren 1949
in Detroit
war Lehrerin für dramatische Künste
lebt in Brookline, Massachusetts
schrieb u. a. Carlotta steigt ein (1987), Carlotta fängt Schlangen (1989), Carlotta jagt den Coyoten (1992)

> «Ich will kein blöder Held sein.» «Ich weiß», sagte ich. «Aber manchmal hat man keine Wahl.»
> (Carlotta fängt Schlangen)

Wenn eine Frau dem harten Geschäft der Privatdetektei nachgeht, ist ein entsprechender beruflicher Background offensichtlich unverzichtbar – bei einer Frau anscheinend noch mehr als bei einem Mann; könnte sie sonst Kompetenz beanspruchen? Auch Carlotta Carlyle war demzufolge einmal Cop. Das bringt die notwendigen Verbindungen mit sich und den indirekten Zugang zum Polizeicomputer, hat zu einigen persönlichen und aufrechterhaltenen Freundschaften geführt – und zu vielen unangenehmen Erinnerungen. Vor allem, wenn Carlotta in die Bostoner Nahkampfzone, das Hurenviertel, muß, klumpt sich ihr Magen zusammen. Sie sieht, was ist und was die Cops dagegen machen (nicht viel) und wie sie mitmachen (häufig). Carlotta mit der roten Mähne und ihren Einsachtzig kann ganz schön hart sein, wenn es sein muß, aber sie zwingt sich geradezu, diese Härte zurückzudrängen, weil sie Herzenskälte ist und eine Cop-Haltung, in die man in bestimmten Situationen unwillentlich zurückfällt. Linda Barnes' Thema ist: Carlotta. Die Gelegenheits-Taxifahrerin mit dem ererbten Sittich und der adoptierten kleinen Schwester. Die Frau, die sich aus dem Mann-Frau-Geschäft zurückgezogen hat und jedesmal schwach wird, wenn sie einen bestimmten Mann in ihrer Nähe auch nur ahnt. Carlotta, wie sie lebt, liebt und leidet, wie sie ihre Eigenheiten und Marotten ausbildet und versucht, zu einem tatsächlich eigenen Leben zu kommen, wo jede Vorliebe und jede Abneigung persönlichen Bedürfnissen entspringt und nicht gedankenlose Imitation dessen ist, was «man» tut. Eine Frau, ein Mensch auf dem Weg zu sich selbst; irrend, fluchend – und komisch. Linda Barnes weiß schon, wie man solch ein Thema verpacken muß.

Rubem Fonseca

geboren 1925
in Juiz de Fora (Brasilien)
war Professor, Journalist, Filmkritiker
lebt in Rio de Janeiro
schrieb u. a. Bufo & Spallanzani (1987), Das vierte Siegel (1989), Der Abkassierer (1989), Grenzenlose Gefühle, unvollendete Gedanken (1989)

> Die Vorstellung von Perfektion ist eine Utopie von Träumern, genau wie das Streben danach. Ja, ich war ein Träumer. Ich war eigenartig, vielleicht seltsam, aber nicht verrückt.
> (Grenzenlose Gefühle, unvollendete Gedanken)

Daß diese Krimis anders sind als die anderen, vielleicht gar keine «echten» Krimis, ist ein Gemeinplatz, der auf jeden guten Krimi zutrifft. Die Erfüllung der Form ist zugleich auch deren Überwindung – bei einem guten Krimi. Der Form nach ist bei Rubem Fonseca alles normal. Am Anfang eine Leiche, vielleicht sonst noch ein Verbrechen (geschmuggelte Diamanten in «Grenzenlose Gefühle, unvollendete Gedanken»), die Hauptfigur irgendwie darin verwickelt (in «Bufo & Spallanzani» der heimliche Geliebte der zu Tode Gekommenen), und das Geschehen entwickelt sich folgerichtig. Aber Rubem Fonseca ist durch gute Schulen gegangen. Seine Geschichten sind eine augenzwinkernde Hommage an Hitchcocks Erzähltechniken: irgendeinen Anlaß braucht die Geschichte, um in Gang zu kommen; aber dann entwickelt sie eine Eigendynamik und Rasanz, die von den Anfängen weit wegführt, durchaus auch im geographischen Sinne: bis hin nach Berlin und Paris (womit auch das Pseudo-Kosmopolitikum des modernen Thrillers trefflich parodiert wird) und natürlich quer durch Brasilien. Seltsamerweise ist das weniger exotisch, als wenn ein Europäer über Südamerika schreibt. Landschaften und Charaktere, die Korruption und weitreichende wirtschaftlich-politische Macht sind keine bestaunten Besonderheiten, sondern als etwas ganz Selbstverständliches den Geschichten untergeordnet. Die sind mit solcher Brillanz erzählt, mit solcher abstruser Phantasie gesegnet, mit soviel Witz und Intelligenz unterlegt, daß Rubem Fonseca wahrlich ein Geheimtip zu nennen ist.

 RUDI KOST

Erle Stanley Gardner

geboren 1889
in Malden, Massachusetts
war Rechtsanwalt (natürlich)
gestorben 1970
schrieb u.a. Bei Heirat Mord, Perry Mason und das Mädchen mit den grünen Augen, ...und die fünfzig Päckchen, ...und der letzte Brief, ...und der Scheidungsgrund, ...und die Leiche im Urlaub

> «Paß auf! Die schießen durch die Füllung!» «Laß sie. Eine Frau ist dahinter in Gefahr. Schlag die Tür ein.»
> (Perry Mason und das Mädchen mit der Narbe)

Eines ist ganz gewiß: um die Tugend der schönen Della Street braucht sich keiner Sorgen zu machen. Perry Mason und seine tüchtige Sekretärin, das ist die Geschichte einer klinisch sterilen Büroerotik, deren Höhepunkt ein gemeinsames Abendessen ist. Perry Mason ist Spannung mit Garantie: mit Sicherheit passiert nichts Unvorhergesehenes, und alles ist garantiert harmlos und jugendfrei. Und läuft immer nach dem gleichen Strickmuster. Der Fall und die ausgedehnte Gerichtsverhandlung, in welcher der Angeklagte in scheinbar aussichtloser Lage durch die Eloquenz und den nimmermüden Einsatz seines Anwaltes Perry Mason vor den Klauen der Justiz gerettet wird; und schon wieder ist der Gerechtigkeit zu einem grandiosen Sieg verholfen. Das haben viele nachzuahmen versucht, aber so gut (und halten zu Gnaden, auch so spannend) wie Perry Mason und Erle Stanley Gardner kann es keiner. Es ist der hohe Wiedererkennungswert aller Elemente und Figuren, der den Perry-Mason-Romanen zu einem solch enormen Erfolg verholfen hat. Wer einen Roman gelesen hat, kennt alle anderen – die Perfektion des Schemas, in über 100 Romanen ausgebreitet, und er soll ja dann auch eine Reihe von Ghostwritern beschäftigt haben, was man gerne glauben mag. Da wird Literatur zum nüchtern kalkulierten Broterwerb, wogegen ja beileibe nichts einzuwenden ist. Aber vielleicht als Gegenreaktion darauf ist er in die Maske von A. A. Fair geschlüpft und hat den smarten Privatdetektiven (und gescheiterten Juristen) Donald Lam und seine dicke, geldgierige Chefin Bertha Cool erfunden. Das ist um einiges witziger. Aber immer noch garantiert harmlos.

Elizabeth George

geboren 1949
in Warren, Ohio
war Englischlehrerin, lehrt seit 1988 kreatives Schreiben
lebt in Kalifornien
schrieb u. a. Gott schütze dieses Haus (1988), Keiner werfe den ersten Stein (1989), Auf Ehre und Gewissen (1990)

«Gottverdammich», schimpfte Lynley gereizt, «tun Sie wenigstens ausnahmsweise mal, was ich sage. Und zwar sofort.»
(Keiner werfe den ersten Stein)

Die besten englischen Krimis schreiben immer noch die Amerikanerinnen. Na klar, das ist der Reiz des Bekannten, das man aus der Ferne wahrnimmt; man kann in etwas schwelgen, was einen selber nicht betrifft, und Material darüber (auch literarisches) gibt es zuhauf. Der Blick von außen kann freilich auch erhellend sein: man ist ein distanzierter Beobachter. Die dramatische Konstruktion von Elizabeth Georges Romanen ist durchsichtig, aber effizient. Da haben wir Inspector Thomas Lynley, Eton und Cambridge und ein untadeliger Stammbaum bis zurück in die Steinzeit; natürlich gutaussehend, charmant, intelligent und wenn schon nicht exzentrisch, so doch snobistisch. Ihm zur Seite Sergeant Barbara Havers aus dem Kleinbürgerproletariat. Er hat Zugang zur Oberschicht, kennt ihre Regeln und Tabus; sie pflegt ihren Haß auf den degenerierten Adel. Damit ist schon mal mindestens die Hälfte eines Buches gerettet. Freilich ist Elizabeth George keine plumpe Imitatorin (in ihrer Ahnenlinie könnte man am ehesten noch Dorothy L. Sayers ausmachen). Sie weiß ihre Konstellation zu nutzen zu einem durchaus kritischen Porträt des heutigen England, das zumindest unseren *Vorstellungen* davon haargenau entspricht. In «Keiner werfe den ersten Stein» beispielsweise behindern beiderseitige Vorurteile, aus dem jeweiligen Klassenbewußtsein geboren, ihre Ermittlungen (natürlich war's ein ganz anderer). Dazwischen mischt Elizabeth George eine gehörige Portion Romantik aus Liebe und Leid. Und so bangen wir, durchaus vergnügt und uns bestens unterhalten fühlend, der Frage entgegen: Wird die schöne Lady Helen das Flehen von Thomas Lynley, Earl of Irgendwas, endlich erhören? Und wird Trampel Barbara gar Trauzeugin?

RUDI KOST

Doris Gercke

geboren 1937
in Greifswald
war Verwaltungsbeamtin, Hausfrau, Mutter, Büroangestellte
lebt in Hamburg
schrieb u.a. Weinschröter, du mußt hängen (1988), Nachsaison (1989), Moskau, meine Liebe (1989), Der Krieg, der Tod, die Pest (1990), Die Insel (1990)

Bella ging hinüber zu den Bücherregalen und griff nach einem Band mit Liebesgedichten.
(Der Krieg, der Tod, die Pest)

Es bedarf heutzutage nicht mehr allzuviel, um in den Feuilletons oder für die Klappentexte zum «Shooting-Star» zu avancieren; es wimmelt geradezu von ihnen (was die deutsche Krimi-Szene aber auch nicht besser macht, als sie ist). Doris Gercke hebt sich insofern deutlich ab, als sie die gängigen Krimi-Muster gar nicht erst mit neuem Leben erfüllt. Ihre Romane sind sozusagen nur Vorspiel. Sie leistet sich damit ein ungewöhnliches Privileg. Während Krimis sonst auf eine wie auch immer geartete Lösung hin konzipiert sind, bricht ihre Handlung am Höhepunkt abrupt ab. Noch ein paar nachgeschobene Sätze, und das war's dann. Bella Block, Ex-Polizistin, groß und rund, hat wieder etwas überstanden und kann sich erneut ihren eigentlichen Leidenschaften Wodka und Lyrik widmen. Dieses Etwas der nunmehrigen Detektivin ist nicht eigentlich ein Fall zu nennen. Ihr widerfährt etwas (im schlimmsten Fall die Liebe), und dem muß sie nachgehen, muß sich daraus wieder befreien. Es drängt sie nicht, etwas aufzuklären oder gar für die gerechte Strafe zu sorgen. Sie muß nur ihren Kopf und ihr Gefühlsleben wieder frei kriegen. Doris Gercke berichtet in lakonischer, schnörkelloser, schwebender Sprache und ganz altmodisch als allwissende Erzählerin, nicht aus der Sicht der Heldin von Menschen und den Situationen, in die sie sich gebracht haben. Menschen auf der Schattenseite des Lebens? Jeder ist dort, auch die Erfolgreichen und Gesicherten. Auch eine wie Bella Block, die die Liebe liebt und die Männer – vielleicht sogar haßt. Die für sich die, meint sie, einzig angemessene Haltung gefunden hat: Männer sind nicht wichtig.

Frank Göhre

geboren 1943
in Tetschen
war Buchhändler, Kunsthändler, Werbetexter
lebt in Hamburg
schrieb u. a. Der Schrei des Schmetterlings (1986), Der Tod des Samurai (1989), Letzte Station vor Einbruch der Dunkelheit (1990), Der Tanz des Skorpions (1991)

> Ich habe gelernt, Deals zu machen.
> (Der Tanz des Skorpions)

Über den Bandenkrieg auf dem Hamburger Kiez war jahrelang in den Gazetten zu lesen. Möchte man auch im Krimi davon hören? Ist nicht längst das wirkliche Leben weitaus phantasievoller und krimineller, als sich der Schriftsteller auszudenken vermag? Frank Göhre gelingt das Kunststück, eine eigene literarische Realität aufzubauen, die sich zwar an die wirklichen Ereignisse anlehnt und sie auch gar nicht leugnet, sie jedoch nur als Folie nimmt. Göhres Kiez-Trilogie («Der Schrei des Schmetterlings», «Der Tod des Samurai», «Der Tanz des Skorpions») ist tunlichst chronologisch zu lesen – auch, um die literarische Entwicklung des Autors verfolgen zu können: endlich mal wieder einer, der die lineare Erzählung mit gezielten Irritationen, mit eingestreuten Protokollnotizen, mit sprunghaften Stilmitteln zu durchbrechen sucht – es wenigstens versucht. Aus der Trilogie ergibt sich mosaikartig ein Zeitporträt von der Nachkriegszeit bis zur Gegenwart. Sie erzählt von Aufstieg und Fall der Kiez-Größen und der allmählichen Ausbreitung der Grauzonen. Es gibt bald keine Trennung mehr von Politik, Geschäft und Polizei; alles durchdringt sich so, daß es kaum mehr zu durchschauen, geschweige zu entwirren ist (was mitunter auch für den Plot gilt). Das spiegelt nur die allgemeine gesellschaftliche Entwicklung, der Kiez ist lediglich ein besonders prägnantes Beispiel: was ist der Raub einer Bank gegen die Gründung einer Bank? Darin verwoben sind die Geschichten der Polizisten, und auch bei ihnen mischen sich Berufsrolle und Privatleben so sehr, daß es keine Trennung mehr gibt. Nicht, weil sie nur noch ihrem Beruf leben, sondern weil es objektiv keine Unterscheidung mehr geben kann. Alles ein Sumpf.

David Goodis

geboren 1917
in Philadelphia
war in einer Werbeagentur, Drehbuchautor
gestorben 1967
schrieb u. a. Dark Passage (1946), Nightfall – Die Nacht bricht an (1947), Straße der Barbaren (1952), Der Mond in der Gosse (1953), Am Ende der Nacht (1953), Schwarzer Freitag (1954), Straße ohne Wiederkehr (1954), Schießen Sie auf den Pianisten (1956)

> Du gefällst mir. Du hast Schneid und machst nicht viele Worte. Du kommst zurecht.
> (Nightfall)

Wir verdanken ihm einen der schönsten Filme überhaupt: «Das unbekannte Gesicht» (auch: «Die schwarze Natter») mit Humphrey Bogart und Lauren Bacall (nach «Dark Passage»), und einen der seltenen Fälle, wo der Film sogar über die Vorlage hinausreicht. Und schon die ist nicht von schlechten Eltern. Es kommt nicht von ungefähr, daß sich die Filmemacher geradezu magisch angezogen fühlen von Goodis' Geschichten. Selten gelingt es einem Romancier, mit so wenig Worten so viel Atmosphäre zu erzeugen. Es sind immer kleine Sachen, die seine Figuren aus dem Tritt bringen, kleine Stolperer im Leben sozusagen, dumme Zufälle (man möchte ja nicht von Schicksal reden), und fortan nimmt das Leben eine andere Wendung. Es folgt ein Sturz in das Bodenlose der Ungewißheit, wo alles zu Ende zu sein scheint. In einer seltsamen Paradoxie richten sie sich gleichermaßen ein im Chaos, wie sie es zu überwinden suchen. Es sind, liest man hinter den Worten, Reinigungsprozesse des eigenen Selbst, notwendige Durchgangsstadien; man muß, scheint David Goodis zu suggerieren, so etwas mal durchgemacht haben, um im Leben (und vor sich selbst) bestehen zu können, und danach ist nichts mehr so selbstverständlich, wie es einmal war; ein gerüttelt Maß an autobiographischen Erlebnissen fließt da hinein. Reduziert man die Geschichten auf ihren reinen Plot, kommt nichts Überwältigendes zustande, außer vielleicht einem leicht kitschigen Einschlag: die heilende, wenn auch mitunter als schmerzhaft empfundene Kraft der Liebe. Der Ton macht erst die Musik. David Goodis schreibt so kühl (nicht kalt), daß daraus eine erregende Spannung resultiert, der man rettungslos verfällt.

Geoffrey Homes

geboren 1902 als Daniel Mainwaring
in Dunlap, Kalifornien
war Obstpflücker, Privatdetektiv, Reporter
gestorben 1978
schrieb u.a. Der Doktor starb zur Dämmerstunde (1936), Der Selbstmord-Mann (1936), Der Mann, den es nicht gab (1939), Goldenes Gift (1946)

«Jesses, wir stecken voll im Schlamassel», sagte Clark.
«Dafür haben wir eine saftige Geschichte», beruhigte ihn Robin.
(Der Mann, den es nicht gab)

Daß Autoren wie Geoffrey Homes erst jetzt bei uns bekannt werden, ist ein spätes Erbe der Nazi-Zeit. Man war abgeschnitten auch von der internationalen Krimi-Entwicklung, und das wirkte lange nach. Ist seine Entdeckung mehr als ein Auffüllen des Programms, mehr als Nostalgie, die sich heute auf die Romane der vierziger Jahre kapriziert? Ist uns etwas Wichtiges entgangen? Sagen wir mal so: mit Geoffrey Homes wird keine schmerzliche Lücke gefüllt, aber er ist sein Papier wert. Im Vergleich mit seinen Zeitgenossen fehlt ihm die Schärfe des Stils und des Blicks auf die gesellschaftlich-politischen Zustände; man vergleiche nur einmal «Der Doktor starb zur Dämmerstunde» mit Hammetts «Red Harvest»; bei Geoffrey Homes ist der Streik der Obstpflücker nur ein auslösendes, kein folgenreiches Ereignis, und wie er den Filz und die Dumpfheit im ländlichen Kalifornien schildert, regt eher zum Schmunzeln als zum Nachdenken an. Er geht nachsichtig um mit seinen Mitmenschen, möchte niemandem weh tun, die Unterhaltung des Lesers steht bei ihm im Vordergrund. Und mit dem Reporter Robin Bishop – die Romane um den Privatdetektiven Humphrey Campbell harren noch ihrer Übersetzung – kommt man auch auf seine Kosten. Und erhält interessante (wenn auch keine neuen) Einblicke in den investigativen Journalismus. Der Zwang zur «saftigen Geschichte» läßt Robin Bishop in Mordabenteuer stürzen, ohne Rücksicht auf Leib und Leben und manchmal auch auf die Wahrheit. Der Knüller im Blatt rechtfertigt alles, und das Ergebnis – meist im Stil des klassischen *dénouement* vorgetragen – rechtfertigt den Knüller. Nett zu lesen, ohne Gefahr schlafloser Nächte.

P. D. James

geboren 1920
in Oxford
war in der Krankenhausverwaltung, Beamtin
lebt in London und Suffolk
schrieb u. a. Ein Spiel zuviel (1962), Eine Seele von Mörder (1963), Ein unverhofftes Geständnis (1967), Tod im weißen Häubchen (1971), Ein reizender Job für eine Frau (1972), Der schwarze Turm (1975), Tod eines Sachverständigen (1977), Ihres Vaters Haus (1980), Der Beigeschmack des Todes (1988), Vorsatz und Begierde (1990)

Es gibt immer einen Grund.
(Der schwarze Turm)

Zwei Abschnitte ihrer eigenen Vergangenheit prägen das Werk von P. D. James: die Arbeit in einer Krankenhausverwaltung und die Heirat mit einem Arzt, später die Tätigkeit in der Kriminalabteilung des britischen Innenministeriums. Der Form nach ist P. D. James ganz dem klassischen englischen Detektivroman verhaftet (mit mancherlei thematischen Paraphrasen insbesondere von Dorothy Sayers): der gelehrte, manchmal auch belehrende Unterton mit literarischen Zitaten und Anspielungen; das Beharren auf dem Wie und nicht so sehr auf dem Warum einer Tat; das Eintauchen in die englische Provinz. Dazu kommt in den meisten Romanen ein zwar nicht exzentrischer, doch hinreichend eigenwilliger Held in der Gestalt des Adam Dalgliesh, des «Wunderknaben» von Scotland Yard, der nebenbei Gedichtbände veröffentlicht. Doch bei P. D. James ereignen sich keine «gemütlichen» Morde, die als intellektuelles Rätsel zu begreifen und im Lehnstuhl zu genießen wären. Ihr Interesse am Verbrechen ist auf morbide Art fast klinisch nüchtern, ihre Provinz kein Ort gemütvoller Idylle, sondern von peinigender Enge, bevölkert durchweg von kleinen Teufeln. Sie zeichnet mitleidslos das Bild einer kaputten Gesellschaft, in der Haß und Mißgunst regieren, in der buchstäblich jeder auf die eine oder andere Weise krank ist. Geradezu ein Horrorkabinett. Jedesmal ist man heilfroh, dem wieder entronnen und nicht selber zum Opfer geworden zu sein. In einem Sinne ist P. D. James ganz modern: Mord löst kein Problem, ist nicht bloß eine vorübergehende Störung der Ordnung. Warum es dahin hat kommen müssen: die Frage reicht sie ihren Lesern weiter.

John Lutz

geboren 1939
in Dallas, Texas
war u. a. Polizist
lebt in Missouri (USA)
schrieb u. a. Augen auf beim Kauf (1977), Nachtanschluß (1984), New Orleans Blues (1986), Todesstrafe (1987), Jake Dancers Schulden (1988), Das letzte Foto (1989), Tödliche Steine (1990)

> Sein Magen verpaßte ihm einen maultierartigen Tritt.
> In was für einen Beruf war er da hineingestolpert!
> (New Orleans Blues)

Manchmal bekommt Alo (Aloysius) Nudger schon reichlich seltsame Aufträge. Da soll er einer Jazz-Sängerin den Geliebten ausreden («New Orleans Blues») oder die Unschuld eines zum Tode Verurteilten beweisen («Todesstrafe») – ein paar Tage vor dem Hinrichtungstermin. Der Privatdetektiv Alo Nudger aus St. Louis, ewig abgebrannt, widmet sich allem mit gleicher Verbissenheit. Und mit gleicher Skepsis; auch, was seinen Beruf anbelangt und seine Rolle in dem Spiel. Seine ständigen Magenschmerzen kommen nicht von ungefähr, und daran sind nicht die Doughnuts seines Freundes Danny und dessen miserabler Kaffee schuld. Alo Nudger, ein Mittvierziger, hat einfach Angst. Wenn ihm mal wieder eine Abreibung verpaßt wird, weil er der Wahrheit zu nahe kommt – fast schon rituell in jedem Buch –, hat er von vornherein keinerlei Chance. Er ist in vieler Hinsicht ein altmodischer Mann. Er hält seiner Freundin Claudia, die ihn seit «Nachtanschluß» durchs Leben begleitet, auf fast schon anrührende Weise die Treue, obschon diese Beziehung keineswegs unproblematisch ist. Das hätte er am liebsten: irgendwo gemütlich sitzen, sich an Claudia kuscheln, seine ganz persönlichen Ängste vergessen und seinem revoltierenden Magen Schonung gewähren. «New Orleans Blues» trifft vielleicht am besten, was Alo Nudger ausmacht und warum John Lutz sich heute zur Spitzenklasse der amerikanischen Autoren zählen darf (wenngleich nicht jedes Buch diesen Anspruch erfüllt). Die Geschichte des Alo Nudger ist wie ein langgezogener Blues, der auch dort, wo er peitschend vorwärtsdrängt, seine Wehmut nicht verbergen kann. Der bei aller Freude am Leben auch um das Leiden dahinter weiß.

Lia Matera

geboren 8.7.1952
in Vancouver, Kanada
war Rechtsanwältin
lebt in Santa Cruz, Kalifornien
schrieb u.a. Am Rande des Gesetzes (1988), Der aufrechte Gang (1990)

> Männer waren solche Idioten, solche Arschlöcher!
> (Am Rande des Gesetzes)

Daß junge Autoren auf die ja durchaus nicht neue Figur des Rechtsanwalts zurückkommen – Lia Maternas Laura di Palma ist die dritte Rechtsanwältin in unserer diesjährigen Auswahl –, ist keineswegs verwunderlich. Und gerade Laura di Palma aus San Francisco liefert hinreichende Begründungen dafür. Sie ist ein Yuppie: reich, gut, ehrgeizig. Teure Kleider, teure Autos, teures Essen. Die Wohlstandsattribute signalisieren Erfolg und werden kaltschnäuzig als Machtsymbole eingesetzt. Eine typische Karriere: von der Friedensdemo ins Luxusappartment. Das Recht dient nicht der Gerechtigkeit, sondern dem eigenen Fortkommen. Und wenn man erwiesene Mörder mit allerlei juristischen Tricks herauspauken kann, dient das allein dem eigenen Fortkommen und ist mithin gut so. Dieses Bild, das Lia Matera von ihrer Ich-Erzählerin entwirft, wird aber sogleich heftigen Belastungsproben ausgesetzt. Ausgerechnet die eigene Vergangenheit, durch die Bilderbuch-Karriere eigentlich überwunden geglaubt, holt Laura di Palma ein. Rache am Ex-Ehemann ist das Motiv, das «Am Rande des Gesetzes» auslöst. Der mysteriöse Tod eines Kampfgefährten aus friedensbewegten Jugendtagen, von der Staatsmacht einst zum Krüppel gefahren, führt zum «Aufrechten Gang». Und wie als Personifizierung des schlechten Gewissens geistert durch alle Romane der Cousin Hal, der aus Vietnam mit einem Dachschaden zurückgekommen ist und in den Laura unsterblich verliebt ist. Man kann da eine hintergründige Symbolik hineinlegen. Ganz vordergründig bekommt das Bild, das Laura di Palma von sich selber hat, mehr und mehr Risse und setzt eine hochinteressante Entwicklung in Gang, die neugierig macht auf die weiteren Romane der Autorin. In ihrer ganzen Widersprüchlichkeit scheint Laura di Palma zu einem Prototyp des modernen Krimi-Helden zu werden.

Gerald Petievich

geboren 1944
in Los Angeles
war Mitglied einer Spezialeinheit des FBI
lebt in Los Angeles
schrieb u. a. Sumpfblüten (1981), Der Todesengel (1981), Die Informantin (1984), Leben und Sterben in L. A. (1984), Entscheidung in Las Vegas (1988)

> «Ist sonst alles in Ordnung?» fragte Branko. «Du weißt ja, wie Polizeiarbeit ist... immer eine Menge Probleme.»
> (Leben und Sterben in L. A.)

Manchmal ist Gerald Petievich wirklich gut. Dann bewegt er sich auf der schmalen Grenze zwischen Legalität und Illegalität. In Wahrheit ist diese Grenze gar nicht schmal. Es ist vielmehr ein riesiger Sumpf. Man kann darin versinken, man kann auch durchkommen. Aber auf alle Fälle hat man hinterher Dreck am Bein. Petievichs bevorzugtes Thema sind die Falschdrucker, die von Banknoten bis Schatzanweisungen alles auf den Markt werfen, was Profit verspricht. Auf der Gegenseite: die Agenten vom FBI und vom Schatzamt (in drei Romanen Charles Carr als Hauptfigur). Petievich schildert – durchaus realistisch, möchte man auf Grund seiner Biographie annehmen, und sehr routiniert mit viel Action und Sex –, wie die Behördenintrigen den Gangstern eigentlich zuarbeiten. Und daß ihnen, auch wenn man sich von Bürokratie und Karrieredenken freimachen kann, auf normalem Wege, also unter Einhaltung der Gesetze, nicht beizukommen ist. Ein bedenkenswertes Thema: der Schutz des Bürgers schafft kriminellen Freiraum – die Paradoxie des Rechtsstaates. Die Fahnder sind deshalb geradezu gezwungen, sich in jenen Sumpf zu begeben, wo nur das Ergebnis die Mittel rechtfertigt. Man kann da leicht in Versuchung geraten, selbst ein wenig abzukassieren. Und man ist ständig dabei, eben das zu fördern, was man zu bekämpfen hat – damit man am Ende seinen gesetzlichen Auftrag erfüllen kann. Petievich berührt das Kardinalproblem aller verdeckten Ermittlungen und das große Dilemma unserer Zeit mit seiner gewandelten Art von Großkriminalität. Zum guten Schluß zahlt sich das Verbrechen aber dann doch nicht aus, so raffiniert es auch eingefädelt ist. Insofern also doch nicht so ganz realistisch.

Derek Raymond

geboren 1931 als Robin Cook
in London
war Herumtreiber, Journalist, Kellner
lebt in Frankreich
schrieb u. a. Er starb mit offenen Augen (1984), Der Teufel hat Heimaturlaub (1985), Wie die Toten leben (1989), Alptraum in den Straßen (1989), Ich war Dora Suarez (1990)

> Wenn man sich um das Böse kümmern will, dann muß man mit ihm leben und es kennen.
> (Ich war Dora Suarez)

Kult-Autoren kann man auch herbeireden. Dazu gehört zunächst einmal die Feststellung, daß sie aus jedem bekannten Schema herausfielen und nicht einzuordnen seien – zwei Punkte für Derek Raymond. Paradox wird das freilich dann, wenn man geradezu verzeifelt versucht, ihm andere Etiketten anzukleben, und so haben wir denn mit ihm die Mischung aus Poe, Kafka und Pulp. Das klingt gut, sagt aber gar nichts. Es zeigt höchstens, daß es verdammt schwerfällt, diese Art von Literatur zu rechtfertigen, gar zu verstehen; da braucht es dann schon höhere Weihen. «Rabenschwarz» ist einer dieser anderen Kennzeichnungsversuche. Will besagen: Psychopathen-Literatur. Von und über. Eine eigentümliche Mischung aus Schlampereien (da schafft's doch tatsächlich ein nackter Mann, sich die Unterhose auszuziehen), rasanter Handlung, wuchtigen Dialogen und breit ausgetretenen Abartigkeiten. Das ist die Welt des namenlosen Sergeanten von der Londoner «Factory», von der Abteilung für ungeklärte Verbrechen, dessen Aufklärungsdrang schon wahnhaft ist (und natürlich an keine Moral und an kein Gesetz gebunden) und der so aufgeht in Opfer wie Täter, daß er mit ihnen eins wird. Wie sein Autor. Wenn es denn wahr ist, daß Derek Raymond sich damit schreibend seiner Obsessionen entledigt, so ist das schön und gut – für ihn (hoffentlich mit der erwünschten kathartischen Wirkung). Es ist damit aber noch keine *Literatur*. Es sind Ergüsse, die schwanken zwischen genialischen Phasen, breitgetretener Pseudo-Philosophie und erschreckenden Platitüden. Da wir gerade dabei sind, eines hat man bisher noch übersehen: Esoteriker ist er auch («Was sollen wir sein, wenn wir nicht sind, was wir sind?».

Angus Ross

geboren 1927 als Kenneth Giggal
in Dewsbury, Yorkshire
war Journalist
lebt in Yorkshire
schrieb u. a. Die Manchester-Connection (1970), Der Job in Huddersfield (1971), Ein Auftrag in London (1972), Eine Affäre in Dunfermline (1973), Austausch in Amsterdam (1974), Fiasko in Leeds (1975), Anschlag in Ampurias (1977), Ein Kontrakt in Burgos (1979)

> Ich fühlte mich großartig. Ich trug einen brandneuen Abendanzug von Moss Brothers und einen Smith & Wesson .357er Magnum mit vollem Magazin und war auf alles vorbereitet.
> (Ein Auftrag in London)

Zum geheimen Dienst am Vaterland meldet man sich nicht, man wird gerufen. Und deshalb stolpert der Anzeigenmakler Marcus Aurelius Farrow zu Beginn seiner Karriere auch über eine mysteriöse Leiche und dann in etwas hinein, was ihn geradewegs in die Arme des Geheimdienstes führt. Angus Ross gehört keineswegs zu den Spitzenvertretern des Spionage-Thrillers; vielmehr klaut er ungeniert im Fundus und baut daraus eine neue Kulisse mit hohem Wiedererkennungswert. Der Boß mit seinen väterlichen Gefühlen? Kennen wir doch von... Die bösen, bösen Russen? Na ja, geschenkt. Und wie finden wir's denn, daß ein Junge vom Lande, rüpelhaft und ungebildet (trotz seines Doppel-Vornamens), der am liebsten in einem Wohnwagen haust, unter die feinen, chinesischen Tee schlürfenden Gentlemen vom Secret Service fällt? Wenigstens versagt sich Angus Ross die Ausflüge in die Karibik, das europäische Festland ist ihm exotisch genug. Schließlich treiben auch da die Roten ihr Unwesen. Die meisten Spionageromane kann man heute nicht mehr lesen, seitdem der Große Buhmann zum erbärmlichen Wicht geschrumpft ist. Manche – die besten (le Carré, Deighton, Zeindler) – sind ein literarischer Genuß geblieben, weil sie von Menschlichem, Allzumenschlichem erzählen. Wieder anderen, und dazu zählt Angus Ross, tun die geänderten Zeiten keinen Abbruch, weil sie den politischen Hintergrund eh nur als Rechtfertigung benutzen. Das Leben: ein Abenteuer. Davon träumt Klein-Moritz. Immerdar.

Leo Rosten

geboren 1908
in Lodz
war Sozialwissenschaftler
lebt in New York
schrieb u. a. Die Tochter des Millionärs (1979), Schönheit schützt vor Rache nicht (1980)

> Ich verbringe die Zeit von viertel vor zehn bis zehn nach zehn mit Denken. Man kann in fünfundzwanzig Minuten eine ganze Menge denken, wenn man keine Langeweile hat.
> (Die Tochter des Millionärs)

Ein Jammer, daß sich im reichen literarischen Werk des Leo Rosten nur zwei Kriminalromane mit Silky Pincus finden. Sie sind, was man so eine Bereicherung nennt, und auf alle Fälle die heißesten Love Stories des Gewerbes. Aber vielleicht ist die Beschränkung auch eine weise Entscheidung. Denn der *Schammes*, der jüdische Privatdetektiv Silky Pincus, ist ein Unikum – und sollte es wohl auch bleiben. Der Kerl redet die Leute dusselig, und aus seinem Mund kommt nichts als Blödsinn. Silky? Ein wandelnder Witz. Ein Komiker. Und darum auch ein Melancholiker. Selten hat ein Autor die fast schon normierte Attitüde des Privatdetektivs so zur hohen Kunst erhoben wie Leo Rosten. Er trieft vor Sarkasmus und Anspielungen jedweder Art, und bis man so recht gewahr wird, daß er das gesamte Genre (und dessen Leser mit dazu) auf die Schippe nimmt, ist man ihm schon rettungslos verfallen und zieht mit King Silky und seinem Hund Mr. Isadore Goldberg, der nur Jiddisch versteht und statt «wau-wau» deshalb «oj!oj!» bellt, durch New Yorks High Snobiety. Für alle Situationen hat Silky einen Spruch aus dem Talmud oder eine Weisheit irgendeines Onkels parat, wobei er freilich eingesteht, daß das meiste davon erfunden sei. Überhaupt: Was ist Wahrheit? Was Lüge? Rosten/Pincus führen Klienten wie Leser mit Hochgenuß an der Nase herum, und geradezu unverschämt freimütig legt der Autor auch seine dramatischen Hilfsmittel bloß. Vor aller Augen stopft er die Kaninchen in den Hut, nur damit er sie später heraushüpfen lassen kann. Vielleicht ist auch Silky – Gewald geschrien! – gar nicht wahr?

Sjöwall / Wahlöö

geboren 1935 (Maj Sjöwall), 1926 (Per Wahlöö)
in Stockholm (Maj Sjöwall), Lund (Per Wahlöö)
waren Journalisten
gestorben 1975 (Per Wahlöö)
schrieb u. a. Die Tote im Götakanal (1965), Der Mann, der sich in Luft auflöste (1966), Der Mann auf dem Balkon (1967), Endstation für neun (1968), Alarm in Sköldgatan (1969), Und die Großen läßt man laufen (1970), Das Ekel aus Säffle (1971), Der Polizistenmörder (1974), Die Terroristen (1975)

> Die Leute hier haben Angst. Wenn man nach dem Weg fragt oder um ein Sreichholz bittet, dann laufen sie beinahe davon. Die fürchten sich ganz einfach.
> (Endstation für neun)

Jahre ist es jetzt her, daß Sjöwall/Wahlöö den ersten Band ihres später so genannten Beck-Zyklus veröffentlichten. Es war ein ziemlich konventioneller Auftakt; vielleicht war ihnen selber noch nicht klar, daß sie damit die moderne Kriminalliteratur revolutionieren sollten. Sie sind der Ursprung des Sozio-Krimis. Ihre Kritiker verurteilen genau das und bemängeln ihre langen, von der Handlung abgelösten politischen und gesellschaftskritischen Einschübe. Aber macht nicht eben dies auch ihren Reiz aus? (Und meinen die Kritiker nicht viel eher ihre Epigonen?) Sjöwall/Wahlöö waren angetreten, in einem zehnbändigen Zyklus zehn Jahre schwedischer Entwicklung unter die Lupe zu nehmen. Der Polizeiapparat war für sie das Spiegelbild der Gesellschaft, ein Gradmesser für die Bewußtseinslage der Nation. Sie erzählten von der Vereinsamung des einzelnen in der Massengesellschaft, von den Segnungen und den Zwängen der Teamarbeit. Sie registrierten, wie der Moloch Großstadt seine Bewohner verschlingt und als kaputte Existenzen wieder ausspuckt. Sie nannten den großen Schulterschluß zwischen Politik und Kapital beim Namen, und sie taten das zynisch, hämisch und gnadenlos in ihrer Kritik. Aber auch unendlich einfühlsam für die Sorgen und Nöte der Kleinen. Im Abstand der Jahre hat das Romanwerk nichts verloren. Klar, daß man es heute anders liest (man kann zum Beispiel auch einiges an Prophetie herauslesen). Aber man kann – und sollte – es immer wieder lesen. Ich langweile mich dabei nie. Und das läßt sich nur von wenigen Büchern sagen.

William G. Tapply

geboren 1940
in New England
war Geschichtslehrer
lebt in Boston
schrieb u.a. Das Todeskliff (1984), Fehlfarben (1984), Den Haien nach (1985), Verborgene Narben (1986), Weg in die Tiefe (1987), Tod eines Detektivs (1988)

Du hattest feste Überzeugungen. Du warst niemals ein Schwächling, niemals wischiwaschi. Du hast immer gesagt, was du glaubst.
(Verborgene Narben)

Anfangs waren da noch Träume: der Anwalt als Kämpfer für die Gerechtigkeit; große Auftritte vor den Gerichten. Es ist anders gekommen. Brady Coyne ist zum Bostoner Prominentenanwalt geworden, wickelt Scheidungen ab, dröselt Erbschaften auf und ist nicht nur der juristische Seelentröster seiner reichen Klientel. Er lebt gut und meistens gemütlich, spielt Golf und angelt Forellen, und wenn es ihn trotzdem immer wieder in Mordhändel hineinzieht, so ist das einfach, um von seiner Kundschaft Ärger fernzuhalten. Das gehört nun mal zu Coynes umfassendem Service. Wahrscheinlich ist in ihm immer noch ein Teil seiner einstigen Träume lebendig. Diskussionen über Wahrheit und Gerechtigkeit, nun wahrhaft ein Problem dieses Berufsstandes, pflegt William Tapply nicht, dafür zeichnet er das sympathische Porträt eines Mannes, der aus seinen Niederlagen (und seinen Siegen) lernt, der sich im Niemandsland zwischen Überzeugungen und Geschäftssinn einzurichten sucht und gar keine Gelegenheit bekommt, vor Gericht zu brillieren: Perry Mason, auf den Boden geholt. Brady Coyne ist kein Held, dafür ein Mensch. In jeder Beziehung. Geschieden ist er, was heute erstens zum guten Ton gehört und zweitens absolute dramatische Notwendigkeit ist, damit er in jedem Buch seine Affären haben kann, die stets stürmisch beginnen, romantisch weitergehen und unglücklich enden: entweder wird ihm die Dame ermordet, oder sie erweist sich zumindest in den Fall verstrickt. Das ist rundum nett zu lesen, und darüber hinaus entwickelt Tapply im Verlauf der Serie auch inhaltlichen Biß, bezieht Politik und soziale Probleme mit ein, ohne seine Bücher damit zu überfrachten.

Trevanian

geboren 1925 als Rodney Whitaker
in Tokyo
war Professor
lebt in den USA
schrieb u. a. Im Auftrag des Drachen (1972), Der Experte (1973), Herzschlag bis zur Ewigkeit (1976), Shibumi (1979)

«Wie lange, meinst du, willst du hier Konditionstraining treiben?» «Drei, vier Wochen.» (Im Auftrag des Drachen)

Trevanian ist ein As. Allererste Sahne. Schlechterdings nicht zu überbieten, in vielerlei Hinsicht. Sehen wir einmal von den Polit-Thriller-Plots ab, die sind ja von der Entwicklung eh überholt. Was bleibt dann? Breitseiten gegen das degenerierte amerikanische Volk, gegen die dummen Regierungen allüberall auf der Welt (Gott, was sind die deutschen Autoren brav dagegen!), gegen die noch dümmere CIA und deren Widerparts. Das sei ja nun nicht gerade neu und originell schon gar nicht? Einverstanden. Ganz nüchtern betrachtet bleibt ohnehin nur ein großer Haufen einschlägig bekannter Versatzstücke, einschließlich der Art, kauzige Figuren zu konstruieren. Trevanian aber, und darin eben ist er ein As, setzt diese Versatzstücke so schamlos, so geschickt, so überdreht zusammen, daß man aus dem Schmunzeln nicht mehr herauskommt. Und er vermag selbst in jenen Passagen eine enorme Spannung zu erzeugen, wo er die übliche Action weit zurückdrängt. Was in den beiden Jonathan-Hemlock-Romanen («Im Auftrag des Drachen», «Der Experte») angelegt ist, wird in «Shibumi» (Hauptfigur: der freiberufliche Killer, Liebesexperte und Go-Spieler Nikolai Hel) zum Exzeß getrieben: der ausgeprägte Individualismus der Figuren, die Vorliebe für asiatische Denk- und Lebensweisen, das Bergsteigen – der Showdown an der Eiger-Nordwand in «Im Auftrag des Drachen», die Höhlenerkundung in «Shibumi» sind nervenzerrende Lese-Höhepunkte, die man so schnell nicht vergißt. Man muß Trevanian nicht mögen. Man kann seine Bücher einfach als gut konstruierte, routiniert geschriebene Thriller lesen, gleichzeitig aber auch als deren diabolische Parodie. Diese Doppelbödigkeit macht seinen Reiz aus.

Joseph Wambaugh

geboren 1937
in East Pittsburgh, Pennsylvania
war Streifenpolizist in Los Angeles
lebt bei Los Angeles
schrieb u. a. Nachtstreife (1970), Der müde Bulle (1972), Tod im Zwiebelfeld (1973), Die Chorknaben (1975), Ein guter Polizist (1978), Der Hollywood-Mord (1981), Der Delta-Stern (1983)

> «Weißt du, Cecil, manchmal weiß ich echt nicht mehr, was real ist und was nicht real ist.»
> (Der Delta-Stern)

Der Bulle als Schreiber: das ist nachgerade so alltäglich geworden, daß man über Autoren froh ist, die nur Autoren sind. Der Mann von der Streife als Chronist der Männer von der Streife: das suggeriert Authentizität; wenn der's nicht weiß, wer dann? Allerdings ist die Wirklichkeit der Straße eine andere als die Wirklichkeit der Literatur. Am eindringlichsten und glaubhaftesten ist Joseph Wambaugh deshalb immer dann, wenn er reportagehaft und quasi-dokumentarisch Fact und Fiction mischt (z. B. in «Tod im Zwiebelfeld»). Seine anderen dickleibigen, vielfach verfilmten Bücher leiden darunter, daß er alles und jeden erbarmungslos auf die Spitze treibt. Das ist mitunter ein gerechtfertigter und geglückter Kunstgriff, der drastisch deutlich machen kann, daß auch Polizisten ein Produkt ihrer Umwelt sind, daß ihre Unberechenbarkeit und Gewalttätigkeit eine Reaktion auf das ist, was ihnen täglich begegnet. Bei den «Rittern in der blauen Uniform» spielt sich nur im kleinen ab, was außen herum gang und gäbe ist. Und so sind es denn keine heldenhaften, nicht einmal pflichtbewußte Gestalten. In den Polizeirevieren von Los Angeles tummelt sich vielmehr eine Ansammlung von kaputten Typen, lüsternen Nekrophilen, ausgeflippten Säufern, denen ihre Verdauung mindestens ebenso wichtig ist wie ein Mord. Verrückt, verkommen, verzweifelt: nur die Uniform trennt noch die einen von den anderen, und die Frage nach Gut und Böse ist längst absolut geworden. Wambaugh allerdings reproduziert sich mittlerweile selber. Der anarchische Witz, die groteske Übertreibung, die slapstickhaften Szenen sind schal geworden. Ihr Erkenntniswert verpufft.

Register Steckbriefe

Die Ziffer in der Klammer bezieht sich
auf die jeweilige Ausgabe der «Schwarzen Beute».

Ross, Angus (7)
Rosten, Leo (7)
Scerbanenco, Giorgio (5)
Schmidt, Peter (2)
Schmitz, Werner (2)
Sciascia, Leonardo (5)
Simenon, Georges (5)
Simon, Roger L. (3)
Sjöwall/Wahlöö (7)
Spillane, Mickey (6)
Stout, Rex (5)
Symons, Julian (4)
Taibo II, Paco Ignacio (4)
Tapply, William G. (7)
Thomas, Craig (3)
Thomas, Ross (1)
Thommes, Susanne (2)
Thompson, Jim (4)
Trevanian (7)
Van de Wetering, Janwillem (2)
Vautrin, Jean (6)
Vazquez Montalban, Manuel (1)
Voss, Willi (5)
Wambaugh, Joseph (7)
Werremeier, Friedhelm (1)
Willeford, Charles (6)
Williams, David (4)
Wolff, Detlef (1)
Woolrich, Cornell (4)
Zeindler, Peter (1)
Zenker, Helmut (5)

Quellennachweis

Die Übersetzer

Elke Bahr übersetzte «Coming South» von Celia Dale und «The Dream Is Better» von Julian Symons aus dem Englischen.

Jürgen Bürger übersetzte «The Mouse In The Corner» von Ruth Rendell aus dem Englischen.

Angelika Macho übersetzte «Danish Intermezzo» von Maj Sjöwall und Bjarne Nielsen aus dem Englischen.

Renate Orth-Guttmann übersetzte «Dead As A Dodo» von Colin Dexter aus dem Englischen.

Sabine Reinhardt übersetzte Ruth Rendells Vorwort und Beitrag «Zehn perfekte Verbrechen» sowie «Romane wie das Leben – Die Kunst der Ruth Rendell» von Jane Bakerman aus dem Englischen.

Ruth Rendell

«Mich fasziniert jedesmal wieder, wie leise-harmlos die Romane von **Ruth Rendell** beginnen, wie verständlich und normal die ersten Schritte sind, mit denen die Figuren ins Verhängnis laufen. Ruth Rendells liebevoll-ironisch geschilderten Vorstadt-Idyllen sind mit einer unterschwelligen Spannung gefüllt, die atemlos macht.»
Hansjörg Martin

Eine Auswahl der thriller von Ruth Rendell:

Dämon hinter Spitzenstores
(thriller 2677)
Ausgezeichnet mit dem Gold Dagger 1975, dem begehrtesten internationalen Krimi-Preis.

Der Pakt
(thriller 2709)
Pup ist sechzehn und möchte seine Stiefmutter loswerden. Aus dem Spiel mit der Schwarzen Magie wird tödlicher Ernst...

Flucht ist kein Entkommen
(thriller 2712)
«...ein sanfter, trauriger Thriller. Mit einer Pointe wie ein Feuerwerk.»
Frankfurter Rundschau

Die Grausamkeit der Raben
(thriller 2741)
«...wieder ein Psychothriller der Sonderklasse.»
Cosmopolitan

Der Kuß der Schlange
(thriller 2934)

Die Masken der Mütter
(thriller 2723)
Ausgezeichnet mit dem Silver Dagger 1984.

3017/2

rororo thriller

Durch Gewalt und List
(thriller 2989)

Ein Wolf auf die Schlachtbank
(thriller 2996)
Mord ist des Rätsels Lösung
(thriller 2899)

In blinder Panik
(thriller 2798)
«Ruth Rendell hat sich mit diesem Krimi selbst übertroffen: die Meisterin der Spannung ist nie spannender zu lesen gewesen.»
Frankfurter Rundschau

Die Tote im falschen Grab
(thriller 2874)

Mancher Traum hat kein Erwachen
(thriller 2879)

«Ruth Rendell - die beste Kriminalschriftstellerin in Großbritannien.»
Observer Magazine

Serientäter

Jo Bannister
Selbstmord wider Willen
(thriller 2894)
Clio Rees kann es nicht fassen: Luke Shaw hat sich getötet. Selbstmord meint die Polizei, aber Clio hat Zweifel...

Robert Brack
Die siebte Hölle
(thriller 2941)
Oldtimer bringen´s besser als Bücher, meint der bankrotte Buchhändler Jercy Pacula, und überführt zwei Limousinen nach Lissabon...
Schwere Kaliber
(thriller 2967)

Frank Göhre
Der Tod des Samurai
(thriller 2832)
Letzte Station vor Einbruch der Dunkelheit
(thriller 2795)
Es ist Ende der 50er Jahre. Am Baggersee wird ein totes junges Mädchen gefunden und für Kommissar Peter Gottschalk ist es der erste eigene Mordfall...
Der Tanz des Skorpions
(thriller 3025)

Daniel Pennac
Im Paradies der Ungeheuer
(thriller 2922)
Wenn nette alte Damen schießen...
(thriller 2921)
Königin Zabos Sündenbock
(thriller 3003)

Daniel Pennac/ Jean-Bernard Pouy/ Patrick Raynal
Machtspiele
(thriller 2961)
Die drei französischen Erfolgsautoren schrieben reihum je eines der 49 Kapitel.

rororo thriller

30 Jahre thriller Jubiläums-Lesebuch
(thriller 3030)
Dieser Jubiläumsband präsentiert einen opulenten Querschnitt durch die Geschichte der rororo thriller Reihe und bietet, wie könnte es anders sein, literarischen Nervenkitzel pur. Die Palette internationaler Autoren gleicht einem Who is Who der Kriminalliteratur.

Julian Symons
Entscheidung im Kreuzverhör
(thriller 2866)
Für die Partygäste ist die Sache klar: Solomon Grundy hat versucht, die junge Frau zu vergewaltigen. Als sie ein paar Tage später aufgefunden wird, gibt es nur einen Verdächtigen....
Der 31.Februar
(thriller 2871)

Paco Ignacio Taibo II
Das bizarre Leben
(thriller 2940)
Comeback für einen Toten
(thriller 3019)

3024/2a

Serientäter

Larry Beinhart
Kein Trip für Cassella
(thriller 2873)
Ausgezeichnet mit dem «Edgar» 1986.
Zahltag für Cassella
(thriller 2932)
Bei Privat Eye Tony Cassella steht eine Steuerprüfung an. Genau in dem Augenblick, als er genügend Beweismaterial gegen den Justizminister persönlich zusammen hat...

Bob Cook
Die Marionettenspieler
(thriller 2946)
Herbie Feigl, Lehrer an einer Provinzschule verschwindet während seines Urlaubs spurlos und mit ihm sechs Bücher des österreichischen Bundespräsidenten aus seinem Gepäck... Ein neuer Fall für Professor Michael Wyman, Es-MI 6-Agent.
Sprengstoff für die Downing Street
(thriller 2978)

William Krasner
Auf dunklen Straßen
(thriller 2928)
«... ein finsterer, milieusicher erzählter, bitter realistischer Roman, der den litarischen Vergleich auf hoher Ebene ohne weiteres standhält.» Heinrich Vormweg im Westdeutschen Rundfunk
Blackout
(thriller 2936)
Tod eines Bohemien
(thriller 2938)
Am Tatort wimmelt es von zwielichtigen Künstlergestalten, gescheiterten Intellektuellen und Möchtegern-Bohemiens. Nur der Mörder ist nicht zu entdecken...
Die letzte Tat des Mr. Goodman
(thriller 2937)

rororo thriller

Jerry Oster
Kältesturz
(thriller 2953)
Winter in New York. Der Schnee hat die Stadt im Griff und nicht nur ein paranoider Killer läuft frei herum...

Jean-Bernard Pouy
Verdammte Ferien!
(thriller 2896)
Mit Fünfzehn ist man heilfroh, wenn man die Schule hinter sich und die Sommerferien vor sich hat. Dieses Gefühl verläßt Marcel recht schnell, als er in ein Zugunglück gerät und eine Tote auf ihm liegt...
Volle Dröhnung
(thriller 2856)

Detlef Wolff
Zwölf Jahre zuviel
(thriller 2912)
Carl-Heinrich Heugen ist kein Mensch mit einwandfreiem Charakter. Aber seine Frau hat der Spezialist für chemische Kampfstoffe wirklich nicht ermordet....

3024/2b